Manuela Lewentz

Heißer Flirt im Gepäck

Manuela Lewentz

Heißer Flirt im Gepäck

Manuela Lewentz

Heißer Flirt im Gepäck

Verlag:	Mittelrhein-Verlag GmbH, August-Horch-Straße 28, 56070 Koblenz
Umschlaggestaltung:	Davina Kuhn
Umschlagmotiv:	Shutterstock
Herstellung und Satz:	sapro GmbH – Gesellschaft für Satzproduktion, Triebstraße 16, 56370 Gutenacker
Druck und Bindung:	BoD – Books on Demand, Norderstedt

© Mittelrhein-Verlag 2020

ISBN 978-3-925180-30-9

Lotte

Abenteuer sind das Feuer im Leben! Beflügelt von dieser Idee beschreite ich gerne neue Wege. Mit meiner Kontaktanzeige, die ich unter die Überschrift *Suche Mann zum Renovieren* gestellt hatte, fing alles an. Die Antworten auf meine Kontaktanzeige flogen regelrecht in meine Hände. Der Briefträger kam täglich und mit ihm kamen die Wünsche der Herren in mein Haus. Bei Prosecco und Chips wurden die Schreiben feierlich geöffnet. Immer an meiner Seite weilten meine Freundinnen Karin, Petra und Ina. Was nur hätte ich ohne sie gemacht? Wie würde ich heute dastehen ohne meine Mädels? Jede Frau braucht ihre Freundinnen, die gemeinsamen Abende, ohne dass ein Mann hineinredet oder bestimmt, wann der Abend sein Ende findet. Für mich sind meine Freundinnen wie eine Familie, eben ein Teil von mir. Mit niemandem kann ich so ungeniert meine Gedanken und Wünsche teilen, meinen Frust über eine gescheiterte Liebe ebenfalls.

Ich hole Luft, sinniere kurz über meinen Versuch, Franz mit roten Dessous zu verführen. Wie befreiend, dass ich inzwischen über den weiteren Verlauf dieses Abends lachen kann. Ein Mann, der nicht auf die Verführungskünste seiner Freundin anspringt, dafür lieber in seinen Bratkartoffeln stochert, ist nicht gerade ein Hauptgewinn. Seit diesem Erlebnis gehe ich Franz aus dem Weg, zumindest versuche ich dies. Fazit aber ist, ich habe ihn mehr als nur einmal unter dem Einfluss von Prosecco angerufen und geweint. Peinlich, so mein Resümee, doch ich bin nun einmal eine spontane Person und gefühlsbetont dazu. Ob ich Franz sein Verhalten verzeihen kann, hat Ina mich beim letzten Treffen gefragt. Zögerlich habe ich mich gewunden, bin der Antwort aus dem Weg gegangen und glücklicherweise hat im Anschluss Petra von der neusten Gemüsediät angefangen zu berichten. Somit war ich außen vor.

Die Tätigkeit in meinem Café ist der Weg zu vielen Menschen, ebenso meine Aufgabe, für die Frauenzeitschrift zu schreiben. In diesem Zusammenhang fällt mir meine noch ausstehende Kolumne für die Frauenzeitschrift ein: Lerne zu verzeihen, so der Titel. Richtigen Gefallen kann ich nicht an der neuen Aufgabe finden, möchte mich am liebsten schon heute in den Urlaub abmelden, um der Verantwortung zu entkommen. Um noch etwas Zeit zu schinden, eile ich zunächst zu meinem Kühlschrank. Die Marzipantorte, die ich aus dem Café mitgenommen habe, fällt mir ins Auge. Unvermittelt fällt mein Blick auf die Küchenuhr. Für diese Kalorienzufuhr, so mein Gewissen, ist es noch zu früh. Mit einem Stück Käse, das ich noch in meinem Kühlschrank finde, setze ich mich anschließend vor meinen Laptop und plötzlich sprudeln die Worte aus mir heraus.

Lerne zu verzeihen

Meine lieben Leserinnen. Immer ich, möchte ich am liebsten schreien. Meine Chefredakteurin hat mir wieder einmal eine Aufgabe übertragen, die zumindest für mich sehr schwierig zu erfüllen scheint. Der naheliegendste Gedanke führt mich zu Franz, den die meisten von Ihnen schon von anderen Kolumnen kennen. Mir tut es immer wieder gut, Ihre Antworten zu lesen und zu spüren, mit meinem Liebesleben, das oft aus den Fugen läuft, bin ich nicht allein. Bin ich beziehungsunfähig? Franz hat mich verletzt, sein Verhalten und die Kälte, die er mich hat spüren lassen, sitzen noch tief in meinem Herzen. Erst neulich waren wir uns noch ganz nah und dann dieser Sinneswandel. Franz kam es nie in den Sinn, sich für unsere Beziehung zu verbiegen, einmal richtig einzubringen, was ich mir gewünscht habe.

Was schreibe ich nur? Verbiegen möchte ich mich auch nicht, unter keinen Umständen. Das hat nichts mit Liebe und Leidenschaft zu tun. Die Liebe soll uns doch tragen, schweben lassen wie auf einer Wolke und uns das schöne Prickeln im Magen schenken, diese Schmetterlinge im Bauch, die zu Beginn einer neuen Liebe zu spüren sind. Meiner Meinung nach, müsste es doch zu schaffen sein, diese Schmetterlinge über Jahre zu spüren. Meine Freundin Ina sagt, das kostet Kraft und Mühe. Bin ich zu unachtsam gewesen? Achtung und Liebe sollten doch schaffen zu verwirklichen, was ich mir sehnsüchtig wünsche. Fordere ich zu viel?

Einen Mann, der mich buchstäblich auf seinen Händen durch das Leben trägt, werde ich niemals finden, dessen bin ich mir bewusst. Ebenso der Gewissheit, dass mir solch ein männliches Exemplar schnell langweilig würde. Franz, so darf ich offen zugeben, hat mich als Frau mehr als nur angezogen und ich wünschte mir, den Tag mit den roten Dessous und dem anschließenden Streit könnte ich aus meinem Gedächtnis verdrängen. So einfach wie es sich schreibt, das Vergessen und Verzeihen, gelingt es mir leider nicht. Kann ich überhaupt richtig verzeihen?

Dazu gehört unweigerlich auch, vergessen zu können, was uns an dem Menschen gestört hat, den wir glaubten oder glauben zu lieben. Bevor ich diese Frage für mich geklärt habe, will ich mir eine kleine Auszeit gönnen. Für Sie, meine Leserinnen, bin ich jedoch erreichbar.

Die Einladung von Vincenz, meinem väterlichen Freund, zu einer Kreuzfahrt, kam für mich im richtigen Augenblick. Ohne Zögern habe ich sein großzügiges Angebot angenommen. Seit ich weiß, es geht auf Reisen, bin ich aufgedreht, im positiven Sinne. Mein roter Bikini vom letzten Jahr kommt in jedem Fall in den Koffer. Das sündige Rot hat mir, wenn auch einmal wieder nur kurzfris-

tig, lustvolle Momente beschert. Beim Anprobieren, gestern am Abend, war ich happy, noch in den Bikini zu passen. Hierfür gibt es auch einen Grund: Inzwischen habe ich mich aufgerafft, öfter Sport zu treiben. Das war die Idee meines Ex-Freundes, der sich mit Sicherheit auch um meine weibliche Figur gesorgt und den Verzehr meiner Chipstüten pro Woche als Gefahr angesehen hat. An dieser Stelle habe ich wieder Franz in meinem Kopf. Während meine Freundinnen Ina, Petra und inzwischen auch Karin ihr privates Glück gefunden haben, bleibt es mir noch verborgen. Ich verliebe mich so gerne, kann mich, sobald die Schmetterlinge in meinem Bauch anfangen zu flattern, so richtig dem süßen Leben, dem Gefühl, das nur die Liebe einem Menschen schenkt, hingeben. Alles gelingt mir dann, wie von Zauberhand gelenkt. Mein Äußeres untermalt noch diesen glückseligen Zustand, lässt mich strahlend und mit reiner Haut durch die Welt marschieren. Immer in der Gewissheit, das Leben ist nur schön. Ein Adrenalinschub, wie ich dieses Hoch gerne nenne. Von Herzen möchte ich diese gute Laune, das Gefühl, mir ist nichts zu viel und ich bleibe auch bei einem Sturm noch gelassen, ständig in mir tragen. Meine Liebe ist leider immer wieder von Höhen und Tiefen geprägt. Mir ist aber völlig klar, damit stehe ich nicht allein.

Was, so frage ich mich, habe ich zu erwarten, wenn ich Franz sein Verhalten verzeihe? Über diese Frage werde ich nachdenken, auch während ich meinen Koffer für die anstehende Reise packe.

Meine lieben Leserinnen, Sie lesen und hören von mir!

Herzliche Grüße
Lotte

Beim Ausschalten meines Laptops geht eine SMS auf meinem Handy ein. Petra möchte wissen, ob ich am Abend Zeit habe, mit ihr in die kleine Pizzeria in Limburg zu gehen. Rasch sende ich meine Antwort zurück:

Zeitlich perfekt getimt erhalte ich deine liebe Nachricht. Meine Hüften schreien unvermittelt ein lautes Ja! Sie freuen sich schon auf die leckere Kalorienzufuhr am Abend. Gruß Lotte

Dein Optimismus gefällt mir, er wirkt ansteckend auf mich. Allerdings kannst du auch einmal einen Salat essen, so wie ich es tue, meine Liebe! Bis zum Abend und liebe Umarmung, Petra.

Diese Nachricht schreit noch nach einer Reaktion von mir und rasch tippe ich diese in mein Handy.

Liebe Petra, um einen Salat zu essen, kann ich auch zu Hause bleiben. In meinem Garten wachsen so viele grüne Blätter, dass wir eine Woche davon leben könnten. Mir ist allerdings nicht daran gelegen, den süßen Kaninchen, die sich gerade in meinem Garten so ausbreiten, ihre Nahrung wegzuessen. Was mich betrifft, so soll mir am Abend eine saftige, dicke Pizza mit viel Käse vor die Augen kommen. Freue mich schon auf dich!

Zufrieden stecke ich mein Handy in die Hosentasche. Meine Kolumne ist abgesandt und ich schwebe auf einer Wolke der Hoffnung. Mein Café schenkt mir monatlich eine gute Rendite. Der neue Vertrag von meiner Chefredakteurin, Frau Krautwinkel, lässt mich in der Gewissheit schwelgen, genügend Geld für kleine Extras zu verdienen. Ein zweites Standbein zu haben, gibt mir Sicherheit. Innerlich muss ich lachen über meine Gedanken. Früher habe ich solche Gedanken nicht gehegt und Menschen, die so an ihre Absicherung dachten, belächelt. Ob sich Frau ab Vierzig doch ändert, körperlich wie geistig? Automatisch schüttele ich meinen Kopf. Nein! Ans Älterwerden möchte ich noch nicht denken, ich stecke doch in den besten Jahren einer Frau.

Meine Schritte lenke ich in mein Schlafzimmer. Grinsend fällt mir ein Stapel neuer Kleidung ins Auge, der auf meinem Bett liegt und darauf wartet, für die Reise einen Platz in meinem Koffer zu finden. Der Anblick bringt mir nicht nur Freude, er erinnert mich an den gestrigen Tag mit Petra. Mit ihr war ich in der kleinen Boutique in Limburg zum Einkaufen. Gebannt blicke ich auf mein Bett. Die gesamte Ausbeute meines Einkaufbummels liegt nun auf meinem Bett, zumindest auf der Seite, die sonst Franz gehörte. Ich zucke leicht mit den Schultern bei der neuerlichen Erinnerung an ihn. Um mich selbst abzulenken, nehme ich den neuen Minirock in meine Hände. Das Blumenmuster hat mich magisch angezogen. Amüsiert streife ich den Rock und das neue Top über. Freudig blicke ich in meinen Spiegel. „Es geht doch noch!" Meine Selbstmotivation trägt Früchte. Überschwänglich greife ich nach meiner Tasche, eile die Stufen bis zum Erdgeschoss hinunter und verlasse mein Haus. Hatte ich noch kurz zuvor in Erwägung gezogen, meinen Koffer für die Reise zu packen, verwerfe ich diesen Gedanken wieder. Mir ist nach Unterhaltung und bis zu dem Treffen mit Petra bleibt noch sehr viel Zeit. Jetzt denke ich mir, zu Hause fällt mir die Decke auf den Kopf, wenn ich niemanden zum Reden habe. Die wenigen Meter bis zu Ina sind rasch genommen.

Meine Freundin wohnt in der gleichen Straße wie ich, uns trennen gerade einmal hundert Meter Luftlinie. Vor dem Haus angekommen, bleibe ich kurz stehen und blicke an mir hinunter. Beglückt und zufrieden mit dem Ergebnis und ganz mit mir im Reinen, eile ich durch Inas Garten. Unbedingt möchte ich meiner Freundin zeigen, was ich für die gemeinsame Kreuzfahrt eingekauft habe. Ina wird Augen machen, davon bin ich schon auf dem kurzen Weg überzeugt.

Was Franz nur sagen würde, wenn er mich jetzt so sehen könnte? Sicherlich wäre er ganz hingerissen und angezogen von meinem Anblick. Wahrscheinlich würde er mich am liebsten sofort mit in das Schlafzimmer ziehen und ausziehen. Dieser Gedanke gefällt mir. Unser Sex fehlt mir, das kann ich nicht leugnen. Traurig bleibe ich vor Inas Haus stehen. Der Mann tut mir dauerhaft nicht gut und doch muss ich zugeben, ihn zu vermissen. In meinem Kopf herrscht wieder einmal Chaos!

Ich schnappe nach Luft, drücke auf die weiße Klingel, die mich hoffentlich in Inas Welt eintauchen lässt. Einen Augenblick muss ich warten und nutze diese Pause, um mich umzusehen. Inas Garten ist so ganz anders als meiner. Für meinen Geschmack ist hier alles schon zu akkurat und ordentlich. Heimlich nenne ich dieses Refugium Inas Last, wie sonst kann ich etwas bezeichnen, das einem so viel Arbeit bereitet. Mein Garten ist Natur pur, verwildert, alles passt genauso zu mir. In diesem Kleinod verbringe ich herrliche Stunden der Entspannung und Erholung, gerne auch am Abend mit einem Glas Wein.

„Lotte? Bist du auf Männersuche?" Meine liebe Freundin Ina stellt mir diese Frage, nachdem sie mir die Tür geöffnet hat. Ihr Blick spricht Bände. „Der Rock ist viel zu kurz für dein Alter!" Ihr anschließender und erneuter Blick über meinen Körper unterstreicht ihre Worte.

„Wen interessiert das? Immerhin kann ich mir einen kurzen Rock doch noch gut leisten." Mit diesen Worten eile ich an meiner Freundin vorbei, drehe mich im Flur aber wieder zu ihr um. „Wie ich mich auf die Kreuzfahrt freue, Ina! Wir werden eine fantastische Woche erleben. Denk nur an das leckere Essen, das wir erwarten dürfen! Die Fotos auf dem Reiseprospekt haben mir schon das Wasser im Mund zusammenlaufen lassen. Wir werden im Anschluss Sport machen müssen, Ina, ich sage es dir voraus." Beschwingt und mit viel Vorfreude strahle ich meine Freundin an.

Die stemmt allerdings ihre Arme in die Hüfte. „Lotte! Es liegt doch an dir, was du isst und ob du zunimmst. Mit der gehörigen Portion Disziplin ..."

„Das Wort solltest du doch aus deinem Sprachgebrauch streichen", blicke ich meine Freundin mahnend an. „Wir sind doch noch jung und können die Welt einmal aus den Fugen geraten lassen."

„So ganz kann ich dir und deinen Worten nicht zustimmen." Ina bleibt noch immer in der Tür stehen. „Ich packe gerade meinen Koffer."

„Wie schön! Dann helfe ich dir und kann dich gerne in Sachen Mode beraten."

„Auch das halte ich für keine gute Idee", zögerlich sieht sie mich an. „Aber wenn du schon einmal bei mir bist", höre ich zaghaft über ihre Lippen kommen. Im Anschluss nimmt Ina mich mit in ihr Schlafzimmer. In der Tür zum Zimmer fällt mein Augenmerk auf Inas Unterwäsche, die fein säuberlich sortiert auf ihrem Bett liegt.

„Solide gute Baumwolle", hebe ich einen großen Schlüpfer, der hautfarben neben ihrem Koffer wartet, in die Höhe. „Das Teil willst du nicht wirklich mitnehmen? Ich würde mich schon schämen, so einen Schlüpfer der Marke Rühre mich nicht an zu kaufen, geschweige denn zu tragen."

„Du bist mir ein Rätsel, Lotte!", keift Ina mich an, zieht zeitgleich ihren Schlüpfer an sich, faltet das gute Stück und legt es in den Koffer. Wortlos beobachte ich meine Freundin. Auch, als Ina vier weitere baumwollene Schlüpfer in Hautfarbe einpackt, übe ich mich in Schweigsamkeit. Erst als ich die passenden BHs sehe, die ihren Platz neben den Schlüpfern finden, kann ich nicht mehr schweigen.

„Trägst du nie etwas Schärferes? Ina, wirklich! Du hast doch eine gute Figur und kannst in jedem Geschäft kaufen, was du möchtest. Muss es die Ware für eine Großmutter sein, die du mitnimmst?" Irritiert blicke ich meine Freundin an. „Dafür sind wir doch noch viel zu jung, Ina! Für mich läuft diese Wäsche unter der Rubrik Liebestöter. Was nur sagt dein Freund dazu? Will Johann dich nicht einmal wieder in etwas Reizvollerem sehen? So wie zu Beginn eurer Freundschaft?"

„Hör zu, Lotte!" Ina rollt ihre Augen. Mein Handy klingelt in dieser, für mich grotesken Situation. Die Nummer auf meinem Display ist mir nicht bekannt, neugierig nehme ich das Telefonat entgegen. „Ja, hallo?", trällere ich gut gelaunt und drehe mich zu Inas Schlafzimmerfenster um, blicke hinaus in ihren ordentlichen Garten.

„Haben Sie noch ein Stück Marzipantorte für mich?" Die raue Männerstimme klingt nicht unsympathisch und ich reagiere locker und gelassen auf diese Frage. Lachend gehe ich einige Schritte in Inas Schlafzimmer auf und ab. „Marzipantorte möchten Sie von mir?" Erneut muss ich lachen. „Sie wollten sicherlich im Café anrufen? Die Nummer kann ich Ihnen selbstverständlich geben und ich bin überzeugt, Ihren Wunsch wird man Ihnen erfüllen können. Marzipantorte ist ständig im Verkauf, unser Renner sozusagen unter den süßen Köstlichkeiten." Inas Blick haftet an mir, was mich kurz ablenkt.

„Nein! Sie verstehen mich falsch." Die Stimme klingt aufgeregt, was mich jetzt verwundert und zeitgleich meine Aufmerksamkeit weckt. „Ich habe ganz bewusst diese Handynummer gewählt", darf ich als nächstes hören. Diese Worte kann ich nicht sogleich zuordnen und schweige einen Moment. „Mir liegt viel daran, die Marzipantorte aus Ihren Händen zu erhalten."

„Gut."
„Gut?"
„Ja!"
„Sie sind einverstanden?"
„Womit?"

Ina, die wie versteinert vor ihrem Koffer steht, schon längst in ihrer Bewegung innehält, blickt mich intensiv an. Mir ist selbst bewusst, meine Wortwahl und die ganze Unterhaltung mit dem Unbekannten sind nicht gerade als hohes Niveau einzustufen. „Wir sollten unsere Unterhaltung noch einmal von vorne anfangen. Mein Name ist Lotte Wolke", sage ich höflich, „Bitte erklären Sie mir noch einmal und in Ruhe, was ich für Sie tun kann!"

„Sie haben einen schönen Namen", darf ich als Antwort hören. Amüsiert blicke ich wieder zu Ina, zucke mit meiner Schulter. „Kann ich etwas für Sie tun?", wiederhole ich meine Worte. Lachen dringt an meine Ohren. Es wirkt ansteckend und ich lache tatsächlich mit.

„Ihr Lachen ist so … so gewinnend. Sympathisch."

Nun, so denke ich mir, das hört sich ja grandios an, trotzdem möchte ich endlich wissen, was er von mir will. „Hören Sie, was genau ist der Grund für Ihren Anruf?" Ina nickt mir zu. Gibt mir auch zu verstehen, das komische Telefonat zu beenden.

„Das ist bestimmt ein Stalker, der dich im Café gesehen hat und jetzt besuchen will. Sei vorsichtig, Lotte!", flüstert sie mir zu. Verwirrt nicke ich, ohne zu wissen, was ich gerade will oder von ihrer Bemerkung halten soll.

„Ihr Marzipankuchen ist eine Gaumenfreude." Die sonore Stimme gefällt mir, lässt mich sogleich Inas Belehrung vergessen. Unter dem strengen Blick von Ina fange ich innerlich an zu schwimmen. Frage mich selbst, ist mein Verhalten korrekt oder flirte ich gerade mit einem Fremden? Nur, weil mir die Stimme gefällt?

„Hören Sie mir noch zu?"

Hüstelnd fühle ich mich ertappt. „Sie sollten im Café anrufen, ich kann Ihnen gerne die Nummer …"

„Nein, danke! Ich wollte mit Ihnen sprechen. Schon im Café habe ich diesen Versuch gestartet, leider ohne Erfolg."

Also doch, Ina scheint, zumindest dieses eine Mal, richtig mit ihrer Vermutung zu liegen. Es irritiert mich doch etwas. „Wie kommen Sie an meine Handynummer und wieso …"

„Zu viele Fragen von einer so schönen Frau."

Mein innerer Kampf scheint aktuell von der Neugierde in mir besiegt zu sein. Ein erneutes Lachen kann ich mir jetzt nicht mehr verkneifen, trotzdem sage ich: „Leider muss ich unser Gespräch beenden, mir fehlt gerade die nötige Zeit." Mit fester Stimme und unter Zunicken von meiner Freundin Ina habe ich diese Worte ausgesprochen. Eine Gelegenheit zum Antworten gebe ich dem Unbekannten nicht, rasch drücke ich die Beenden-Taste.

„Wer war der Anrufer? Gibt es wieder ein Geheimnis um irgendwelche Kontakte zu zwielichtigen Männern?" Inas Stimme ist hoch geworden. Ihre Wangen zieren rote Flecken, was nicht attraktiv aussieht. Kurz streift mein Blick ihre Wäsche, die oben auf dem Koffer thront. Ina war in der Vergangenheit gerne mit erhobenem Zeigefinger unterwegs, besonders immer dann, wenn es in ihrem eigenen Leben Probleme gab, die sie versuchte zu verdrängen. Ob meine Freundin aktuell ein Problem mit sich herumträgt? Meine Gedanken behalte ich für mich. Trotzdem bin ich schon überzeugt, sie möchte erneut von sich ablenken und verhält sich daher wieder wie eine Gouvernante.

„Wir sehen uns, meine Liebe", ein angedeuteter Kuss in Inas Richtung muss ausreichen, dann eile ich aus ihrem Haus. Im Garten hole ich tief Luft. Meine Freundin ist so ganz anders als ich es bin. Ich will hoffen, unser gemeinsamer Urlaub verläuft harmonisch. Wir vier Freundinnen sind schon so lange befreundet, darauf möchte ich nicht mehr verzichten. Mir fällt Karin ein, auf sie freue ich mich schon sehr. Karin liebt gutes Essen, Prosecco, kann über Kleinigkeiten lachen, sie ist einfach meinem Naturell am ähnlichsten. Mein Handy klingelt erneut und ich sehe zu, den Garten von Ina zu verlassen. Wie ich sie kenne, wird sie mir nachsehen und mit einem lauten Ruf nicht an sich halten, falls es wieder der Anrufer von vorhin sein sollte.

„Ja, hallo?"
„Hier auch hallo, liebe Lotte", das anschließende Kichern kommt von Petra. „Ich finde es toll, dass du spontan für heute Abend zugesagt hast. Marc ist noch unterwegs und mir ist nach etwas Unterhaltung."
„Essen macht glücklich, meine Liebe", antworte ich und zeitgleich muss ich grinsen, für Petra dürfte der Spruch nicht passend sein. Daher sage ich süffisant freundlich: „Meine Freundin tut es den Kaninchen gleich und liebt mehr das

Grünzeug, verzichtet auf den Pizzateig samt Belag und somit auf sämtliche Kalorien."

„Warte nur, bis wir uns am Pool von dem Kreuzfahrtschiff treffen und du neidisch auf meine Kurven schielst." Petra reagiert belustigt, was mir gut gefällt. Kurz berichte ich noch von meinem Besuch bei Ina.

„Wir reden am Abend ausführlich darüber. Ich will mich noch umziehen", unterbricht Petra meinen Redeschwall. „Und komm pünktlich!"

Mein Grundstück erreiche ich mit einem Lachen im Gesicht. Die Aussicht, Petra am Abend zu treffen, gefällt mir, stimmt mich milde und lässt die Reaktion von Ina verblassen. Kaum, dass ich mir einen frischen Kaffee gekocht habe und mit einem Stück Marzipantorte zurück im Garten bin, klingelt mein Handy erneut. Mein Blick fällt auf die Nummer und ich ahne schon, sie gehört zu dem unbekannten Mann von vorhin.

„Meine Marzipantorte, die gerade vor mir steht, werde ich jetzt nicht mit Ihnen teilen", kichernd lasse ich mich in meinen Gartenstuhl fallen. Das Leben, so meine Überzeugung, kann so grandios sein. Von herrlich leicht, verzaubernd und in der Liebe verrucht, bis … Darüber möchte ich nicht nachdenken.

„Das dürfen Sie mir nicht antun, bitte!" Jetzt klingt auch sein Lachen an meine Ohren. „Sie sind ziemlich ungerecht zu mir!"

„Wer, bitte schön, stört gerade wen? Wie soll ich meine Marzipantorte genießen, wenn ich vom Essen abgehalten werde? Immerhin rufen Sie seit einer Stunde ständig mich an, nicht umgekehrt."

Vorwurfsvoll sollen diese Worte klingen, jedoch gelingt mir der passende Unterton nicht, ich fange schon wieder an zu lachen. „Ich soll ungerecht zu Ihnen sein? Niemals würde ich mir dieses Verhalten erlauben, bei einer so schönen Frau."

Wie verrückt das kleine Telefonat doch ist, überlege ich. Mir tut es gut, mit diesem Fremden zu reden, zu Lachen und für den Moment alle Sorgen zu vergessen. Selbst wenn dies für meine Freundin Ina schon flirten ist, na und? Wem tut es weh?

Gewiss ist nur, mir tut der Unbekannte im Moment gut. Am Abend werde ich einen Prosecco trinken und dabei Petra jedes Detail meines Telefonats berichten. Meine Gedanken driften ab, ich stecke mir ein Stück Marzipantorte in den Mund. „Ihnen scheint es gut zu schmecken."

Erschrocken über das Gehörte, meine Gedanken und die Situation an sich, beende ich ohne Ankündigung das Telefonat. Bin ich noch zu retten, frage ich mich selbst. Mein Handy lege ich zur Seite, meinen Kuchen ebenfalls. Dafür genieße ich jetzt die Nachmittagssonne. Versonnen denke ich an unsere Reise. Mir liegt am Herzen, mit Freude diesen Urlaub anzutreten und jede, wirklich jede Minute zu genießen.

Franz kommt mir erneut in den Sinn. Mein Blick schweift automatisch zum Himmel. Das satte Blau, ich liebe es. Für mich kann der Sommer ewig bleiben. Ein kleiner Schmetterling, der frech um meine Nase kreist, zieht meine Aufmerksamkeit auf sich. Gebannt verfolge ich seine Flugkünste, bis er sich auf einer meiner Blumen niederlässt. Ob das Leben als Schmetterling schön ist? Gibt es ein Leben nach dem Tod und wenn ja, wie sieht es aus? Werde ich nochmals auf diese Erde kommen, vielleicht als Schmetterling? Über meine Gedanken fange ich an zu lachen, schüttele automatisch meinen Kopf.

Mit Franz ist das Leben für mich gerade nicht mehr rosig. Momente, in denen ich gelöst war, einfach einmal mit ihm lachen konnte, wie zu Beginn der Freundschaft, ließen auf sich warten. Wieso kommt nach einem Höhenflug der Glücksgefühle automatisch wieder Eiswind hinterher? Mehr als nur einmal habe ich versucht, mich in Franz hineinzudenken, sein Verhalten zu erforschen, lag mir am Herzen. Mein Resultat jedoch fällt unbefriedigend aus. Franz kann ich gefühlsmäßig in keine Schublade stecken. Zwischen himmelhoch jauchzend und zu Tode betrübt ist alles möglich, fast täglich ändert dieser Mann seine Launen. Wirklich alles, was mich zu Beginn angezogen und gereizt hat, das neue und fremde Verhalten, das mir auffiel, schreckt mich heute ab. Ina sagt immer wieder, ich sei naiv und unfähig, eine Beziehung zu führen. Sie schiebt, so interpretiere ich ihre Worte, die gesamte Schuld auf mich. Tief Luft holend schaue ich mich in meinem Garten um, der mir immer wieder Ruhe und Kraft schenkt. Natürlich möchte ich in einer glücklichen Beziehung leben und mein Wunsch, länger als nur in den ersten Wochen einer neuen Beziehung Schmetterlinge zu spüren, ist auch normal.

Wie Petra ihre Partnerschaft mit Marc so gut meistert? Die beiden haben umeinander gekämpft und allem Anschein nach war es auch richtig so. „Freiräume braucht jeder Mensch", hat Petra mehr als einmal mir gegenüber betont. Mit Franz an meiner Seite habe ich aufgehört, Zeit für eigene Bedürfnisse zu suchen. Auch meine Treffen mit Ina, Karin und Petra habe ich immer öfter sausen lassen, um Franz nicht zu verärgern. Er mochte es nie gerne sehen, wenn wir mit Prosecco und Chips zusammensaßen und klönten.

„Dabei kommt doch nur Mist heraus", durfte ich mir mehr als nur einmal aus seinem Mund anhören. Ich schwieg stets darauf. Mir lag nur am Herzen, diesen Mann glücklich zu machen und mein Wunsch, seine Liebe zu spüren, kam schon einer Sucht nahe. Wahrscheinlich bin ich süchtig nach netten Worten und Gesten. Meine Mutter fällt mir ein und sogleich spüre ich wieder diesen Druck in meinem Magen, der mir sagt, du kümmerst dich zu wenig um sie. Kurz schließe ich meine Augen und lasse zu, dass meine Gedanken mich in die Kindheit zurückführen. Die wenigen Momente, in denen ich fröhlich durch den Garten gehüpft bin, stehen nicht in einer Verbindung mit meiner Mutter. Die Zeit, als sie krank war und meine Tante Lydia Lowere in unserem Haus lebte, war meine glücklichste Zeit. Mit Lydia Lowere zog die Fröhlichkeit in unser Haus ein, das hat mein Vater oft betont. Wenn wir, nachdem Mutter wieder gesund war und zu Hause weilte, von Lydia Lowere sprachen, lag ein Lächeln auf Vaters Gesicht. Nur Mutter konnte kein gutes Wort für ihre Schwester finden. Meine Tante, das durfte ich nach ihrem Tod erfahren, hat ein Leben geführt, das so ganz anders verlief als meines jetzt. Lydia hätte nicht so viel über eine Beziehung nachgedacht, sie hat gelebt und das mit Leidenschaft. Immer hübsch angezogen und frisiert war meine Tante. Das schöne und gute Leben war ihr zu eigen geworden, auch dank Vincenz. Lustig, dass dieser Mann zunächst mit meiner Tante liiert war und ich heute für ihn wie eine Tochter bin. Wenn ich so über mich nachdenke, dann habe ich mich schon zum Positiven verändert. Lydia Lowere wäre stolz auf mich. Immer öfter kleide ich mich gut, achte mehr auf meine Haare und gelegentlich greife ich zu Make-up. Natürlich falle ich immer wieder mal in alte Muster, das wiederum empfinde ich als normal. Erneut denke ich an Franz. Habe ich mich zu sehr aufgehübscht im Alltag, war Franz sauer. Immer öfter fand er einen bösen Kommentar mir gegenüber, aber auch wenn ich wieder mal meine Leggins und Strickpullis hervorzog, war sein Blick abwertend. Ich war jeden Tag melancholischer geworden. Mit dem ersten Treffen zwischen Franz und mir kam es damals auch zu einer Veränderung für mein altes Haus. Wenn ich mich jetzt so umsehe, dann muss ich zugeben, es ist wieder Zeit für kleine Reparaturarbeiten. Innerlich muss ich schmunzeln bei dem Gedanken an meine ersten Versuche, über eine Kontaktanzeige einen Mann und zeitgleich einen Handwerker für mein altes Haus zu finden. Mit dieser Idee und meiner Kontaktanzeige kam Franz in mein Leben und in mein Haus. Zumindest blieb er für wenige Wochen als Handwerker bei mir wohnen, zunächst immer an den Wochenenden, von Freitag am Nachmittag bis Sonntag nach dem Abendbrot. Während er sich um mein Haus gekümmert hat, sorgten Karin und ich mich um seine Wäsche und das leibliche Wohl. Letzteres ließ er sich ganz besonders verwöhnen.

Vom Grunde her war es ganz einfach gewesen, unser Kennenlernen. Hätte ich damals nicht die Kontaktanzeige aufgegeben, wir wären uns nie begegnet. Ob ich einen neuen Versuch starten soll? Irgendwie reizt mich die Möglichkeit, das Schicksal noch einmal herauszufordern und vielleicht kommt dann doch noch der Mann meiner Träume in mein Haus? Obwohl, was würde ich tun, wenn Franz sich erneut bei mir als Handwerker bewerben würde? Zugeben darf ich, die Türe würde ich nicht vor seiner Nase zuschlagen. Franz ist ein guter Handwerker und ein ebenso guter Liebhaber. In den Wochen, als Franz sich handwerklich für mein altes Haus einsetzte, fing mein Haus immer mehr an zu glänzen. Irgendwann war mein Haus wieder vorzeigbar und die größten Mängel behoben, soweit war alles gut. Das Traurige in diesem Zusammenhang ist die Gewissheit, dass plötzlich auch Franz nicht mehr regelmäßig bei mir auftauchte. In mir herrschten eine Leere und Zerrissenheit. Als wir uns dann aber erneut näherkamen, lagen die Prioritäten für Franz anders. Mein Haus und sein Ist-Zustand wurden von ihm gekonnt ignoriert und vergessen.

Während Franz in regelmäßigen Abständen nun Einzug in mein Schlafzimmer hielt, trug er Scheuklappen, was den allgemeinen Zustand meines Hauses betraf, zumindest kommt es mir heute so vor. Schade eigentlich! Da war ich mit einem richtigen Handwerker liiert und noch dazu mit einem talentierten und mein Haus ist noch immer, besser gesagt erneut, renovierungsbedürftig. Was das anbetrifft, dürfte Franz nicht einmal sauer sein, sollte ich tatsächlich wieder einen Mann zum Renovieren suchen. Immerhin bleibe ich der Wahrheit mit einer solchen Kontaktanzeige doch sehr nah.

Vincenz, mein väterlicher Freund, war bei seinem letzten Besuch erschrocken über den baulichen Zustand meines Hauses und meinte, ich solle vorübergehend in die alte Villa in Frankfurt zu Anton Wall einziehen.

„Vergisst du gerade, dass Anton Wall sein Atelier in der alten Villa hat und dort auch wohnt?", gab ich Vincenz zu bedenken. „Mir ist zu Ohren gekommen, Anton Wall kann einen Untermieter sehr gut gebrauchen." Sein Blick, der sehr nachdenklich wirkte, hatte mich kurz verwundert. Keine fünf Minuten später setzte Vincenz noch einmal bei dem Thema an.

„Gefällt dir die alte Villa deiner verstorbenen Tante Lydia Lowere? Findest du auch, dass ihr Geist in diesen Räumen ruht?"

Es war ja rührend von Vincenz, sich Sorgen darüber zu machen, wo und wie ich in der Zukunft leben kann. „Zugegeben, es liegen natürlich Welten zwischen deinem kleinen Haus hier und der Villa von Lydia Lowere", hob Vincenz seine Stimme.

„Wie sollte ich die alte Villa unterhalten, geschweige denn putzen? In meinem Café müsste ich mir noch eine Aushilfe einstellen, nur damit ich den größeren zeitlichen Aufwand bewältigt bekäme."

So ganz zufrieden war Vincenz mit meinen Worten nicht, was er auch gleich betonte.

„Nicht zu vergessen, die große Entfernung zu Ina, Karin und Petra. Eine räumliche Trennung muss bedacht angegangen werden", fügte ich emotional nach. „Möchtest du eine Tasse Kaffee?", brach ich das Thema dann ab. Mir war es unangenehm, über etwas zu sprechen, das niemals in Erfüllung gehen kann. Daher brachte ich das Thema wieder auf die bevorstehende Reise.

Erst als Vincenz gegangen war und ich wieder allein in meinem Garten saß, blickte ich mich erneut genauer um. Nicht entgangen sind mir die vielen Schwachpunkte an meinem Haus, die zu beheben sicherlich meine kompletten Ersparnisse aufbrauchen werden. Ausgerechnet an diesem Abend gab es ein fürchterliches Gewitter in der Nacht. Zum einen gruselte mich schon die Dunkelheit, gepaart mit einem Donner wollte ich mich am liebsten ganz unter meiner Bettdecke verkriechen. Wäre Franz nur bei mir gewesen, ich hätte nicht einmal das Gewitter mitbekommen, davon bin ich überzeugt.

Der laute Knall und ein damit einhergehender Windstoß, der unvermittelt durch mein Schlafzimmer zog, ließen mich unter meiner Decke hervorkommen. Ein Windzug war zu spüren, obgleich die Decke über mir lag. Nicht verhindern ließ sich in diesen Minuten, dass ich mich der Wahrheit stellte und meine Augen erblickten, was geschehen war. Mein Schlafzimmerfenster war weit aufgerissen, der linke Fensterflügel aus seiner Verankerung gerissen. Er flog mit dem Wind hin und her, was einen unangenehmen Ton erzeugte, der mich ängstigte. Quietschende Geräusche und im Hintergrund die Lichteinfälle eines Blitzes tauchten mein Schlafzimmer in eine mystische Stimmung, die mein Herz schneller schlagen ließ. An Schlafen war in dieser Nacht nicht mehr zu denken. Der einfallende Regen, das Quietschen des ausgerissenen Fensterflügels, der eiskalte Wind und die aufkeimende Angst hielten mich bis zum Morgen wach.

Meine Idee, die Zeit in der Küche zu nutzen, um an meiner Kolumne zu schreiben, zog mich in das Erdgeschoss meines Hauses. Wie erschüttert war ich, als ich die letzte Stufe meiner alten Holztreppe betrat und im Nassen stand. Mein Plüschpantoffel war innerhalb von Sekunden durchnässt. Panik stieg mir in die Knochen. Hier war mehr kaputt als ich mir eingestehen wollte. Wieso, so meine nächste Frage, hat Franz sich nie darum gekümmert? Zumindest einen Hinweis hätte er mir doch geben können. Seine Nummer wählte ich automatisch, leider erreichte ich in diesen Minuten nur seine Mailbox. Typisch, so dachte ich mir, wenn ich den Mann mal brauche, liegt er in seinem Bett und schläft. Kurz überflog ich in Gedanken meine Ersparnisse und zog die Hilfe eines fremden Handwerkers in Betracht. Nur, so der nächste Gedanke, dann würde ich im Anschluss wieder bankrott sein, was mir Sorgen bereitete.

Suche Hilfe beim Renovieren, mit einem Male hatte ich doch wieder eine neue Formulierung für eine Kontaktanzeige in meinem Kopf. Mit Suche Mann zum Renovieren hatte es doch auch funktioniert. Mein Beziehungsstatus war gerade wieder auf Single gestellt und so konnte ich erneut zwei Fliegen mit einer Klappe schlagen, lachte ich in mich hinein. Im Nachhinein wundere ich mich, wie gelassen ich diese Nacht, das Gewitter und die Umstände aufgenommen habe. Mit meinen Pantoffeln stampfte ich damals durch meine Küche. In meinem Kühlschrank fand ich noch eine Flasche Prosecco, die zu der bizarren Situation passte. Um dem Trübsinn zu entkommen, gönnte ich mir ein Gläschen, verzog mich trotz der Dunkelheit in meinen Garten und blickte mich um. Gegen Morgen habe ich mich daran gemacht, das Erdgeschoss vom Wasser zu befreien und zu putzen.

Ich darf nicht immer in der Vergangenheit schwelgen, ermahne ich mich selbst. Mein Gesicht halte ich unvermittelt in den Himmel, genieße die warmen Strahlen der Sonne, die ihren Weg bis zu mir finden. Nach dem Gewitter von vor zwei Tagen, ist es heute ruhig und mir ist es auch gelungen, den ausgerissenen Fensterflügel selbst wieder einzuhängen. Darauf bin ich stolz! Wasser ist auch keines mehr in meinen Flur getropft, kein Wunder, in den letzten Tagen schien die Sonne. Etwas bange wird mir allerdings vor der nächsten Schlechtwetterfront, die sicherlich nicht mehr lange auf sich warten lässt. Ob ich doch noch einmal mit Vincenz reden soll?

Ihn um Geld zu bitten, empfinde ich nicht als Alternative. Gehen Freundschaften nicht viel zu oft in die Brüche, wenn es um das liebe Geld geht? Wieso nur ist er so vehement davon überzeugt, ich solle in die alte Villa ziehen? Einfacher wäre es doch, er kommt von sich auf die Idee und leiht mir Geld für die Reparatur meines Häuschens oder schickt mir einen Handwerker ins Haus. Mein Kopf ist voll mit Gedanken, ich fühle mich gerade überfordert und finde nicht wirklich einen

Weg für mich. Eines ist mir jedoch gewiss, ich werde mir nicht den Abend und die Freude auf Petra nehmen lassen. Irgendwie, so ist mir bewusst, bekomme ich meine Probleme schon in den Griff. Bisher gab es immer eine Lösung, darauf möchte ich auch jetzt hoffen.

Florian

Lotte Wolke, der Name ist schon lustig. Neugierig bin ich auf die Frau, die diesen Namen trägt. Meine bisherigen Versuche, Lotte Wolke zu treffen, waren nicht von Erfolg gekrönt. Die Idee, sie anzurufen und über meine Leidenschaft zu ihrer Marzipantorte einen Kontakt zu dieser Frau aufzubauen, war auch nicht so genial. Allerdings ist mir keine andere Eingabe gekommen und so habe ich den Versuch gestartet und mich bei den kurzen Telefonaten köstlich amüsiert. Die Frau hat Humor, das dürfte schon einmal ein guter Anfang sein. Natürlich gibt es die Möglichkeit, auf ein Treffen in ihrem Café in Limburg zu warten, was mich allerdings zeitlich sehr einbinden würde. Im Augenblick will ich meine privaten Dinge regeln und kann nicht unnötig herumsitzen und warten, dass diese Frau mich bedient. Wenn ich mir etwas in meinen Kopf gesetzt habe, dann muss ich es umsetzen.

Schon nächste Woche werde ich Vincenz wiedersehen. Dieser Mann ist mein Vorbild, in vielerlei Hinsicht. Ihm habe ich zu verdanken, dass ich jetzt den Versuch starte, Lotte Wolke doch noch zu treffen, bevor ich wieder nach Frankfurt zurückfahren und meiner Arbeit nachgehen muss.

Den Worten von Vinzens zufolge, soll Lotte Wolke meinen Freund an seine verstorbene Tochter erinnern. Aus dieser Sichtweise heraus ist es für mich noch wichtiger, mir ein persönliches Bild von dieser Frau zu machen. Sie ist sehr wichtig für Vincenz, das ist mir inzwischen bewusst geworden. Die ganzen Verträge, er hätte diese niemals unterschrieben und so viele Hindernisse überwunden, läge ihm nicht so viel am Wohl von dieser Frau. Mehr als nur einmal durfte ich in meinem Freundeskreis beobachten, das es erfolgreiche Menschen zu dem Gegensätzlichen zieht, dem, was sie im Alltag nicht ausgelebt und gelebt, eventuell auch vermisst haben. Als guter Zuhörer habe ich mir von Lotte Wolke schon ein Bild machen können und das, was ich herausgehört habe, lässt meine Meinung wachsen, ich liege nicht so falsch mit meiner Vermutung. Trotzdem liegt ein Reiz des Verborgenen über allem Neuen und ich will diesen erkunden. Mein Lebensmotto, immer alles zu bewältigen, keinen Berg als zu hoch anzusehen, zollt meiner Ausdauer und Zielstrebigkeit. Das ist auch ein Grund, wieso ich noch keine Frau an meiner Seite vorweisen kann, zumindest keine, die bleibt. Mit einem Workaholic will auf Dauer keine Frau zusammenleben, durfte ich mehr als nur einmal erfahren. Ein spießiges Leben mit geregelten Uhrzeiten, um gemeinsam am Tisch zu sitzen und gemeinsam das Abendessen einzunehmen, kann ich nun einmal für mich nicht als erstrebenswert ansehen. Umso verwunderter bin ich über mein Verhalten zu Lotte Wolke. Um diese Frau zu treffen, verbiege ich mich geradezu und habe auch noch Freude dabei. Beim Telefonat war sie mir sogleich sympathisch. Nun gut, ich muss abwarten, was mir die Realität zeigen und bringen wird. Mich hat noch niemand von meinem Weg abgebracht, auch nicht die schönste Frau.

Gewunden habe ich mich zunächst, die Vorschläge von Vincenz anzunehmen und seiner damit verbundenen Bitte nachzukommen. Nicht leugnen darf ich, bei dem vorgeschlagenen Deal einen guten Abschluss vor Augen zu haben und für die Zukunft mehr als nur ein Plus zu verzeichnen, wenn ich unterzeichne. Angenehm wird mein zukünftiges Leben verlaufen, soweit Lotte mitspielt, was mir Vincenz von Beginn der Verhandlungen an betont hat. Etliche Jahre arbeite ich schon mit diesem Mann zusammen und niemals zuvor habe ich ihn als gefühlsbetont oder weich erleben dürfen. Kurz glaubte ich, es liegt an seinem Alter, was ich dann wieder verwarf. Es muss mit der Persönlichkeit von Lotte Wolke zusammenhängen. Umso neugieriger bin ich, diese Frau so bald als möglich zu treffen.

Petra

Im Autoradio läuft gerade ein Liedbeitrag, der mich strahlen lässt. Erinnerungen an die ersten Treffen mit Marc werden wieder geweckt, ich summe leise bei dem Song mit und fühle mich gut dabei. So, wie mein Leben gerade verläuft, soll es bleiben, überlege ich, während ich für einen Überholvorgang ordentlich Gas gebe. Meine Einkäufe habe ich alle erledigt, für Marc habe ich für morgen Früh zum Frühstück seinen Lieblingskäse bekommen, soweit habe ich alles im Griff. Auf mein Treffen am Abend mit Lotte freue ich mich schon sehr. Leider habe ich meine Freundin nicht wie erhofft in ihrem Café angetroffen. Spontan hatte ich mich in der Mittagspause für einen Abstecher in Lottes Café entschieden. An manchen Tagen ist mir nach Reden, dann brauche ich meine Freundin. Umso größer war meine Enttäuschung, Lotte nicht anzutreffen. Gemildert wurde dies jedoch durch die Tatsache, dass Karin vor Ort war. So ganz habe ich mich noch immer nicht daran gewöhnt, dass auch Karin jetzt regelmäßig im Café arbeitet und daher auch dort anzutreffen ist.

„Für dich einen Kaffee ohne alles?" Im Eilschritt lief sie an mir vorbei, in den Händen ein volles Tablett. Mein Nicken schien Karin noch registriert zu haben, keine zwei Minuten später dampfte ein frischer Kaffee vor mir auf meinem Tisch, den ich zuvor eisern erkämpft hatte. Lotte und Karin können sich nicht über mangelnden Zulauf beklagen.

„Kuchen?" Die Frage von Karin kam eher obligatorisch als ernstgemeint über ihre Lippen. Mit einer Antwort hatte sie ebenfalls nicht gerechnet und gleich weitergesprochen: „Ich freue mich auf unsere Reise." Meinen Versuch, Karin direkt zu antworten, konnte ich nicht in die Tat umsetzen. Karin war bereits zum Nachbartisch geeilt und notierte dort eifrig eine neue Bestellung. Mein Blick blieb noch eine Weile an ihr hängen, ich beobachtete ihr Handeln. Für Karin habe ich eine berufliche Zukunft irgendwo in einer Behörde vorhergesehen, nicht aber in Lottes Café. Zugeben kann ich aber, sie macht ihre Arbeit hervorragend und wirkt zufrieden. Karin begegnet den Kunden mit einer natürlichen Freundlichkeit, was sehr gut aufgenommen und geschätzt wird. Ihre kurze Zeit in der Galerie von Anton Wall war so schnell beendet, irgendwie habe ich das erst zu einem Zeitpunkt mitbekommen, als Karin schon fest im Café als Hilfe eingeplant war. Jetzt, so habe ich erfahren, hilft sie an den Wochenenden hin und wieder in der Galerie aus. Mich interessiert, was vorgefallen ist und wieso Karin ihr Leben erneut komplett verändert hat. Einen Grund für diesen Einschnitt in ihrem Leben muss es doch geben. Mir fehlen unsere Mädelsabende und umso glücklicher bin ich in Erwartung der Zeit an Bord unseres Kreuzfahrtschiffes.

Karin beobachte ich noch eine Weile. In dem Moment, als sie wieder an meinem Tisch vorbeikommt, bitte ich um die Rechnung. Meine Frage beim Bezahlen, ob sie am heutigen Abend spontan mit Lotte und mir zum Italiener möchte, winkte sie lächelnd ab. „Morgen früh, nach meiner Schicht, fahre ich nach Dresden", ihre Wangen waren plötzlich rot. Verwundert hob ich meine Augenbrauen, blickte sie erwartungsvoll und neugierig an.

„Der neue Kunstdirektor hat mich zu einer Vernissage eingeladen."

„Aha!" Ich stehe verblüfft von meinem Stuhl auf. „Die Reise? Unsere Kreuzfahrt?"

Karin lachte. „Seit wann redest du so abgehakt? Ich erkenne dich nicht wieder." Im Umdrehen rief sie noch: „Natürlich komme ich mit an Bord, diese Einladung lasse ich mir doch nicht entgehen! In Dresden bleibe ich nur für eine Nacht.

Somit habe ich am Sonntagabend noch genügend Zeit, meinen Koffer zu packen. Und ich werde pünktlich mit euch in Hamburg an Bord gehen, verlass dich auf mich!"

Etwas verwundert über Karin machte ich mich auf den Nachhauseweg. Auch jetzt noch, in meinem Auto sitzend, denke ich an Karin. Der Song im Radio schenkt mir Ablenkung und bringt mich nun auf die Idee, wieder einmal etwas Verrücktes mit meinem Freund zu planen. Spontan eine Nacht zu verreisen, diese Idee kommt in meinen Kopf und gefällt mir sogleich. Zeitnah, nachdem wir Freundinnen von unserer Schiffsreise zurück sind, werde ich mich um ein hübsches Hotel für Marc und mich kümmern. Beseelt von diesem Gedanken parke ich mein Auto vor unserem Haus. Seit wenigen Wochen haben wir einen eigenen Parkplatz, was in der Kleinstadt schon ein Stück Luxus ist. Allgemein gehe ich morgens zu Fuß zu meiner Bank. Nur, wenn ich noch Einkäufe zu erledigen habe, dann nehme ich das Auto.

„Du siehst klasse aus!" Mein Freund Marc kommt in unser Badezimmer, als ich gerade meine Lippen nachziehe.
„Ich sollte mir überlegen, zu Hause zu bleiben und auf meine Tennisstunde zu verzichten", nimmt er mich in seine Arme. Mit einem Ruck zieht er mich an sich, unvermittelt liegen seine Lippen auf meinen und seine Hände unter meiner Bluse. Kichernd ziehe ich ihn mit aus dem Badezimmer. Jede Stunde mit Marc ist für mich wie ein Geschenk, eine Offenbarung, auf die ich mein Leben lang gewartet habe. Im Schlafzimmer angekommen fällt meine Bluse auf den Boden, mein BH liegt schon daneben, bevor ich auf dem Bett lande. „Du riechst so gut", schnuppert Marc an meiner Schläfe. Seine Hände streicheln meine Brüste. Ich spüre, wie sehr er mich erregt und kann durch seine Hose spüren, ihm geht es ebenso wie mir.

Meine Freundinnen sind völlig raus aus meinem Kopf. Ich will nur diesen einen Moment mit meinem Freund genießen, seinen Körper und sein Verlangen nach mir spüren.

„Du gehst mit Lotte essen?" Marc blickt mich, nachdem wir uns innig und ausgiebigst geliebt haben, neben mir auf dem Bett liegend ungläubig an. Sein Atem ist noch unruhig, mir geht es ebenso. Ich lege meine Hand auf seine nackte Brust, spüre jeden Atemzug meines Liebsten.

„Lotte ist ein feiner Mensch." Meine Beteuerung kommt nicht wirklich an. Marc lacht. „Zu Lotte passen eher Worte wie unzuverlässig, chaotisch und ...", an dieser Stelle unterbreche ich Marc, verschließe seine Lippen erneut mit meinen. Wie sehr ich seine Hände auf meinem nackten Körper liebe und jede seiner Berührungen herbeisehne und begehre! Mit diesem Mann ist es leicht und wunderbar, Frau zu sein.

Eine Woche ohne Marc, ich leide schon bei dem Gedanken daran. Zu Beginn war der Plan von Vincenz noch gewesen, dass Marc, Franz und Johann uns auf der Reise begleiten. Doch dann kam es bei den Herren plötzlich zu einer Absage. Zunächst musste Johann aus beruflichen Gründen absagen, was Ina nicht allzu sehr sorgte, wie ich verwundert feststellen konnte. Als nächster Ausfall erwies sich Franz. Lotte, so darf ich beobachten, kommt mit der neuen Situation nicht gut klar. Am Telefon hat sie sich in den letzten Wochen bei mir immer wieder ausgeheult. Vom Grunde, so denke ich, ist es für Lotte besser so. Franz war plötzlich nicht mehr ständig an ihrer Seite, womit ich schon lange gerechnet habe. Nicht entgangen sind mir die Reibereien zwischen beiden und nach dem Versuch von Lotte, in roten Dessous zu punkten, und der blöden Reaktion von Franz, habe ich den Tag ihrer Trennung schon erwartet. Mein Freund Marc kam zu diesem Zeitpunkt zu dem Entschluss, an einem Tennisturnier teilzunehmen, sodass ich auch ohne männliche Begleitung auf Reisen gehen muss.

Dass ich gerade jetzt daran denken muss. Sicherlich habe ich schon Abschiedsschmerz in meinem Herzen. Marc vertraue ich meine Gedanken an. „Meine Entscheidung hier zu bleiben, hat doch nichts mit dir zu tun, Petra. Meine Ängste, ständig zwischen dir, Lotte, Ina und Karin zu hängen, sind der Grund gewesen, mich zu dem Tennisturnier anzumelden." Marc lächelt mich an und steigt zeitgleich aus dem Bett. Kurz hält er in seiner Bewegung inne, blickt mich über seine Schulter an. „Nach deiner Rückkehr nehmen wir uns zwei Tage nur für uns Zeit." Sein anschließender Blick und der Luftkuss, den er mir zuwirft, lassen mich versöhnlich zurück. Insgeheim freue ich mich schon auf die kleine Auszeit nur mit meinen Freundinnen. Mir ist bewusst, hätten wir alle einen Partner mit an Bord, bliebe für unsere Mädelsrunde wenig Zeit. Einmal wieder einen Abend mit Prosecco und Chips gemeinsam in einer Kabine sitzen und einen schnulzigen Film im TV laufen lassen, danach sehne ich mich. Mir fehlen auch die Gespräche untereinander. Nun gut, mit Ina ist es immer noch problematisch, trotzdem gehört sie in die Runde und ich mag sie inzwischen auf meine eigene Art und Weise. Will heißen, ich kann auch mit ihren Giftspitzen umgehen, die leider immer noch auf mich zielen. Nein, mit unseren Partnern wäre der Urlaub sicherlich eine nervliche Herausforderung geworden. Außerdem sind unsere Freunde sehr unterschiedliche Charaktere, was nicht unbedingt zu einem harmonischen Miteinander über eine ganze Woche beitragen würde. Kurz denke ich an die Essgewohnheiten meiner Freundinnen und bin dankbar zu wissen, an Bord gibt es Büfett und somit findet jede von uns das Richtige für sich.

Meine Turnschuhe liegen schon im Koffer, mein Tennisschläger ebenfalls. Ich habe gelesen, es gibt an Bord eine Halle zum Spielen und falls gewünscht auch Trainerstunden. Ina kommt mir schon wieder in den Sinn und ich atme unvermittelt schneller ein und aus. Sie ist eine gute Tennisspielerin. Mein Wunsch, dass wir uns in Freundschaft begegnen, wird hoffentlich erfüllt. Die Tatsache, dass sie zuvor mit Marc verheiratet war, lässt immer wieder Eifersüchteleien aufkommen, besonders dann, wenn ich mich schön anziehe und Ina einmal mehr vergisst, noch jung zu sein. Mit Anfang Vierzig muss Frau noch nicht aussehen wie ihre eigene Großmutter. Ina ist auf ihre Art eine gepflegte und immer ordentlich gekleidete Frau, jedoch das Wort langweilig ist in modischer Hinsicht ihr ständiger Begleiter. Mit meiner Einstellung und Kleidung ernte ich von Ina in regelmäßigen Abständen giftige Kommentare. Ob sie jetzt glücklich ist mit ihrem neuen Freund? Immerhin darf Marc den gemeinsamen Sohn jetzt regelmäßig sehen und ich werde von ihr akzeptiert, das ist schon ein Schritt in die richtige Richtung. Ehrlich gesagt, bin ich dankbar, dass Marc einen Sohn hat und er nicht auf die Idee kommt, mich zur Mutter zu machen. Nein, diese Rolle würde mir nicht passen. Nicht, dass ich Kinder nicht liebe, im Gegenteil. Wirklich immer freue ich mich darüber, den kleinen Wolfi zu sehen. Marcs Sohn lacht so herzlich beim Spielen und trotzdem bin ich froh, mein Leben frei bestimmen zu können. Spontan zum Sport gehen oder wie heute am Abend mit Lotte zum Italiener, das wäre nicht mehr möglich mit einem eigenen Kind.

Während ich meine Tasche für den Abend suche, will Marc wissen, ob Lotte noch in ihrem Haus wohnt. „Wenn ich in den letzten Wochen an ihrem Haus vorbeigefahren bin, ich dachte mehr als nur einmal, hier fehlt wieder ein ordentlicher Handwerker."

Durch die Worte von Marc muss ich unvermittelt an Franz denken. „Wie sehr sich Franz doch verändert hat. Zu Beginn hat er Lotte jedes Wochenende im und am Haus geholfen, doch mit der Zeit war er mit Scheuklappen zu ihr gefahren. Ob er Lotte nicht mehr richtig geliebt hat?", sinnierte ich.

„Falls sie das Haus verkaufen möchte, ich habe einen Interessenten für Lottes Haus. Hat sie dir gegenüber mal erwähnt, in dem alten Haus wohnen zu bleiben?"

„Soweit ich weiß, ja. Bisher gibt es auch keine Alternative für Lotte. Am Abend kann ich sie darauf ansprechen und fragen. Du kennst sie aber doch, kaum ist das Wetter schön und kein Regen tropft von ihren Decken in das Innere des Hauses, denkt Lotte nicht darüber nach, etwas zu ändern."

Lotte

Noch immer weile ich in meinem Garten und hänge meinen Gedanken nach, besonders denen um Franz. Erneut überlege ich mir, ihn doch um Hilfe beim Renovieren zu bitten, als ich mein altes Gartentor knarren höre.

„Fräulein Lotte!"

Diese Stimme holt mich aus meinem kleinen Tagtraum heraus. Vor mir, geradewegs in meinem Garten, steht mein alter Postbote. „Diese Briefe!" Ohne auf ein Wort von mir zu warten, marschiert er auf mich los. „Mein junger Kollege hat mich informiert, es geht schon wieder los!" Seine Stimme ist laut geworden. Zu laut für meinen Geschmack.

„Mir ist auch zu Ohren gekommen, liebe Lotte, was alles vorgefallen ist!"

„Ich liebe das Leben auf dem Land", halte ich meine Hand erwartungsvoll auf. „Nicht zu leugnen aber ist die Tatsache, dass eine Portion Freiheit verlorengeht, zumindest mit solchen Nachbarn, wie Sie es sind."

Die gutgemeinten Worte, wie „Ich mache mir nur Sorgen, Fräulein Lotte. Wir kennen uns doch schon seit sie noch ein Kind waren," lasse ich nicht aus seinem Mund sprudeln. „Ratschläge, seien sie auch noch so gut gemeint, möchte ich heute nicht hören!" Zunächst glaube ich noch, mein lieber Nachbar möchte sich in meinem Garten festsetzen, als er sich unerwartet rasch umdreht und den Rückzug antritt.

„Sie sollten einem alten Mann lieber glauben", ruft er mir über seine Schulter blickend zu. „Ich meine es nur gut mit Ihnen, Fräulein Lotte!" Kaum, dass mein ehemaliger Postbote wieder auf der Straße unterwegs ist in Richtung zu seinem Privathaus, klingelt mein Handy.

„Ja, bitte!"

„Ihre Stimme klingt angespannt", höre ich die gleiche Stimme sagen, die zuvor ein Stück Marzipantorte von mir wollte. Für einen Augenblick halte ich inne und denke darüber nach, was der Mann von mir möchte. „Hören Sie, mein Café hat allgemeine Öffnungszeiten und die sind auch im Internet abrufbar", weiter komme ich nicht.

„Schenken Sie mir doch etwas von Ihrer Zeit, bitte. Ich möchte Sie kennenlernen."

„Sie möchten mich kennenlernen? Wieso? Wer sind Sie und warum haben Sie so ein hartnäckiges Verlangen nach meiner Nähe?"

„Sagen wir, ich bin über einen gemeinsamen Freund von uns auf Sie aufmerksam geworden. Vincenz, er ist doch ein Freund von Ihnen?"

„Wo stecken Sie gerade?" Meine Frage kommt schneller über meine Lippen als ich denken kann. Zeit zum Verschreckt sein bleibt mir nicht.

„Augenblicklich sehe ich auf ein Schild mit dem Namen Nassau", höre ich seine Antwort mit dem Klang einer Verwunderung. „Darf ich Sie besuchen?"

„Sie können in fünfzehn Minuten bei mir sein, dann serviere ich Ihnen höchstpersönlich in meinem Garten das gewünschte Stück Marzipantorte."

„Fantastisch!" Seine Stimme klingt euphorisch. Kurz gebe ich noch meine Anschrift durch, dann ist mein Telefonat beendet. Für den Bruchteil einer Sekunde fühle ich mich wie ein verrücktes Huhn, dann aber wieder denke ich, das ist das Leben. Meine Freundin Ina hätte das Telefonat sicherlich sofort beendet, dem Anrufer keine Gelegenheit für eine private Unterhaltung geschenkt. Ich möchte aber nicht immer korrekt sein in meinem Verhalten und ich sehne mich nach den besonderen Momenten in meinem Leben. Langweilig kann es im Altersheim noch früh genug für mich werden.

Ups! In diesem Moment muss ich an Mutter denken, die ich unbedingt wieder einmal aufsuchen muss. Um mich abzulenken, lasse ich meinen Blick über die Blumenwiese wandern, was nichts nützt. Mutter fällt mir erneut ein und unvermittelt reagiert mein Bauch. Ich spüre diesen stechenden Schmerz, der meinem Gedanken folgt, sie nicht oft genug zu besuchen. Heute ist es schon das zweite Mal, dass ich diesen Gedanken hege. Mir ist bewusst, ich muss für mich persönlich einen Weg suchen, bei dem ich im Umgang mit meiner Mutter meine innere Ruhe finde. Die Gewissheit, sie ist im Heim gut versorgt, beruhigt mich leider nicht. Tatsache aber ist auch, mit meiner Mutter kann ich nicht länger als fünf Minuten zusammen sein, ohne in Streit zu geraten. Sie ist mir gegenüber ungeduldig und ständig muss sie an allem herumnörgeln und mir vor Augen halten, was ich angeblich alles falsch mache. Mir tut diese Gewissheit weh, schießen die Gedanken durch meinen Kopf. Dann verbiete ich mir weiter über meine Mutter und den noch anstehenden Besuch im Altersheim nachzudenken, vielmehr will ich mich auf meinen Besucher vorbereiten.

Rasch raffe ich mich aus meinem Gartenstuhl auf. Der angekündigte Besuch schafft es, mich abzulenken und an meine Pflichten als Gastgeberin zu erinnern. Mutter, so beschließe ich, besuche ich morgen, noch vor unserer Reise. Mein Gewissen ist beruhigt und ich überlege sofort, wie ich den kleinen Gartentisch eindecken soll, damit alles hübsch wirkt. Leider weiß ich nichts über den Mann, der mich aufsuchen wird, außer, dass er mit Vincenz bekannt ist. Ohne diesen Hinweis wäre ich sicherlich nicht so spontan gewesen, ihn gleich hier zu mir nach Hause einzuladen. Eventuell werde ich von dem Mann enttäuscht sein. Auch das stellt kein wirkliches Problem für mich dar. Ich habe dem Mann ein Stück Marzipantorte versprochen und das soll er auch von mir serviert bekommen. Später kann ich ihm sagen, dass ich noch verabredet bin und ihn bitten wieder zu gehen, ohne zu einer Lüge greifen zu müssen.

Mein Blick, während ich in meine Küche eile, fliegt über den Stapel mit Briefen, die mir mein Postbote überreicht hat. „Der Mann hat doch eine ausgeprägte Fantasie und übertreibt einmal mehr", sage ich und lasse den Rest von meinen Gedanken unausgesprochen. In meinen Händen liegen Bewerbungen für mein Café, denn ich brauche dringend noch eine neue Aushilfe, männlich oder weiblich, so stand es in der Anzeige. Dass sich jetzt vier Herren gemeldet haben, nehme ich schmunzelnd als Spaß des Universums wahr. Mit meinem alten Postboten werde ich nach meiner Reise ein ernstes Wörtchen reden. Ich mag es nicht, wenn Menschen sich in mein Leben einmischen, schon gar nicht ohne Grund. Er soll vor seiner eigenen Türe kehren, so mein Fazit zu seinem Auftritt. Die Briefe lasse ich vorerst in meinem Schreibtisch verschwinden, in der obersten Schublade.

Vor meinem Spiegel halte ich inne. Wie sehe ich nur aus? Meine Haare brauchen dringend eine Kur. Wann immer ich mit Franz Stress habe, falle ich in meine alten Muster zurück. Meine Strickpullis und die bequemen Leggins kommen in diesen Tagen wieder zum Vorschein. Dafür bleibt meine Schminktasche unangetastet, meine Pumps finden keine Beachtung und alles, was mich herausputzt, ist wie unsichtbar für mich. Dass ich heute meinen neuen Minirock übergestreift habe, verdanke ich Petra. Sie war mit mir einkaufen und holt mich immer wieder aus meiner Lethargie heraus.

„Lotte, unter keinen Umständen kannst du mit deiner alten Garderobe die Reise antreten. Zum Friseur müssen wir auch", hat sie mir geradewegs letzte Woche ins Gesicht gesagt. Immerhin zum Einkaufen kam ich. Mir tut Petra gut. Sie kümmert sich regelmäßig um meine Ernährung und ermahnt mich, wenn ich wieder einmal verstärkt nach ungesundem Essen greife, was zu einer Leidenschaft von mir gehört. Wie eine Mama, die sich um ihr Küken sorgt, empfinde ich oft Petras Verhalten, was ich trotzdem genieße. Heimlich sehne ich mich nach einem Menschen, der sich um mich sorgt. Vincenz ist auch so ein Mensch an meiner Seite, der mir zeigt, ich bin für dich da. Mein Blick huscht über die große Küchenuhr und ermahnt mich, an den Besuch zu denken, der gleich hier auftauchen muss.

Wer kommt zum Kuchenessen, was erwartet der Unbekannte und wieso hat er mich so oft angerufen? Fragen stapeln sich in meinem Kopf, nur die passenden Antworten bleiben offen. Immer zwei Stufen nehme ich auf einmal und eile in mein Schlafzimmer. Ob ich mich umziehen soll? Aber nein, denke ich beim Blick in meinen Spiegel. Statt für ein neues Outfit entscheide ich mich für etwas Rouge und kämme mein Haar nochmals durch. Meine Kleidung ist doch hervorragend, auch wenn Ina findet, ich sei schon aus dem Alter raus, diese Mode zu tragen. Meine Beine sehen immer noch sehr schön aus und sind dank des Einflusses von Petra auch frisch rasiert. Petra entgeht wirklich nichts. Ihre kleinen Belehrungen sind aber immer zu meinem Besten. Anders ist das bei Ina, sie meckert auch, wenn ich meine bunten Leggins trage, sie findet immer einen Grund an mir zu nörgeln. Vor dem Spiegel bleibe ich kurz stehen. Wann, wenn nicht jetzt, soll ich meine Beine zeigen? In zehn Jahren habe ich vielleicht den ersten Altersflecken, dann brauche ich keine Shorts und Miniröcke mehr zu kaufen. Petra meint, ich solle alle meine alten Leggins in die Mülltonne schmeißen oder besser noch bei einem Altkleidercontainer einwerfen. So ganz abwegig kommt mir ihre Bemerkung nicht vor. Allerdings sind Leggins bequem und meine leichten Strickpullis so unkompliziert. Meine kleinen Röllchen an den Hüften werden gut kaschiert und nichts engt mich ein. Für diese Worte habe ich kein Verständnis bei Petra gefunden.

„Trenne dich von diesen Kleidungsstücken, Lotte! Es ist mehr als an der Zeit, sich täglich als Frau zu fühlen und nicht wie ein Müllsack auszusehen."

Für mich würde dieser Schritt bedeuten, ich befreie mich aus den Fängen von Franz, hat Petra mir erklärt, was ich nicht ganz verstanden habe. Nicht, dass ich ihn danach weniger liebe oder begehre, jedoch falle ich nicht mehr in das gleiche Verhaltensmuster zurück, was schon zeigen wird, mir geht es besser! Petra hat betont, für Franz muss es doch eine Genugtuung sein, mich so zu sehen. „Männer begehren starke und selbständige Frauen", hat sie nachgefügt. „So, wie du dich gerade gibst, wirkst du weder anziehend noch begehrenswert." Ihre Worte sind stets offen und direkt. Petra tut mir gut, in jeder Hinsicht.

Mein kleiner Gartentisch ist eingedeckt, als die Klingel einen Besucher ankündigt. Plötzlich spüre ich Nervosität in mir aufkommen, spüre auch Angst, die sich in mir breit macht. Was, wenn ich einem Verrückten den Zugang zu meinem Haus öffne und überfallen werde? Immerhin ausrauben kann er mich nicht, bei mir ist wirklich nichts Wertvolles zu finden. Schon von der Straße aus kann mein Haus keinem Fremden Reichtum versprechen. Im Gegenteil, mein Haus macht viel mehr Angst, es zu betreten. Dieser Gedanke beschwingt mich, dass zweite Klingeln aber ermahnt mich, nun auch meiner Rolle als Gastgeberin gerecht zu werden.

„Sie wohnen sehr romantisch", höre ich beim Öffnen meiner Tür und blicke in einen herrlichen Strauß frischer Blumen. Ein Lachen kann ich mir nicht verkneifen. „Die schönen Blumen finden Sie auch in meinem Garten." Die Sekunde, als der Blumenstrauß in meine Richtung wandert, ich den Mann zum ersten Mal in seine Augen sehe, glaube ich, mir reißt jemand den Boden unter meinen Füßen weg. Vor mir steht der Mann, dessen Stimme mir schon gefallen hat, dessen Augen mich jetzt regelrecht in ihren Bann ziehen.

Katzengrüne Augen strahlen mich an. Verlegen bleibe ich in meiner Türe stehen, inzwischen halte ich die Blumen in meinen Händen, sprechen kann ich gerade nicht. Grinsend bleibt mein Gegenüber auf Abstand.

„Sie können die Blumen auch gerne behalten, falls Sie mich doch nicht mehr zu einem Stück Marzipantorte einladen möchten. Mein Anblick hat Ihnen, so glaube ich Ihren Blick zu deuten, nicht gefallen?"

„Nein, das sehen Sie falsch. Nur für einen kurzen Moment war ich irritiert", strahle ich ihn jetzt an.

„Was bedeutet, Sie gewähren mir Einlass in Ihr Haus? Damit bereiten Sie mir eine große Freude."

Gegen so viel offenen Charme komme ich nicht an. Das Schöne ist, seine lockere Art lässt mich endlich aus meiner Eisesstarre herauskommen. „Wie unhöflich von mir", gebe ich mit einer großzügigen Geste den Weg frei in meinen bescheidenen Flur, der heute auch noch nicht einmal von diversen Taschen und Schuhen freigeräumt ist, die ich in der letzten Woche getragen habe.

„Charmant wohnen Sie!" Meine Ohren wollen nicht glauben, was ich gerade höre. Bisher haben alle meine Gäste die Nase gerümpft, zumindest kein Wort des Lobes über mein Haus gefunden, sobald sie meinen Flur betreten durften. Nicht so heute!

„Ich liebe dieses Natürliche." Seine Worte erfreuen mich, zeitgleich fange ich jedoch auch an zu zweifeln, zum einen an seinem Verstand und ebenso an der Wahrheit seiner Worte.

„Sie sollten den Blumen etwas Wasser geben", zeigt mein Besucher eine Reihe weißer Zähne. Die nächsten Worte, die ich höre, lassen mich erröten.

„Hat Ihnen schon einmal jemand gesagt, dass Sie wunderschöne Beine haben?"

Plötzlich höre ich in meinem Kopf ein dumpfes Geräusch. Hoppla! Geht es bei dem Besuch um mich oder um ein Stück Kuchen? Geistesabwesend widme ich mich dem Aussuchen einer Vase. Dann denke ich jedoch, der Mann ist einfach nur ehrlich und sagt was er denkt. Glücklich mit diesem Einfall fische ich eine Vase aus dem Regal, fülle diese mit Wasser.

„Darf ich?", nimmt er mir die Vase ab, stellt die Blumen hinein und folgt mir in den Garten.

„Wahnsinn! So einen Garten finden Sie in keiner Stadt! Ich weiß, wovon ich spreche. Meine Penthouse-Wohnung in Frankfurt ist umgeben von Beton." Ein Seufzer klingt nach. „Doch schon sehr bald werde ich umziehen." Er hält kurz inne. „Leider habe ich dann immer noch keinen so natürlichen Garten wie sie, jedoch wird mein Leben sich entschleunigen."

Ich beobachte, wie er tief ein- und ausatmet.

„Mögen Sie es zu wandern?"

Diese Frage lässt mich schmunzeln. Eine passende Antwort kommt mir nicht in den Sinn, daher bitte ich ihn, sich an den kleinen Tisch zu setzen. Erneut schwärmt er von der Vielfalt der Blumen, die meine Wiese aufzeigt. Zu meiner Freude spricht er von einer guten und gesunden Grundlage für alle Bienen und Insekten. „Die Menschen unterschätzen oft, wie wertvoll die Bienen für uns sind."

Bisher war mein Garten noch nie von dieser Seite bewundert worden. Ina würde mehr Unkraut erkennen als Blumen, die für die Vase geeignet sind. Mein Gast und seine Schwärmerei kommen mir jetzt auch etwas dick aufgetragen vor.

„Für Fauna und Flora ist es ebenfalls ein Glück."

Unvermittelt pocht mein Herz. Oh, überlege ich beim Einschenken der Tassen, dieser Mann lebt doch in einer anderen Welt als ich es tue. Damit ich nicht den Eindruck erwecke, mein eigener Kuchen würde mir nicht munden, lege ich mir ein frisches Stück Marzipantorte auf einen Teller. Für meinen Besucher schneide ich ein extra großes Stück ab. „Nichts sagen!" Theatralisch steckt er Minuten später ein erstes Stückchen von seiner Marzipantorte in seinen Mund. „Ich liebe diesen Kuchen!"

Stolz blicke ich ihn an und beobachte fasziniert, wie er den Kuchen genießt. Ich mag Menschen, die sich auch an Kleinigkeiten erfreuen können. Überhaupt, es kommt mir vor, als würde ich den Mann schon ewig kennen. Gut, das Gerede von den Bienen war etwas befremdend, jedoch gefällt mir gerade rundum, was ich sehe und mit dem, was er sagt, kann ich zumindest zufrieden sein. Alles muss ich nicht sofort verstehen, tröste ich mich selbst. Was nur mein alter Postbote sagen würde, käme er jetzt noch einmal in meinen Garten? Ob er meinen Besucher angreifen würde, verbal?

„Darf ich noch ein kleines Stück von der Marzipantorte haben?" Verwundert registriere ich, sein Teller ist schon leer.

„Möchten wir nicht auf ein vertrauteres Du überwechseln?"
Nicht einmal eine halbe Stunde nach seinem Eintreffen sind
wir beim Du angekommen. Wir plaudern munter weiter,
als seien wir gemeinsam in die Schule gegangen und hätten
uns nicht erst heute zum ersten Mal getroffen. Immer wieder
finden wir neue Anknüpfungspunkte und Themen, die uns
bewegen. Florian, als dieser hatte sich meine Besucher vorgestellt, ist aufmerksam und schenkt mir Kaffee nach, als meine
Tasse leer ist.

„Wie bist du an meine Handynummer gekommen? Hat
Vincenz sie dir gegeben?" Diese Frage brennt mir auf der
Seele. Angst habe ich vor diesem Mann nicht mehr, denn
meine Menschenkenntnis wird mich nicht im Stich lassen,
davon bin ich überzeugt. Florian ist kein Mann, von dem
eine Gefahr ausgeht, vielmehr gewinne ich den Eindruck, mit
diesem Mann würde ich gerne einmal ausgehen. Das letzte
Fünkchen Zweifel, einen fremden Mann hier zu haben, lache
ich weg und beobachte mein Gegenüber mit offenem Blick.
Ohne mich aus seinen Augen zu lassen, tupft sich Florian den
Mund mit der Serviette ab. Sofort habe ich Franz wieder in
meinem Kopf und sein Verhalten, das wenige Tischmanieren
aufzeigt. Franz hat in einem solchem Moment, wenn überhaupt, nach dem Essen seinen Mund nur mit dem Ärmel
seines Hemdes oder der flachen Rückhand abgewischt. Jeg-
liche Etikette war ihm fremd. Umso mehr gefällt mir, was
ich jetzt sehe, wenngleich ich auch nicht immer mit Etikette
glänze. Vincenz, mein väterlicher Freund, hat mir viel bei-
gebracht. Seit er mich im Café unterstützt, mein Berater
im Stillen ist, hat sich vieles für mich zum Positiven geändert. Früher habe ich meist nur mit der Gabel gegessen, den
Ellenbogen des anderen Arms auf meinem Knie liegend.
Heute lache ich über dieses Verhalten von früher. „Es war

niemand an deiner Seite, der es dir gezeigt hat", meinte Vincenz zu mir. Wie verständlich er mich zu einem anderen Menschen geformt hat, immer mit der nötigen Rücksicht, mich nicht komplett aus meinem Leben zu reißen.

„Lotte? Hörst du mir noch zu?" Peinlich berührt komme ich aus meinen Gedanken heraus.

„Meine Freundin sagt, ich sei ab und an in meiner Traumwelt unterwegs, was anscheinend auch stimmt", lachend blicke ich mein Gegenüber an. „Wie bist du jetzt an meine Handynummer gekommen?", wiederhole ich meine Frage und finde wieder den richtigen Punkt unserer Unterhaltung. „Mir gehört das Ladenlokal, in dem du dein Café betreibst. Von Vincenz, er hat offiziell den Mietvertrag damals unterschrieben, habe ich deine Handynummer erhalten. Du darfst ihm nicht böse sein", ein entwaffnendes Strahlen kommt zum Vorschein. Kann eine Frau diesem Mann böse sein, frage ich mich. Im Anschluss erzählt mir Florian noch von der ersten persönlichen Begegnung mit Vincenz, die ihm in Erinnerung geblieben ist. „Dieser Mann ist außergewöhnlich und du kannst froh sein, ihn als väterlichen Freund an deiner Seite zu wissen."

Mehr als ein dankbares Nicken bekomme ich nicht zum Vorschein. Plötzlich habe ich in dem Zusammenhang eine Frage in meinem Kopf, die mir auf der Seele brennt. Die Tatsache, gerade erfahren zu haben, Florian ist mein Vermieter, lässt mich hellhörig werden.

„Du möchtest mir aber nicht kündigen?"

Meine Frage bleibt in der Luft hängen, da zeitgleich mein Handy klingelt. Ein spontaner Blick auf das Display zeigt, der Anruf kommt von Petra. Sie habe ich doch völlig vergessen, überlege ich mit einem Anflug von Entsetzen. Erneut wandert mein Augenmerk zu Florian. Kurz habe ich registriert, Florian hat verlegen auf meine Frage gezuckt und nach Worten gesucht, oder bilde ich mir dies wieder einmal nur ein? Meine Fantasie ist grenzenlos.

„Meine Freundin ruft mich an", sage ich zu Florian und nehme das Telefonat an. Mit der Frage, ob ich unsere Verabredung auch nicht vergessen habe, durfte ich rechnen. Mir ist bewusst, für Petra wird es unangenehm sein, allein im Lokal zu sitzen. „Ich werde mich beeilen, meine Liebe." Das Telefonat beende ich mit einem Seufzer.

„Mir ist es jetzt peinlich", möchte ich nach dem Telefonat Florian bitten zu gehen.

„Ich habe deine Zeit schon viel zu lange in Anspruch genommen. Lotte, wir sehen uns wieder!" An meinem Gartentor, dieses Mal geht er durch den Garten zu seinem Auto, dreht er sich zu mir um und winkt, bevor er auf die Straße geht.

„Wir können uns gerne einmal wieder in meinem Café treffen", rufe ich ihm nach. Unvermittelt ärgere ich mich über meine Aufdringlichkeit und gleichzeitig spüre ich den dringenden Wunsch in mir, diesen Mann wiederzusehen. Das Gartentor fällt zu, ohne dass ich eine Antwort erhalten habe. Erst jetzt fällt mein Augenmerk auf das Auto vor meinem Haus. Meine Augen weiten sich beim Anblick eines Maserati, der metallicfarben glänzend vor meinem verrosteten Törchen steht. Florian hat schon auf den Schlüssel gedrückt und mit einem Surren öffnet sich der Wagen, dann kommt er tatsächlich noch einmal zu mir zurück.

„Glaubst du an Fügung, Lotte?" Bevor ich auf seine Frage reagieren kann, hält Florian plötzlich meine Hände umklammert. Ich sehe nur noch das leuchtende Grün seiner Augen

48

und nicke versonnen. „Schneller als du glaubst, sehen wir uns wieder", dreht er sich um. Mit einem aufheulenden Motorengeräusch braust Florian Sekunden später davon und ich stehe noch am Gartentor, als mein Handy, das ich in meiner Rocktasche trage, erneut klingelt. Noch hängt mein Blick an dem wegfahrenden Florian, trotzdem nehme ich das Telefonat an. Dieses Mal ist es Ina, deren Stimme ich sofort erkenne.

„Lotte! Wer war der Mann in dem Sportwagen? Ich habe genau gesehen, er kam von deinem Haus, also lüge mich jetzt nicht an!"

„Ich bin schon sehr spät dran", kläre ich sie über meine Verabredung mit Petra auf.

„Bitte lenke nicht von meiner Frage ab, Lotte! Was war das jetzt für ein schickes Auto vor deinem Haus? Mit Sicherheit ist der Wagen mehr wert als dein Haus zusammen mit deinem Garten. Willst du verkaufen? Sind deine finanziellen Probleme noch immer so drastisch?"

„Spionierst du mir nach?" Zeitgleich blicke ich rüber zu dem Grundstück von Ina, ich sehe meine Freundin in ihrem Garten. Sie hebt ihren Arm und winkt mir zu.

„So ein Wagen fällt in unserem Dorf einfach auf, der aufheulende Motor tut sein Übriges und zieht alle Blicke automatisch auf sich. Außerdem war ich gerade das Unkraut am Rupfen und habe einen freien Blick, geradewegs bis zu dir."

Freundlich erhebe ich noch meine Hand zum Abschied, dann eile ich zurück in meinen Garten. „Du hast vielleicht doch recht mit deiner Aussage", füge ich nach, während ich geradewegs ins Haus eile, um meine Tasche zu holen.

„Wie? Womit habe ich doch recht? Lotte? Du hast nicht wieder Sekt am Tage getrunken? Wer war der Mann, der bei dir war? Muss ich mir Sorgen machen um dich? Geht es nicht nur um finanzielle Probleme? Hast du wieder Kontaktanzeigen aufgegeben? Lotte! Du weißt doch genau, wie viel Ärger damit immer in dein Haus kam."

Meine Freundin Ina, verdrehe ich meine Augen und eile, nachdem ich meine Tasche in den Händen halte, zu meinem Auto. „Nein, du musst dir keine Sorgen machen, wirklich nicht! Ich meine nur, dass du recht hast mit deinen Worten und der Aussage, mit der Liebe und dass sie plötzlich und unverhofft kommen kann und alle diese guten Sprüche von dir."

Hörbar nach Luft schnappend dringt an mein Ohr: „Lotte! Du hast nicht wieder eine Dummheit gemacht? Dieser Mann, der dich angerufen hat, er ist der Grund für deine Worte? War es dieser Mann, der gerade an mir vorbeigebraust ist? Mit dem schicken Wagen? Da stimmt doch etwas nicht!"

Bevor meine liebe Freundin es schafft, mir die Laune zu nehmen, möchte ich das Telefonat beenden. „Wir sehen uns doch am Montag und dann für eine ganze Woche! Ich freue mich darauf! Und Ina, ich werde dir dann ausführlich von dem Besucher erzählen, wirklich!" Zu meiner eigenen Freude gelingt es mir, an diesem Punkt das Telefonat zu beenden. Zuvor habe ich noch betont: „Wenn ich mich jetzt nicht auf das Fahren konzentriere, komme ich eventuell heute nicht mehr bei Petra an und lasse die Gute ohne meine Anwesenheit im Lokal sitzen."

Pluspunkt für mich ist, meine Freundin ist darüber informiert, dass ich aktuell nur mit dem Handy telefonieren kann, da meine Freisprechanlage nicht funktioniert. Sicherlich ist Ina wichtig zu wissen, ich fahre mit voller Aufmerksamkeit und beiden Händen am Lenkrad bis nach Limburg. Immerhin einmal bringen mir die ansonsten so nervigen Angewohnheiten von Ina ein Vorteil. Trotzdem nagt das schlechte Gewissen an mir. Hoffentlich ist Ina durch meine Worte wirklich besänftigt und hängt mir nicht die ganze Anreise nach Hamburg über in den Ohren.

„Puh!", stoße ich aus, beschleunige meinen Wagen zeitgleich und setze zum Überholen an. Komisch, ich bin nicht auf die Idee gekommen, zu fragen, ob Ina zu dem Treffen mit Petra nach Limburg mitfahren möchte. Bei Ina komme ich nicht auf den Gedanken, sie zu einem spontanen Handeln aufzufordern, zu oft habe ich schon eine Absage erhalten oder Vorwürfe. Ina ist das Gegenteil von Petra. Nicht nur optisch. Marc wird jetzt sicherlich ein leichteres Leben führen, eines, wo auch mal gelacht wird und nicht nur Kritik und dunkle Wolken am Himmel aufkommen. Ina und Marc sind schon in der Schule zusammengekommen und erst später war immer deutlicher zu erkennen, beide haben sich unterschiedlich entwickelt, doch zu diesem Zeitpunkt waren sie schon ein Paar. Die Trennung war für Ina nicht einfach, jedoch auch eine Chance sich zu ändern.

Im Radio beendet die Sprecherin gerade die 19 Uhr-Nachrichten und berichtet von den aktuellen Verkehrsstaus. Meine Uhr im Auto zeigt, es ist bereits 19.08 Uhr. Ups, so mein nächster Gedanke, ich werde viel zu spät kommen und meine Freundin warten lassen. Dass die Straßen ausgerechnet heute so zu sein müssen, macht mich fahrig. Prompt hupt mir ein Autofahrer, da ich zu rasant, zumindest für ihn, überholt habe. Auf meiner Fahrt nach Limburg habe ich ständig Ina in meinem Kopf. Tatsache ist, Ina hat sich ebenfalls zum Positiven verändert, trotzdem verfällt sie in regelmäßigen Abständen wieder in ihre alte Litanei. Ich bin viel lieber mit Menschen zusammen, die auch einmal lächeln und sich am Leben erfreuen können. Mir missfällt, alles nur grau zu sehen, vielmehr erfreue ich mich an meinen Blumen, die wild in meinem Garten wachsen, sich ihren Platz selbst ausgesucht haben und mich mit ihrer Farbenbracht immer wieder überraschen.

„Dein Garten ist in einem erbärmlichen Zustand und zeigt gleich, du bist zu faul, dich darum zu kümmern", hat Ina mir erst vor einer Woche gesagt.

In Limburg angekommen, finde ich sofort einen Parkplatz in der Nähe der Pizzeria, was ich für ein gutes Zeichen halte. Ich freue mich auf einen entspannten Abend mit Petra und ich brenne darauf, ihr von Florian zu erzählen. Petra, so bin ich überzeugt, wird nicht gleich mit Vorwürfen ankommen, sondern mir zunächst zuhören. Überhaupt, jetzt wo ich erfahren durfte, Florian ist mein Vermieter, ist es doch völlig normal ihn zu treffen. So werde ich es auch Ina gegenüber erklären, damit muss sie sich zufriedengeben. Kurz hängt mir noch einmal meine Frage im Kopf, die ich Florian gestellt habe, bevor ich das Telefonat mit Petra entgegengenommen habe. Ob er mir kündigen will? Das käme einer Katastrophe gleich. Nein, beruhige ich mich selbst. Florian hat erwähnt, inzwischen mit Vincenz gut bekannt zu sein. Mein väterlicher Freund wird es niemals zulassen, dass er mir kündigt. Beschwingt öffne ich die Tür zur Pizzeria und streife alle negativen Gedanken mit dem Eintritt ab.

Kurze Zeit zuvor

Petra

18.45 Uhr

Mit Schwung öffne ich die Tür zur Pizzeria. Mit glühenden Wangen blicke ich mich im Inneren des Lokals um. Meine Freundin Lotte kann ich nirgends entdecken. Vom Grunde her habe ich auch noch nicht mit ihr gerechnet. Lotte, so weiß ich aus Erfahrung, kommt immer auf den letzten Drücker. Ich bin wieder einmal überpünktlich, was zu meinem Naturell gehört. Pepe, der Besitzer begrüßt mich herzlich und führt mich zu einem Tisch mitten im Lokal. „So eine hübsche Frau muss nicht in der Ecke sitzen", streicht er die kleine Decke auf dem Tisch zurecht. Mein Lächeln begleitet ihn zurück zur Theke, meine Gedanken wandern noch einmal zu Marc. Die kleine Einlage mit Marc in unserem Schlafzimmer nahm richtig Fahrt an. Welch ein Glück ich nur habe, lächele ich versonnen in mich hinein. Marc weiß mich zu befriedigen, so wie kein Mann zuvor es geschafft hatte. Nicht viele Frauen, so ist mir bewusst, haben dieses private Glück unter dem eigenen Dach. Ob das der Grund ist, wieso so viele fremdgehen? Einmal richtig glücklich zu werden und das zu bekommen, was ich bei Marc jede Nacht haben kann, erscheint mir als Grund erklärbar. Meine Blicke wandern über die Gäste, die in dem kleinen Lokal an zehn Tischen verteilt sitzen. Beim Beobachten überlege ich, wie die Menschen, die zusammensitzen, auch zusammengehören. Sind es Kollegen, Freunde oder Pärchen? Kurz werde ich aus meinen Gedanken gerissen. Pepe steht neben mir und verfängt mich in ein lockeres Gespräch. Man merkt ihm seine Routine im Umgang mit Gästen an, was ich schmunzelnd registriere. Bei Pepe bestelle ich mir ein Glas Wein und ein stilles Wasser, was mir rasch serviert wird. Leider ist noch immer nichts von Lotte zu sehen, als ich an meinem Wein nippe. Ungeduldig luge ich immer wieder auf meine Armbanduhr. Punkt sieben werde ich unruhig. Mein Handy ziehe ich hervor, auch wenn es unhöflich in einem Restaurant ist, zu telefonieren. Nach dem vierten Klingeln nimmt Lotte das Telefonat an. „Hast du eine Autopanne oder wieso lässt du mich solange warten?" Bemüht, meine Stimme nicht zu laut werden zu lassen, blicke ich über die anderen Tische und beobachte die Gäste. Von mir scheint gerade niemand Kenntnis zu nehmen, was mich beruhigt.

„Ich bin gleich bei dir, Petra. Heute habe ich spontan Besuch bekommen und die Zeit vergessen. Glaube mir, ich gebe mein Bestes!"

Lottes Worte, die ich nicht kommentiere, nehme ich murrend an. So wohl fühle ich mich nicht, ohne Begleitung hier in diesem Restaurant zu sitzen. Pepe bringt mir einen Korb mit Brot, was ich dankend ablehne mit dem Hinweis, keine unnötigen Kalorien durch Kohlenhydrate am Abend zu mir zu nehmen.

„Señorita, Sie haben eine so wunderschöne Figur!" Seine Hand deutet einen Kuss an. „Kohlenhydrate am Abend stellen für mich kein Problem dar, vielmehr kann ich immer beobachten, wie glücklich meine Gäste nach ihrer Pasta oder Pizza mein Restaurant verlassen."

Ich verdrehe meine Augen, was Pepe nicht entgeht. Er nimmt den Brotkorb wieder mit, seinem Ausdruck zufolge, ohne mich zu verstehen.

Auch um 19.15 Uhr ist von meiner Freundin noch nichts zu sehen. Nervös spiele ich an meinem Handy herum. Erst gegen halb acht öffnet sich die Tür und ich erblicke Lotte.

„Sorry!" haucht sie mir einen Kuss auf meine Wange. Beim Hinsetzen kippt sie fast mit dem Stuhl nach hinten. „Ich bin durch den Wind", fängt sie sich im letzten Moment selbst auf. Die Blicke der anderen Gäste ruhen kurz auf uns.

Dank Lotte und ihrem Temperament zu berichten, was sie die letzten Stunden erlebt hat, bin ich rasch abgelenkt und konzentriere mich nur noch auf meine Freundin. „Wer hätte gedacht, dass man einen Mann durch ein Stück Marzipantorte kennenlernt?" Gut gelaunt sitzt Lotte vor mir, ihre Wangen glühen. „Wenn ich nur bedenke, dass ich schon wieder auf dem Weg war, eine Kontaktanzeige zu formulieren, nur so für den Fall, dass ich mit Franz nicht mehr zusammenkomme, scheint das Glück dieses Mal mich gesucht zu haben." Lotte hält kurz inne, winkt Pepe zu uns, sie scheint hungrig zu sein.

„Hast du mir nicht gerade erst erzählt, mit dem Mann Kuchen gegessen zu haben?" Meine Worte finden keinen Anklang. Vielmehr schwärmt Lotte erneut von diesem Besucher. „Für mich ist es keine Option, allein zu leben", fügt Lotte gewichtig nach. Ja, so denke ich mir an dieser Stelle, das Verhalten kenne ich von meiner Freundin. Einen Moment denke ich an die Zeiten zurück, als Lotte die ersten Reaktionen auf die Kontaktanzeige erhalten hatte. Von den Erlebnissen und den dazugehörigen Bildern, die ich unvermittelt vor meinem Auge habe, gefangen, möchte ich ihr meine Meinung zu der Idee sagen, erneut einen Freund über Kontaktanzeigen zu suchen, dann aber lasse ich den Gedanken fallen. Mir liegt nicht daran, Lotte den Abend zu verderben. Für ein Gespräch bleibt auf unserer Reise sicherlich noch Zeit. Außerdem finde ich die Berichte von Lotte über den Fremden, der meine Freundin heute in ihrem Haus besucht hat, außerordentlich interessant. Lotte schwelgt in ihrem Element und plaudert ohne Pause über ihre Erlebnisse am Nachmittag.

„Dieser Florian", unterbreche ich Lotte nach gut zehn Minuten, „er hat dich zunächst angerufen und daraufhin hast du diesen Mann spontan in deinen Garten eingeladen?", verwundert blicke ich sie an. Lottes Wangen glühen noch immer. Erschöpft lehnt sie sich im Stuhl zurück und ihr Blick ist erneut auf der Suche nach Pepe, der auch schon an unserem Tisch erscheint und endlich unsere Bestellung aufnimmt. Freudig strahlend stellt er Lotte einen Korb mit Brot vor die Nase und grinst zufrieden, als meine Freundin unvermittelt zugreift. Leider verliere ich durch seine Anwesenheit kurz den Faden.

„Es gibt sie, diese kleinen Wunder", nippt Lotte an ihrem Wein, den Pepe rasch serviert hat. So ganz habe ich die Zusammenhänge immer noch nicht verstanden, lasse meine Freundin aber noch in ihrem Zauber des Nachmittags schwelgen. Erst mit dem Eintreffen von unserem Abendessen stelle ich die Frage, die mir schon seit Minuten auf der Seele brennt. „Woher hat Florian deine Handynummer? Bist du ihm schon früher begegnet?"

Brennend vor Neugierde beobachte ich Lotte, die sich zunächst noch ein großes Stück ihrer Pizza in den Mund schiebt. Meine Augen verdrehe ich automatisch.

„Mach' es nicht so spannend, meine Liebe!" Meine Geduld wird auf die Probe gestellt, Lotte kaut zunächst genüsslich auf ihrem Stück Pizza herum.

„Weißt du, Petra, diese Frage steht mit Vincenz in Verbindung."

Erstaunt lege ich mein Besteck neben meinen Teller. Jetzt wird es richtig spannend und ich fange an, neugierig auf Florian, den Mann vom Nachmittag, zu werden. „Vincenz kennt ihn und hat diesen Mann bewusst zu dir in dein Haus geschickt? Oder habe ich das falsch verstanden? Nur, weil er deine Marzipantorte gelobt hat? Lotte? So ganz nachvollziehen kann ich dein Verhalten jetzt nicht." Meine Worte, auch der Vorwurf, der darin verborgen liegt, lassen Lotte unberührt. Unbekümmert isst sie weiter, lächelt mich beseelt an und mir ist schon in diesem Moment bewusst, mit Florian kommt ein neues Abenteuer in Lottes Haus.

„Jetzt sag doch, will der Mann dich wiedersehen? Hast du seine Anschrift? Was macht er beruflich?" Ich lasse nicht locker und möchte mehr wissen. Über seine Arbeit kann Lotte mir nichts berichten. Mir scheint, es war ihr auch am Nachmittag nicht wichtig nachzufragen. Meine Freundin ist eine Frohnatur, das wird mir gerade wieder einmal bewusst, oder wie Marc es ausdrücken würde, sie ist verpeilt.

Ein lautes Poltern, das in dem Moment einsetzt, als Lotte mir endlich mehr Einblicke in ihr Privatleben und über den Zusammenhang mit Vincenz geben möchte, lenkt unsere Aufmerksamkeit auf sich.
„Nein!", mehr gehaucht vor Entsetzen als laut zum Ausdruck gebracht, höre ich Lotte sagen. Ich bin ihrem Blick gefolgt und ahne zu wissen, was sie beunruhigt. „Der Tag hat so schön angefangen, es musste noch ein bitteres Ende kommen." Lottes Blick gleitet zum Teller, den sie beiseiteschiebt. Für Lotte ein ungewöhnliches Verhalten, meine Freundin liebt Essen. Zumal sie gerade erst mit ihrer Pizza angefangen hat und nicht einmal ein Viertel in ihrem Bauch gelandet ist.

„Welch eine Freude!" Diese Worte lassen Lotte noch einmal in sich sacken. Ein Häufchen Elend sitzt vor mir. „Meine ... ja, was soll ich jetzt sagen? Freundin? Passender ist die Bezeichnung Ex-Freundin. Lotte lässt es sich mit Wein und Pizza gutgehen, wie ich sehen darf. Willst du uns nicht an deinen Tisch bitten?" Franz baut sich vor uns auf. Nicht zu überhören oder zu übersehen ist sein Zustand. Franz ist betrunken. Die beiden Männer, die sich nun hinter ihm aufbauen, sind auch nicht mehr nüchtern. Als peinlich empfinde ich diesen Moment. Die Aufmerksamkeit der anderen Gäste gehört uneingeschränkt uns, was gerade nicht die wichtigste Rolle spielt. Lotte macht mir Kummer. Was ist aus meiner taffen Freundin geworden, die immer die Oberhand in diesen Situationen behielt? Wieso nur lässt Lotte sich von Franz so behandeln? Ich beiße die Zähne zusammen, um nicht loszuschreien. „Wir möchten kein Aufsehen hier im Lokal", erhebe ich mich äußerlich ruhig, von meinem Stuhl.

Franz lacht höhnisch auf, greift nach Lottes Pizza. „Schmeckt lecker", leckt er sich die Finger ab, nachdem er mit den Händen zuvor ein Stück von der Pizza abgetrennt hatte. Der Käse hängt aus seinem Mund, mit der Zunge zieht er die Reste des Essens aus unserem Blickfeld. Nicht gerade appetitlich die Einlage. Im Blickwinkel sehe ich Pepe, ihm scheinen die neuen Gäste Kummer zu bereiten. Eine Dame vom Nachbartisch ist inzwischen aufgestanden und mit Teller und Weinglas an die Theke geflüchtet.

„Lieben Dank auch!" Franz greift nach dem nun freien Stuhl, zieht ihn laut lachend zu uns und fällt mit einem Plumps in den Sitz.

„Mir reicht es, ich gehe bezahlen", greife ich nach meiner Tasche. Unvermittelt nimmt einer von Franz' Freunden meinen Sitzplatz ein und mein Glas Wein wandert schneller an seinen Mund als ich gerade in der Lage bin zu denken. Kurz bleibe ich mitten im Restaurant stehen, dann aber wende ich mich zu der Theke. Pepe, das sehe ich sofort, ist blass im Gesicht. Mein Portmonee will ich öffnen, doch Pepe winkt ab, er will kein Geld, vielmehr bittet er mich, die Männer mit aus dem Lokal zu nehmen. „Sie ruinieren meinen Ruf!", jetzt wirkt er nervös und besorgt zugleich.

„Diese Männer gehören nicht zu uns", verteidige ich mich, ohne sichtlichen Erfolg.

„Bitte!" Kurz hält er inne, dann steht von hinten seine Frau neben ihm, gibt ihm einen Schubs und ich höre: „Sie verlassen bitte augenblicklich unser Lokal und lassen die anderen Gäste in Ruhe weiteressen!" Ihre Worte nehme ich mir zu Herzen und verlasse das Restaurant.

Punkt 20.30 Uhr sehe ich auf meine Armbanduhr, als ich gerade meine kleine Dachwohnung aufschließe. Erschöpft von den Erlebnissen des Abends lasse ich mich auf unser Sofa fallen. Die letzten Minuten waren für mich wie ein Alptraum.

So rasch wollten Franz und seine Freunde das Restaurant nicht verlassen, was mich ins Schwitzen brachte. Erst als ich Lotte am Arm an die frische Luft gezogen habe, trotteten sie hinter uns her. Auch vor dem Lokal wollte Franz wieder lautstark Lotte anpöbeln, was mir den Kragen platzen ließ. Worte kamen aus meinem Mund, die nicht zu meinem gewöhnlichen Sprachgebrauch gehören. Im Anschluss ließ ich alle stehen, auch Lotte, und ging zu meinem Wagen. Meine Freundin war zuvor gegen mich angegangen, verteidigte noch Franz, was mir den Rest gab.

Auch jetzt in meiner Wohnung komme ich noch nicht zur Ruhe, bin noch aufgebracht über die Erlebnisse. Da Marc noch unterwegs ist, öffne ich mir einen Rotwein und schalte zur Ablenkung die Nachrichten ein. Immer wieder kreisen meine Gedanken um Lotte. Mir kommt nicht in den Kopf, dass sie am Ende des ganzen Dramas mit Franz weggefahren ist. Sicherlich bin ich nicht die Einzige, die verwundert zurückgeblieben ist. Pepe, der uns dann doch noch auf die Straße gefolgt war, wollte seinen Augen ebenfalls nicht trauen, als Lotte ihren Wagen vorfuhr und Franz mit seinen beiden betrunkenen Freunden einen Platz anbot.

„Ich halte dein Verhalten für falsch!" Meine Worte kamen nicht in Lottes Kopf an. Sie hörte mir nicht einmal zu, zu sehr war sie damit beschäftigt, die drei betrunkenen Männer in ihr Auto zu hieven. Im Anschluss konnte ich mich nicht mehr zurückhalten, mir liefen Tränen über mein Gesicht. Mit wenigen Worten, was sollte ich auch jetzt noch sagen, habe ich mich von Pepe verabschiedet und bin mit meinem Wagen davongefahren. Peinlich der ganze Vorfall, wenn ich bedenke, Kunden aus unserer Bank haben alles beobachtet. Marc hat mich schon öfter gewarnt und mir nahegelegt, nicht mit Lotte in der Öffentlichkeit aufzutreten. Bisher habe ich seine Worte belächelt, ihn dafür in die Rubrik spießig gestellt. Jetzt denke ich mir, Marc hatte recht.

Gerade kann ich Lotte überhaupt nicht verstehen. Zunächst war sie aufgekratzt und hat von der Begegnung mit Florian berichtet und ich habe den Eindruck gewinnen dürfen, dieser Mann habe Lotte den Kopf verdreht, sie habe sich einmal mehr und schnell verliebt. Umso ungewöhnlicher war für mich dann zu sehen, dass sie Franz mit in ihr Auto nimmt. An dem heutigen Abend werde ich zu knabbern haben. Franz, seine beiden betrunkenen Freunde, die Reaktion von Pepe und seiner Frau, alles hat mir zugesetzt. Unsere anstehende Reise steht für mich gerade unter keinem guten Stern.

Mein Handy klingelt, es ist ein Anruf von Lotte. „Für den heutigen Abend habe ich genug von dir, Lotte!" Nicht gerade freundlich, aber ehrlich nehme ich das Telefonat an.

„Jetzt lass doch gut sein, bitte! Wir werden auf der Reise eine Gelegenheit finden, über den heutigen Abend zu sprechen."

„Ich freue mich auch schon auf die gemeinsame Reise und die Hoffnung auf eine gute Erholung in deiner Nähe", gebe ich dem Gespräch etwas Zündstoff. Stille. Ich will schon auf die Beenden-Taste drücken, da höre ich Lotte sprechen.

„Franz habe ich in seine Wohnung gefahren und die zwei Freunde von ihm gleich dort mitabgesetzt."

Meinen Einwand, wieso sie überhaupt diesen Mann noch nach Hause gefahren hat, überhört Lotte.

„Mir tut es wirklich leid, wie der Abend verlaufen ist, Petra!" Ihre Entschuldigung nehme ich an, wenngleich ich nicht gewillt bin, mir noch die Details des Nachmittags über Florian anzuhören.

„Mir hat gereicht, was ich am Abend hören durfte, ich bin wirklich müde und wir haben in den nächsten Tagen genügend Zeit zu reden." Meine Stimme ist hoch, ich lasse Lotte spüren, dass meine Geduld mehr als am Ende ist und ich jetzt keine Lust mehr verspüre, länger mit ihr zu sprechen. Lotte wirkt zunächst überrascht, will einfach weitererzählen, was ich dann doch unterbinden kann.

„Wie du meinst, dabei habe ich dir noch nicht alles von heute Nachmittag berichten können. Also, dann bis Montag!" Lotte, das war nicht zu überhören, ist enttäuscht, sie möchte mir am liebsten noch mehr von Florian berichten, was ich aber mit einem „Gute Nacht!" beende. Mein Kopf schwirrt und ich schäme mich noch immer vor den anderen Gästen in der Pizzeria, vor dem Besitzer und seiner Familie. In den nächsten Wochen werde ich mich nicht mehr in der Nähe der Pizzeria blicken lassen.

Erleichtert nehme ich nur eine halbe Stunde später das Geräusch war, das unsere Tür aufgeschlossen wird. Marc! Endlich habe ich einen Gesprächspartner. Überglücklich eile ich ihm im Flur entgegen, lege mich in seine Arme.

„Petra, ist alles in Ordnung mit dir?" Nach diesen Worten küsst mich Marc leidenschaftlich. Ich bin dankbar, ihn an meiner Seite zu haben und lege kurz meinen Kopf an seine Brust. Nicht viel später sprudeln die Worte über die Erlebnisse des heutigen Abends aus meinem Mund heraus. „Deine Freundin Lotte sorgt doch schon seit Jahren für Turbulenzen mit ihren Männern", lacht Marc meine Bedenken fort. „Du wirst Lotte nicht mehr ändern, glaube mir! Sie hat so ein großes Glück, Vincenz getroffen zu haben. Am Ende adoptiert er sie noch und Lotte wird nur so im Geldrausch schwelgen", Marc poltert vor Lachen. „Nur, lange wird das Geld nicht bei ihr bleiben. So, wie ich Lotte kenne, ist sie nach wenigen Monaten wieder bankrott."

Wirklich beruhigen können mich seine Worte nicht, was ich Marc auch sage.

„Montag geht es auf große Reise, danach sieht die Welt wieder anders aus!" Zärtlich nimmt mein Freund mich in seine Arme. Erst vor dem Schlafen stelle ich beschämt fest, Marc habe ich nicht nach seinem Abend gefragt. Wie sein Spiel verlaufen ist? Ob er gewonnen hat? Müde und erschöpft lasse ich mich in mein Bett fallen, morgen, so meine Gedanken, hole ich alles beim Frühstück nach. Für heute kann ich keinen klaren Gedanken mehr fassen.

Samstag

Karin

Meine Schicht im Café war anstrengend aber betriebswirtschaftlich erfolgreich. Samstags scheinen die Menschen alle das Gefühl zu haben, sich etwas Gutes tun zu müssen und deshalb ist der Abverkauf von Kuchen besonders gut. Der Umsatz lässt sich sehen und meine Entscheidung, als Mitarbeiterin bei Lotte ins Café einzusteigen, hat sich als richtig erwiesen. Viel lieber habe ich in dem Atelier von Anton Wall gearbeitet, die Kunst ist meine Passion. Wie sehr habe ich mich in diese Arbeit gestürzt und jeden neuen Künstler zu Hause studiert, um seine Bilder auch richtig anpreisen zu können. An mir und meinen Bemühungen kann es nicht gelegen haben, dass Anton Wall in finanzielle Schwierigkeiten geraten ist. Vielmehr liegt es an seinem opulenten Lebensstil, den der Künstler pflegt. Bei so einem Leben, ständig nur in den teuersten Restaurants zu sitzen, die Arbeit zu vernachlässigen, kann es nicht lange gut gehen, was ich ihm auch gesagt habe, mehr als nur einmal. Meine Worte fanden keinen Anklang.

„Möchtest du nicht zur Untermiete bei mir einziehen?", fragte Anton Wall mich eines Tages. Wirklich begeistert war ich von dem Angebot nicht. Mit Anton unter einem Dach zu leben, das habe ich schon einmal abgelehnt. Zu diesem Zeitpunkt wusste ich allerdings noch nichts von seinen finanziellen Problemen, wir sprachen nur belanglose Themen an. Anton Wall ist kein Mensch, der sich mit Sorgen umgibt, er versucht vielmehr nur das Schöne zu sehen und alles andere zu verdrängen. Bei einem Abendessen in seiner Villa kam ich ins Schwärmen, ebenso wie bei meinem ersten Besuch in der alten Villa. Die Räumlichkeiten habe ich erneut auf mich einwirken lassen, die Erinnerungen an meinen kurzen gemeinsamen Aufenthalt mit Lotte und Ina in der alten Villa noch einmal Revue passieren lassen. Anton Wall war von meinem spontanen Redeschwall und den Ausführungen über meinen ersten Eindruck hin- und hergerissen. Lottes Tante, Lydia Lowere, hatte die Villa zu ihren Lebzeiten sehr geschmackvoll eingerichtet und Anton Wall hat gut daran getan, nichts zu verändern.

„Wie sehr du mir in meinem Atelier fehlst, liebste Karin", lobhudelte er.

„Das liebe Geld trennt uns augenblicklich", sprach ich meine spontanen Gedanken aus, was Anton kurz zum Schweigen brachte. Dann kam sein Angebot, bei ihm zu wohnen, was ich sogleich abgelehnt habe. Zugeben darf ich jedoch, ich habe mir eine freundliche Ausrede einfallen lassen, um Anton nicht zu verstimmen.

Aus Freundschaft helfe ich ihm noch an den Wochenenden für wenige Stunden in seinem Atelier aus, ohne Bezahlung. Mir macht die Arbeit Spaß, die Kunst ist meine große Leidenschaft. Leider kann ich nicht auf eine dauerhafte Einnahmequelle verzichten, sonst wäre ich sicherlich ganztags bei ihm geblieben. Mein Leben ist einmal mehr durcheinandergeraten, nicht nur durch Anton Wall und der Tatsache, dass er mein Gehalt nicht mehr regelmäßig zahlen kann. In der Liebe geht es auch hoch und runter bei mir, was ebenfalls nicht neu ist. Trotzdem bin ich zufrieden und voll guter Hoffnung auf meine Zukunft. Für Lotte bin ich ebenfalls ein Segen. Sie braucht in dem Café Unterstützung, allein die Kraft der Aushilfe reicht nicht aus, um einen fließenden Ablauf zu gewähren. Jetzt organisiere ich den Einkauf, die Bestellung der Torten und habe für Lotte auch die Einteilung der Arbeitszeiten übernommen.

Vom Grunde bin ich dankbar dafür, dass meine Freundin mir diese Aufgaben übertragen hat. Menschen wie ich brauchen das Gefühl, anpacken zu dürfen und gebraucht zu werden.

Heute jedoch ist es einmal anders und ich nehme das Angebot unserer Aushilfe, dass sie die Räumlichkeiten ohne meine Unterstützung am Abend putzt, gerne an. Über den Vormittag verteilt kamen sehr viele Kunden, sodass ich ohne Sorgen früher gehen kann. Rundum zufrieden packe ich meine Tasche, schminke mich in der Toilette noch etwas nach und rufe mir ein Taxi.

„Bitte achten Sie darauf, das Café richtig abzuschließen, wenn Sie gehen", eile ich fünf Minuten später davon. Auf mich wartet Dresden, wie sehr ich mich doch darauf freue. Dieser kleine Ausflug kam spontan in meinen Kalender. Im Anschluss an diesen kleinen Trip, geht es am Montag auf Kreuzfahrt. Was will ich mehr vom Leben? Immerhin ein Vorteil in meinem Leben, wenn ich schon auf Kinder verzichten muss, ist, ich kann spontan agieren.

Meinen Zug erreiche ich pünktlich und lasse mich, nachdem ich eingestiegen bin, in einen freien Platz im Speisewagen fallen. Die Füße schmerzen von der noch immer ungewohnten Arbeit im Café. In einem günstigen Moment streife ich meine Schuhe von den Füßen und lehne mich zurück.

„Darf ich Ihnen etwas zu trinken bringen?" Der Kellner holt mich aus meinem Tagtraum heraus. Mit der Bestellung wächst der Wunsch, meine Freundin Lotte zu sprechen und ihr von dem Tag zu berichten. Verwundert bin ich, auch beim dritten Versuch Lotte nicht zu erreichen. Wirklich viel Zeit zum Grübeln bleibt mir nicht. Abgelenkt von den Spaghetti, die mir serviert werden, und meinem Weißwein, schweifen meine Gedanken zu der Vernissage, die ich in Dresden besuchen werde.

In unserem Café in Limburg führen wir gelegentlich auch Vernissagen durch, hauptsächlich mit Anton Wall, dessen Kunst eigentlich viel zu groß für unsere Räumlichkeiten ist.

Versonnen und zufrieden, auch durch den Genuss der Spaghetti, denke ich an den Künstler, den ich nächste Woche auch auf dem Schiff treffen werde. Anton Wall hat zugesagt, seine Gemälde dort zu präsentieren, was seiner Kasse sicherlich ein Plus einbringen wird. Meine Gedanken schweifen zu der alten Villa in Frankfurt, die Anton Wall aus Lottes Erbe erstanden hat. Meine Freundin Lotte hätte niemals in diese Villa gepasst. Lotte ist so anders als es ihre Tante Lydia Lowere zu Lebzeiten war. Soweit ich aus den Illustrierten lesen durfte, war sie schillernd und sehr gepflegt. Meine Freundin Lotte ist mehr ein Landei und gehört in ihr kleines Haus mit Garten, davon bin ich überzeugt. Mit diesen Gedanken blicke ich versonnen aus dem fahrenden Zug. Ein Räuspern lässt mich aufblicken. Überrascht registriere ich, nicht mehr allein an meinem kleinen Tisch zu sitzen. Der Herr, der nun mir gegenüber Platz genommen hat und sich seinem Essen widmet, mir einen kurzen Gruß zuwirft, scheint zu meiner Freude an keinem Gespräch interessiert zu sein. Eine eingehende SMS von Hermann Josef lenkt meine Aufmerksamkeit auf mein Handy.

Liebste Karin,
mit Freude habe ich gerade erfahren, du bist auf dem Weg nach Dresden. Mit Sicherheit wird die Vernissage ein großartiges Ereignis werden. Auf unser spontanes Wiedersehen bei der Vernissage freue ich mich!
Dein H.J.

Nachdem ich diese Zeilen von Hermann Josef gelesen habe, blicke ich aus dem Fenster, in Gedanken versunken. Die vorbeirauschende Landschaft nehme ich dabei nicht wahr. Ob es richtig ist, diesen Mann wiederzusehen? Schon bei den Vorbereitungen und meinem ersten Gedanken daran, nach Dresden zu reisen, kamen Zweifel in mir auf. Die Vergangenheit kommt immer wieder hoch und spiegelt mir vor, was ich nicht mehr sehen möchte. Erinnern will ich mich an die schönen Momente. Mein Handy piept erneut und zeigt mir den Eingang einer neuen Nachricht an. Mit zitternden Fingern öffne ich diese, die, wie ich sogleich lesen darf, von Doktor Peter Schön ist. Ein Kloß steckt in meinem Hals. Diese Nachricht kommt von dem Mann, mit dem ich in den letzten Wochen immer wieder ausgegangen bin, der mir die Zeit seit der Trennung von Hermann Josef versüßt hat. Bin ich undankbar oder gar kalt und berechnend? Nein, so meine spontane Erkenntnis über mich selbst. Peter, so wie ich ihn inzwischen nenne, hat mir auf seine Art gefallen und, das stimmt, gutgetan. Jede Minute an seiner Seite hat mir den Kummer über meine zerbrochene Beziehung genommen, mich bestärkt und aufgebaut. Plötzlich habe ich mich wieder begehrt gefühlt, als Frau gesehen. Ein Höhenflug meiner Gefühle hat mich durch dunkle Stunden getragen und mir geholfen zu vergessen, was meine Seele verwundet hat.

Meine Freundin Lotte hat mich gleich gewarnt: „Das geht doch viel zu schnell mit euch, Karin. Niemals hält diese Verbindung für immer. Für dich ist Doktor Peter Schön nur eine Chance, dass es dir augenblicklich besser geht."

Lottes Worte klingen in meinem Kopf nach. Ja, sie hat die Wahrheit gesagt, nur habe ich diese nicht hören oder sehen wollen. Mit Peter werde ich reden müssen, egal, was jetzt in Dresden kommen mag. Ehrlichkeit gehört zu jeder Beziehung, wie ich mir nur schwer eingestehen kann. Die wenigen Zeilen von ihm überfliege ich. Mir gefällt nicht, was ich lese. Ein Räuspern holt mich aus meinen Gedanken heraus.

„Sie wirken angespannt und gestresst, wenn ich mir diese Bemerkung erlauben darf." Der Mann mir gegenüber scheint nun doch an einer Unterhaltung interessiert zu sein. Mein Handy rutscht aus meinen Händen und landet auf dem Boden. Bei dem Versuch es aufzuheben, stoße ich gegen den Kopf meines Tischnachbarn. „Aua!" Die Hände des Fremden sind eindeutig schneller als meine, lächelnd legt er das Handy vor mir auf dem kleinen Tisch ab. „Was führt Sie nach Dresden?"

Auf eine Unterhaltung bin ich nicht vorbereitet, ich hinterfrage gedanklich, was das bringen soll? Um nicht unhöflich zu erscheinen und in Anbetracht der Tatsache, dass wir nur noch fünfzehn Minuten bis Dresden im Zug verweilen, gehe ich auf eine lockere Unterhaltung ein.

Vincenz

Wie sehr freue ich mich auf die kleine Schiffsreise mit Lotte und ihren Freundinnen. Inzwischen empfinde ich für Lotte wie für eine Tochter. Nicht verhindern kann ich, dass meine Gedanken unvermittelt in die Vergangenheit schweifen. Automatisch muss ich an den Tag denken, als ich die Nachricht erhielt, meine Frau und meine Tochter sind mit dem Auto tödlich verunglückt. Mit einem Male war ich einsam und allein. Seufzend lege ich meine Hände kurz auf mein Gesicht. Diese Erinnerungen kommen immer wieder hoch, ich kann nichts dagegen tun. Seit Jahren lebe ich schon mit dem Verlust meiner kleinen Familie und den Gedanken, wie unser Leben verlaufen wäre, hätte es diesen Unfall nicht gegeben.

Seit ich Lotte begegnet bin, hat sich vieles für mich verändert. Sie bringt wieder Freude in mein Leben und aus mir, dem sturen alten Mann, hat Lotte wieder einen Menschen gemacht, der sich an jedem Tag erfreut. Meine Begegnung mit Rosalinde, meiner Jugendliebe, habe ich auch Lotte zu verdanken. Wie sehr sich doch alles gewandelt hat für mich. Rosalinde ist für mich wie Balsam auf einer geschundenen Seele. Sie und auch ihr Sohn Johann sind mir so nah, sind Teil meiner Familie geworden. Mit über achtzig Jahren noch einmal so viele Freuden zu erleben, das ist nicht jedem vergönnt. Nein, ich darf mich nicht in Trübsal fallen lassen, dafür gibt es keinen Grund. Einen kleinen Wehmutstropfen gibt es dennoch: Lotte benimmt sich zu meinem Kummer oft anders, als ich es von ihr erwarte. Gut, meine Tochter war auch ein Temperamentsbündel und daher erinnert mich Lotte immer wieder an sie, was mir auch guttut und mich Lotte gegenüber milde stimmt. Wie oft schon habe ich gelächelt und mich selbst sanft zur Ruhe ermahnt, wenn Lotte wieder einmal über die Stränge geschlagen hat. Immer öfter trage ich einen Gedanken in meinem Kopf, dessen Entscheidung von einem großen Ausmaß wäre, zumindest für Lotte. Fraglich ist nur, ob Lotte wirklich diese Entscheidung als Geschenk oder vielmehr als Bürde und Last ansehen würde. Wenn ich mich nur einem Menschen anvertrauen könnte. In diesem ganz speziellen Fall kann ich noch nicht einmal mit Rosalinde sprechen.

Lotte brennt für ihr Café in Limburg, was ich zunächst so nicht erwartet hätte. Auch ihr Talent zum Schreiben sehe ich mit Achtung. Etwas strukturierter dürfte Lotte leben. Das jedoch werde ich ihr nicht mehr beibringen können. Leben und leben lassen, erneut fällt mir dieser Spruch ein. Mein Testament möchte ich noch einmal ändern. Bisher und seit dem Autounfall war Hermann Josef von Breggele, mein Neffe, mein Haupterbe. Beim Gedanken an ihn muss ich erneut seufzen. Mein Neffe ist leider nicht so gut geraten, wie ich es mir gewünscht hätte. Beruflich hat Hermann Josef einen beeindruckenden Weg absolviert, er ist Notar und bei seinen Kollegen geachtet. Menschlich lässt sein Verhalten leider oft zu wünschen übrig. Wie gerne habe ich die Verbindung zwischen ihm und Karin gesehen. Karin ist eine Frau, die mit beiden Beinen im Leben steht. Von einer gemeinsamen Zukunft hätte Hermann Josef profitiert und sich sicherlich mit den Jahren auch etwas gewandelt. Die Liebe lässt sich leider nicht von außen lenken, was ich gerne getan hätte. Unter dem Einfluss von Karin habe ich Hermann Josef eine große Zukunft ausgemalt. Vielleicht liegt es an meinem Alter und ich werde sentimental? In Hermann Josef steckt doch ein Stück meines Bruders und somit muss ich in ihm doch auch Züge finden, die mir vertraut sind. Tatsache ist aber, noch immer bin ich auf der Suche danach. Am Sterbebett habe ich meinem Bruder versprechen müssen, auf seinen Sohn aufzupassen. Von der ersten Minute an war ich im Zweifel, ob ich wirklich dafür geeignet bin. Immerhin finanziell habe ich für Hermann Josef gesorgt, er ist abgesichert und dank seiner eigenen Tätigkeit als Notar auch angesehen.

Meine beiden Herzensmenschen, Lotte und Hermann Josef, sind so unterschiedlicher Natur. Sie passen überhaupt nicht zueinander. Lotte, die chaotische, liebenswerte und leider auch sehr impulsive Frau, ist meilenweit entfernt von meinem Neffen. Hermann Josef ist stets korrekt gekleidet, hat ein Auftreten, das schon an Arroganz grenzt, jedoch kann er sich, im Gegensatz zu Lotte, auf jedem Parkett bewegen. Dank seiner Ausbildung ist ihm kein Gesprächspartner unangenehm. Lotte, so habe ich leider beobachten müssen, ist schnell verängstigt, wenn sie sich einer Situation nicht gewachsen fühlt und reagiert aus Angst sehr schroff.

Für mich stellen beide Charaktere nicht die optimale Lösung für mein Erbe dar. Rosalinde? Nein, sie braucht mein Geld nicht. Ihr geht es finanziell gut und mit Ende Siebzig würde ich ihr auch viel zu viel aufbürden. Mein Erbe zu verwalten, würde ihr die Freiheit und Freude am Leben nehmen.

Meine Schritte lenken mich durch mein Wohnzimmer. Mit auf dem Rücken verschränkten Armen bleibe ich vor dem großen Fenster stehen, das mir einen Blick auf meinen Garten schenkt. Ich liebe diese Aussicht und kann mich immer wieder daran erfreuen. Wie es nur Menschen gehen mag, die sich nicht in ihrer Wohnung wohlfühlen? Diese Frage stand schon mehr als nur einmal in meinem Kopf. Dies ist auch der Grund, warum ich eine Hilfsorganisation unterstütze, die sich um Menschen in Not kümmert, die nicht wie ich auf der Sonnenseite leben dürfen.

Womit sich mein Kopf nur beschäftigt, schelte ich mich selbst. Mein Augenmerk sollte besser auf die Zukunft gerichtet sein, als ständig mein eigenes Ende vor Augen zu haben. Leider lässt sich diese Sorge nicht abstreifen wie ein Hemd am Abend. Mir fehlt ein Erbe.

„Es gibt größere Probleme als nicht zu wissen, wohin mit all seinem Reichtum", hat mir ein Freund gesagt. Nein, so einfach ist es nicht für mich und ich habe auch eine Verantwortung, war meine Antwort. In Gedanken war ich bei meinen Mitarbeitern und ihren Familien. Wirklich verstanden hat der Freund mich nicht, das durfte ich in seinen Augen lesen.

Rosalinde hat einen Sohn, der genauso lebt und all das verkörpert, das mir am Herzen liegt. Selbst seine Angewohnheit, die Hände zu falten, ist mir vertraut. Schon lustig, wie ich in ihm finde, was mir bei Hermann Josef fehlt. Johann ist ebenfalls Notar geworden. Sein tadelloses Erscheinen gefällt mir und zeigt nicht den Ansatz von Arroganz. Johann liebt, ebenso wie mein Neffe Hermann Josef, korrekte Kleidung. Darüber hinaus hat Johann ein Auftreten, das ich als selbstbewusst und zeitgleich menschlich einstufe. Johann hat das Plus, jedem Menschen, mit dem er spricht, zu vermitteln, ich habe Interesse an dir. Niemals habe ich in seinen Augen Zorn oder Überheblichkeit gesehen. Wie rührend sich Johann um Ina und ihren Sohn Wolfi kümmert, als sei er sein leiblicher Vater. Von Johann habe ich gelernt, dass nicht nur das leibliche Kind im Herzen seinen Platz hat. Mein Umgang mit Lotte und meine Überlegungen für die Zukunft haben vieles beeinflusst. Immer dann, wenn ich über den Verlust meiner Familie oder wegen des fehlenden Erben für mein Imperium, das ich mühsam aufgebaut habe, traurig bin, denke ich an das kleine bisschen Glück in meinen Leben, das ich mir sozusagen einfach genommen habe. Über alle Regeln hinweg habe ich mich nur einmal fallenlassen und das getan, was ich in meinem Herzen für das Richtige gehalten habe. Diese Erinnerungen helfen mir in den dunklen Stunden. Meine Zeit mit Rosalinde!

Oft denke ich an den einen Sommer zurück, als ich das erste und letzte Mal richtig verliebt war. Rosalinde war bei mir und alles fühlte sich so gut und richtig an damals. Meine Feigheit und meine Angst vor den Aussagen der anderen Menschen und Kollegen haben mich damals dazu bewogen zu schweigen. Zu diesem Zeitpunkt war ich, genauso wie Rosalinde, schon an einen anderen Partner versprochen. Ebenso wie ich es getan habe, ist auch Rosalinde in ihr vorbestimmtes Leben zurückgekehrt, ohne zu versuchen, mich zurückzuhalten. Wie wäre unser Leben nur gemeinsam verlaufen? Ob wir eine Handvoll Kinder bekommen hätten? In den wenigen Nächten, in denen ich in Rosalindes Armen liegen und träumen durfte, habe ich daran gedacht. Einmal haben wir davon gesprochen, uns einfach aus der Realität weggeträumt und uns gedanklich ein Leben zu zweit aufgebaut. Rosalinde hat damals erwähnt, Angst zu haben, eines Tages mit mir zu streiten, wenn wir länger zusammen wären. Der Alltag, so ihre Befürchtung, würde auch den Zauber aus unserer Liebe nehmen.

„Nein! Das kann ich mir nicht vorstellen!"

Spontan hatte ich ihr geantwortet, sie anschließend an mich gezogen und geküsst. Über all diese Jahre habe ich immer mal wieder an Rosalinde gedacht und diese Bilder des verbotenen Glücks in mir getragen. Wie einen Schatz habe ich diese Momente in meinem Herzen getragen und für mich behalten.

Mein Blick fällt auf ein Eichhörnchen, das an einem Baum in meinem Garten hochklettert. Kurz bin ich abgelenkt und erfreue mich an dem Anblick. Viel zu schnell jedoch ist das kleine Tier wieder aus meinem Blickwinkel verschwunden.

Wieso nur bin ich nicht ausgebrochen damals, als ich noch jung genug für ein gutes Leben mit Rosalinde war? Seitdem diese Frau wieder in meinem Leben eine Rolle spielt, fühle ich mich glücklich. Wir beide haben unsere Ehen bis zum Tod des Partners treu aufrechterhalten und niemals mehr Kontakt aufgenommen. Am Tag unseres Abschieds hatten wir uns geschworen, ab diesem Tag unseren Partnern, denen wir versprochen waren, die Treue zu wahren. Genau erinnern kann ich mich an den Tag, als ich Rosalinde verlassen und zurückfahren musste. Noch auf der Rückfahrt habe ich ihr Parfum in der Nase getragen. Jede Nacht in den folgenden Wochen habe ich vor dem Einschlafen an Rosalinde gedacht und mir vorgestellt, sie liege neben mir. Ihr Lachen, das ich so geliebt habe, es hat mir gefehlt. Leichtigkeit und Verlangen habe ich in diesem einen Sommer erlebt. Verrückt, wie groß der Gleichklang unserer Körper war. Das gleiche Verlangen und Empfinden bei der Berührung des geliebten Menschen.

Rosalinde zu vergessen, ist mir lange Zeit nicht gelungen. Erst als meine Tochter geboren wurde, habe ich mich in mein Leben gefügt. Außerdem habe ich zu diesem Zeitpunkt von einem Freund erfahren, Rosalinde war rasch Mutter geworden, was mich damals schmerzte. Wie kann sie dir das nur antun, gleich mit einem anderen Mann wieder intim zu werden, habe ich mich schmerzlich gefragt. Eine Antwort habe ich niemals erhalten. Ich darf nicht nur in der Vergangenheit schwelgen, ermahne ich mich selbst. Vielmehr muss ich mich dem Jetzt und Hier stellen und zwingen, den Tatsachen ins Auge zu sehen.

Gesundheitliche Probleme zwingen mich dazu, jetzt alles zu regeln und nichts mehr aufzuschieben, was ich mir wünsche, noch zu erleben. Rosalinde wird nicht mit mir auf die kleine Schiffsreise gehen, was mich zunächst betrübt hat. Meine Frage nach dem Grund, hat Rosalinde zunächst weggelächelt. Mir kam sogleich in den Sinn, sie verschweigt mir etwas Wichtiges. Später hat Rosalinde betont, sie möchte die Zeit nutzen, um auf Wolfi aufzupassen, damit Ina mit ihren Freundinnen verreisen kann, was ich anerkennend aufgenommen habe. Jedoch nicht ohne mich im Stillen zu fragen, ob das der wahre Grund ist? Rosalinde beeindruckt und fasziniert mich noch immer und gewiss werde ich noch hinter ihr Geheimnis kommen, sollte es eines geben. Für mich ist es auch gut, genügend Zeit mit Lotte zu verbringen, ihr noch ein Stück näher zu kommen, um zu prüfen, in welche Richtung meine Entscheidungen laufen sollen. Mitten in meine Gedanken klingelt mein Handy.

„Darf ich dich zu einem Stück Kuchen abholen?" Rosalindes Stimme klingt noch wie die einer jungen Frau. Ob ich nur höre, was ich mir wünsche? Egal, mir gefällt ihre fröhliche und herzliche Art, die jedes Wort wie ein Stück aus einem Lied klingen lässt. Viel Zeit, um mich umzuziehen, gewährt Rosalinde mir nicht. Meinen Einwand, ein alter Mann brauche seine Zeit, um sich zu stylen, hat sie nur weggelacht. „Ich hole dich in fünfzehn Minuten ab", war die Antwort von ihr. Meine Rosalinde, denke ich zufrieden und gehe in mein Badezimmer. Innerhalb von nur wenigen Sekunden spüre ich einen Auftrieb in mir, den ich Rosalinde zu verdanken habe. Nicht nur der Jugend ist es vergönnt, über die Liebe neue Kraft und Energie zu schöpfen. Grinsend kämme ich mein Haar, als es schon an meiner Tür klingelt.

Rosalinde

Sonnenstrahlen, die mein Gesicht erwärmen, nehme ich wie ein Geschenk auf. Kurz bleibe ich vor dem Anwesen von Vincenz stehen, strecke mein Gesicht zum Himmel. So, wie mein Leben gerade verläuft, so kann es noch viele Jahre bleiben. Einen Seufzer kann ich nicht unterdrücken. Jahre, die ohne diesen Mann vergangen sind, kann ich nicht zurückholen. Auf meiner Seele liegt ein Stein, den ich seit diesem Sommer mit mir herumtrage. Immer wieder stößt er mir auf und ich spüre Schmerzen und Ängste, scheue mich davor, der Wahrheit nach all den Jahren in die Augen zu sehen. Dies ist auch mit einer von meinen Beweggründen gewesen, nicht mit auf die Reise zu gehen. Vielmehr möchte ich nur Ruhe und die gemeinsame Zeit mit Vincenz genießen, die uns noch verbleibt. Während Ina auf der kleinen Reise weilt, werde ich mit meinem Sohn auf Wolfi aufpassen. Die Beziehung der beiden hat sich in den letzten Wochen verändert, was mir nicht entgangen ist. Wo nur liegt das Problem, so frage ich mich schon länger. Genau beobachtet habe ich Ina und Johann in ihrem Umgang miteinander. Der Tagesablauf wirkt gut durchstrukturiert, daran kann es nicht liegen. Ina arbeitet im Notariat und ist innerhalb kurzer Zeit zu einer Mitarbeiterin geworden, die mein Sohn nicht mehr missen möchte. Ob die beiden zu viel Zeit miteinander verbringen und somit am Abend der Stoff für neue Gespräche fehlt? Gestern habe ich Ina angeboten, mit ihr einkaufen zu fahren oder auf Wolfi aufzupassen, wenn sie allein in die Stadt fahren möchte. Zu meiner Enttäuschung hatte Ina mich nur fragend angesehen. „Mein Kleiderschrank ist doch voll mit guten Stücken, die ich erst noch auftragen muss", hörte ich aus ihrem Mund. Für mich ist das unverständlich. Ina ist fleißig und verdient ihr eigenes Geld, wieso sollte sie sich nicht ab und an etwas Hübsches gönnen? Wenn ich an früher denke, mir die Frauen in meine Erinnerung rufe, die an der Seite von Johann weilten, sie waren immer sehr gut gekleidet, frisiert und geschminkt. Ob sich sein Geschmack so geändert hat?

Erst beim zweiten Klingeln öffnet mir Vincenz seine Tür. Von einer auf die andere Sekunde fühle ich mich glücklich, strahle ihn einfach nur an. Mein Entschluss, mit Vincenz ganz spontan in ein Café zu gehen, war richtig. Zunächst wollte ich ihn mit nach Limburg zu Lottes Café nehmen, dann aber kam mir eine andere Idee. Heute möchte ich die Zeit mit Vincenz ohne Störung genießen. Lotte und er haben auf der kleinen Schiffsreise noch genügend Zeit füreinander.

Vincenz wird, nachdem wir ein Stück Kuchen und eine Tasse Cappuccino getrunken haben, melancholisch.
„Mein Testament liegt mir auf der Seele, Rosalinde."
Erneut spüre ich eine Beklemmung. Mir liegt nicht daran, die Unterhaltung weiterzuführen, daher bemühe ich mich ihn abzulenken. „Sollen wir beide nicht für den nächsten Monat eine Reise buchen?"
Vincenz geht nicht wirklich auf meine Versuche, das Thema zu wechseln, ein und kommt wieder auf sein Testament zu sprechen. „Mir fehlt ein geeigneter Erbe, weißt du, Rosalinde. Es nagt an mir und ich komme erst wieder zur inneren Ruhe, wenn ich alles für mich geregelt habe."
Im Anschluss berichtet er mir von Hermann Josef und Lotte, seiner Meinung und Ansicht zu beiden. „Keiner von beiden ist die richtige Person, um mein Erbe zu verwalten und die Verantwortung für die Mitarbeiter zu übernehmen."

Meine Hand liegt auf seiner, ich spüre ihre Wärme, die sich auf mich überträgt. Als Vincenz anfängt, sich bei mir dafür zu entschuldigen, dass er mich in seine Sorgen einbezogen habe, fühle ich einen Kloß im Hals. Ob ich jetzt etwas sagen soll? In dem Moment, als ich sage: „Vincenz, wieso hast du dich nie mehr bei mir gemeldet nach unserem Sommer und den Tagen der ganz großen Gefühle?", kommt ein Bekannter von Vincenz zu uns an den Tisch und setzt sich zu uns, ohne zu merken, dass er stört. Für diesen Moment, so spüre ich, muss ich mein Geheimnis noch für mich behalten. Ob es ein Fehler war zu entscheiden, nicht, wie zunächst angedacht war, mit auf die Reise zu gehen? Vincenz und ich hatten geplant, wenn die Jugend wieder abgereist ist, zu zweit noch eine Weile auf dem Schiff zu bleiben.

Der nächste Tag

Karin

Zögerlich öffne ich meine Augen, blicke mich in dem Raum um, den ich noch so gut in Erinnerung habe. Oh nein, schießt ein Gedanke durch meinen Kopf, lass es nicht wahr sein! Rasch schließe ich meine Augen wieder, um sie dann erneut zu öffnen. Stell dich den Tatsachen, rüge ich mich selbst. Bilder des gestrigen Abends kommen vor mein geistiges Auge. Ausgelassen und inspiriert von der Kunst, die ich mit Neugierde aufgenommen habe, bin ich durch die Ausstellung gegangen. Die Wahrheit ist, schon im Vorfeld hatte ich in Erwägung gezogen, Hermann Josef von Breggele wieder näherzukommen und das, obgleich wir uns nicht im Guten getrennt haben. Für den Mann, der mir das Herz gebrochen und mich sitzengelassen hat, hege ich noch immer Gefühle. Für ihn war ich nach Dresden gezogen, habe mich im Fitnessstudio abgerackert, geschwitzt und unter den ständig neuen Diäten, die er mir nach Hause schleppte, gelitten. Alle meine Bedenken und Ängste, erneut enttäuscht zu werden, habe ich in der Nacht über Bord geworfen. Jetzt liege ich wieder in Hermann Josefs Bett.

Als flippig würde ich mich selbst nicht bezeichnen, auch nicht als draufgängerisch. Mit allen Sinnen habe ich geliebt, seinen Körper gespürt und meiner Lust freien Lauf gelassen, ohne Reue! Kurz schließe ich wieder meine Augen, halte inne. Nein, Karin, sage ich mir selbst, du fängst auch jetzt nicht an zu bereuen, was geschehen ist. Das Verlangen, in seinen Armen zu liegen, seine Hände auf meiner Haut zu spüren und später mit Hermann Josef eins zu sein, war groß. Mein Problem ist, die körperliche Liebe mit diesem Mann ist so innig. Ich komme unter seiner Hand zu einem Höhepunkt, der mich dahinschmelzen lässt. Irgendwo in meinem Hirn muss es einen Schalter geben, der sich umklappt, sobald dieser Mann auftaucht. Habe ich mir nicht geschworen, niemals mehr auf seine augenscheinlich nur oberflächige Seite hereinzufallen? Mir immer vor Augen zu halten, wie dieser Mann in Wahrheit ist? Hermann Josef ist ein Egoist, allerdings, das lässt mich ja so dahinschmelzen, sobald ich wieder in seiner Nähe weile, auch mein Traummann. Sein Lächeln gestern am Abend, als er plötzlich vor mir stand, hat mich sogleich berührt. Von einer auf die andere Minute war meine Stimme höher, meine Laune ebenfalls. Nicht leugnen kann ich, ihn immer noch attraktiv zu finden und sein Rasierwasser lag mir nach der kurzen Umarmung zur Begrüßung noch Minuten später in der Nase. Wie hypnotisiert bin ich ihm gefolgt. Seine Interpretationen zu den ausstellenden Werken habe ich förmlich aufgesogen. Der Mann ist ein Kunstkenner, damit hatte er mich schon beim ersten Kennenlernen gewonnen. Nichts wirkt aufgetragen oder auswendig gelernt. Seine Wortwahl ist verständlich, bringt mir die gezeigte Kunst auf eine Weise nah, als sei ich bei der Erschaffung anwesend gewesen oder würde Tür an Tür mit dem Künstler leben.

Hermann Josef wird gleich gespürt haben, dass ich für ihn eine leichte Beute war. Mich wundert es, dass ich in der Wohnung keine Hinweise auf eine neue Frau gefunden habe. Gestern am Abend war ich immerhin noch so scharfsinnig, im Badezimmer auf alle Details zu achten. Mir waren keine zweite Zahnbürste, kein Kamm, der auf eine neue Freundin hinweist, oder Pflegeprodukte ins Auge gekommen. In dieser Wohnung habe ich einige Monate mit Hermann Josef gelebt und ihn geliebt.

„Du schläfst immer noch?" Der Duft von frischem Kaffee steigt mir in meine Nase, lässt mich sogleich wieder meine Augen öffnen. Das Leinentuch, unter dem ich genächtigt habe, ziehe ich unvermittelt über meine Brüste. „So scheu? Gestern Abend habe ich dich von einer ganz anderen Seite erleben dürfen, von deiner wilden!"

Meine Tasse halte ich gerade in meinen Händen, da stellt er das Tablett ab und lässt das Handtuch, das notdürftig seine Männlichkeit bedeckte, fallen. In mir regt sich sogleich wieder die Lust, ihm näherzukommen.

„Hermann Josef? Wie spät ist es?" Meine Frage kommt gut eineinhalb Stunden später über meine Lippen. Verschwitzt, überglücklich und aufgedreht liege ich neben dem Mann, der mir den Verstand zu rauben scheint. „14 Uhr", höre ich ihn sagen. „Oh, nein!", springe ich unvermittelt aus seinem Bett und raffe hektisch meine Wäsche und mein Kleid vom gestrigen Abend zusammen. „Mein Zug fährt in einer Stunde", eile ich in sein Badezimmer. „Ich muss noch meinen Koffer packen, morgen geht es doch auf Kreuzfahrt."

„Wieso bleibst du nicht hier?" Die Frage holt mich auf den wenigen Metern bis zum Badezimmer ein. Kurz bleibe ich stehen, drehe mich dann aber zu Hermann Josef um. „Hörst du mir nicht richtig zu? Morgen werde ich auf Reisen gehen, auf Einladung von deinem Onkel Vincenz, schon vergessen?" Rasch eile ich unter die Dusche. Genüsslich reibe ich mich mit dem Duschgel ein, genieße den zarten Duft nach Orangen, der mir in meine Nase steigt. Mein Lieblingsduft weilt also noch in seiner Wohnung, strahle ich in mich hinein.

Wir haben mit keinem Wort das Ende unserer Beziehung angesprochen, bestimmt ist es besser so. Auf einen Streit lege ich keinen Wert. Diese Stunden, dieses Prickeln, das ich auf meiner Haut habe spüren dürfen, ich will nicht darauf verzichten. Meinen Kopf halte ich unter das Nass, schließe meine Augen und durchlebe gedanklich noch einmal die letzten Stunden.

„Darf ich dich abrubbeln?" Hermann Josef steht vor der Dusche und blickt mich schon wieder so an, als habe er Lust auf mich.

„Ich möchte gerade nur duschen, wirklich! Danach bringe ich dich zum Zug", lacht er meine Gedanken weg.

„Dein Blick war ziemlich eindeutig, mein Lieber."

„Keine Angst, ich denke schon wieder an meine Arbeit und meine Pflichten. Obwohl …", sein Lachen erfüllt das Badezimmer. Einen kurzen Moment später schicke ich Hermann Josef dann doch hinaus. Beim Schminken muss er mir nun wirklich nicht zusehen, zumindest finde ich, sollte jede Frau ein paar Minuten im Badezimmer allein verbringen dürfen. Auch auf der Toilette möchte ich nicht unter Beobachtung stehen. Mir fällt Lotte ein. Meine Freundin sieht alles etwas lockerer als ich. Sie hat mir einmal gesagt, es sei für sie völlig normal, die Zähne zu putzen, während Franz auf der Toilette sitzt. „Nein, danke!", habe ich ihr spontan an den Kopf geworfen.

Zehn Minuten später taucht Hermann Josef wieder im Badezimmer auf. Ich beobachte, wie er das Handtuch fallen und das kalte Nass über seinen sportlichen Körper laufen lässt. Bevor ich noch einmal schwach werde, eile ich in die Küche und koche mir einen Espresso. Mehr aus Neugierde als aus Notwendigkeit öffne ich einige Schubladen und Schränke. Nichts hat sich seit meinem Auszug verändert, alles hat noch seinen gewohnten Platz, nur ich nicht. Mit dem Blick aus dem Fenster trinke ich meinen Espresso, meine Gefühle sind durcheinander und doch trage ich ein Lächeln in meinem Gesicht, das widerspiegelt, mir geht es gut!

„Du lebst sehr gut. Der Wagen ist neu", steige ich wenige Minuten später in den Sportwagen von Hermann Josef. Mit aufheulendem Motor fährt er mich durch die Stadt. Meine Frage hat Hermann Josef, wie so vieles in den letzten Stunden, weggelacht. Mir ist gerade nicht nach Sorgen und so tue ich es ihm gleich, lehne mich in den Schalensitz zurück und genieße den Moment, der uns noch bleibt.

„Wir sehen uns in zehn Tagen wieder", ein stürmischer Kuss und eine feste Umarmung sind mir noch vergönnt, dann muss ich in den Zug steigen. Der Schaffner wird schon ungeduldig und hat uns abgemahnt, gegebenenfalls auch ohne mich loszufahren. „Schreibst du mir mal?" Beim Einsteigen höre ich diese Worte. Schmunzelnd gehe ich weiter, ohne mich direkt umzudrehen und mit meinem Gesicht zu verraten, ich habe auf diese Worte gewartet. Erst langsam, dann jedoch mit immer rasanterem Tempo fährt mein ICE aus dem Bahnhof hinaus. Mein Gesicht presse ich solange an die Scheibe, wie ich Hermann Josef noch sehen kann.

„Du bist verknallt", höre ich eine junge Stimme sagen. Erst jetzt bemerke ich das kleine Mädchen, das mit seiner Mutter schräg mir gegenübersitzt.

„Du sollst keine Fremden ansprechen! Außerdem geht uns das Privatleben der Frau nichts an!"

Die belehrenden Worte der Mutter gefallen mir. Mir ist gerade nicht nach einem Smalltalk mit der Kleinen oder ihrer Mutter. „Und ich habe doch Recht!" So schnell scheint das Mädchen nicht aufzugeben. „Ist das dein Mann gewesen?", setzt sie nach. Ihre Mutter wird etwas resoluter und wiederholt ihre Belehrung von vorhin. Ohne auf die Kleine einzugehen, blicke ich wieder aus dem Fenster und lasse meinen Gedanken freien Lauf.

Hermann Josef, immer wieder kreisen meine Gedanken um ihn. Szenen aus unserer Beziehung kommen mir in den Sinn. Um ehrlich zu sein, war ich nur wegen ihm nach Dresden gefahren. Zugeben würde ich dies nie und ich hatte mir auch verboten, mit Lotte oder Petra im Vorfeld darüber zu sprechen. Bei Ina hätte ich mir lieber die Zunge abgebissen, als ihr meine Gefühle anzuvertrauen. Die Zeit, als ich im Krankenhaus lag und Hermann Josef geschäftlich unterwegs war, habe ich versucht zu verdrängen. Viele Fehler lagen auch bei mir. Die Pille hatte ich absichtlich abgesetzt, diese Tatsache kann ich nicht verdrängen. Mein Auszug aus der Wohnung, der Abschluss meiner Beziehung, alles verlief so selbstverständlich. Meine Freundinnen waren an meiner Seite und ich habe mich von ihnen lenken lassen, wann immer ich keine eigene Entscheidung treffen wollte. Der neue Job bei Anton Wall in seiner Galerie in Frankfurt, war verlockend und ich denke noch heute, es war Fügung! Mir fällt das kleine Café von Lotte ein, in dem ich jetzt immer mehr aushelfe und für meine Freundin schon zum festen Team gehöre. Vom Grunde könnte ich einfach so weiterleben, nur, dessen bin ich mir bewusst, würde mich dieses Leben rasch langweilen. Soll ich das Ruder noch einmal umdrehen? Was, wenn ich wieder in einen Sturm gerate? Meine plötzlich aufkommenden Bedenken verbiete ich mir. Dieser Tag hat zu schön begonnen, um ihn jetzt mit Trübsal zu überschatten. Rasch lenke ich meine Gedanken wieder auf den gestrigen Abend zurück. Natürlich habe ich mich auf die Ausstellung und den Künstler gefreut. Inzwischen kenne ich mich in der Kunstszene sehr gut aus. Meine Zeit, als ich noch fest bei Anton Wall in seiner Galerie gearbeitet habe, hat mich geschult. Mein Blick war schon immer aufmerksam und mein Verständnis für zeitgenössische Arbeiten ausgeprägt. Anton Wall ist Künstler, ein ziemlich erfolgreicher dazu. Leider ist er kein Geschäftsmann. Zunächst hat Anton nur seine

Gemälde in der Galerie ausgestellt, nachdem der ehemalige Besitzer plötzlich verstorben war, trat Anton in seine Fußstapfen als Galerist. Wie das Geld zu ihm kommt, gibt er es mit vollen Händen wieder aus. Bereits im zweiten Monat hat er mir gestanden, aktuell pleite zu sein „Nach meiner nächsten Vernissage bekommst du dein Geld, Karin!"

Mit einem Augenaufschlag, der jede Frau neidisch werden lässt, hatte er vor mir gestanden.

Mir fällt die bevorstehende Kreuzfahrt ein. Seufzend denke ich auch an die Ausstellung von Anton Wall. Meine Zusage, ihm zu helfen, hatte ich schon ausgesprochen, da wusste ich noch nichts von dem ausbleibenden Lohn. Natürlich halte ich mein Wort und Anton kann sich meiner Unterstützung sicher sein. Ihm habe ich auch viel Gutes zu verdanken. Mein Leben ist in dem letzten Jahr auf und ab gegangen. Nein, so darf ich nicht denken. Wann immer eine Türe hinter mir zufiel, die nächste Türe stand schon offen für mich. Nur hindurchgehen musste ich allein. So ausgeprägt meine Kunstkenntnisse auch sind, so zurückgeblieben sind meine Kenntnisse, was Männer anbetrifft. „Du verliebst dich viel zu schnell", höre ich gedanklich Ina sagen. Viel zu oft hat sie mir diesen Satz schon an den Kopf geworfen. Was sie nur sagen wird, wenn ich morgen auf der Anreise zu unserer Kreuzfahrt von der letzten Nacht berichte? Mir liegt ihre Schelte schon in den Ohren überlege ich, als von Hermann Josef eine Nachricht auf meinem Handy eingeht.

Liebste Karin,

wie ein Vulkan durfte ich dich letzte Nacht erleben. Meine Zuneigung und Sehnsucht nach dir hat sich nie verändert. Lange habe ich nicht gewusst, was mir in meinem Leben voller Luxus fehlt, bis gestern Abend. Dein Anblick in der Galerie, dein Lachen und die Art, meine Worte aufzunehmen, ich habe es vermisst. Kannst du mir mein Verhalten, meine Verletzungen verzeihen? Noch einmal von vorne anzufangen, das wünsche ich mir für uns beide als Paar.

Kuss H.J.

Unvermittelt habe ich das Gesicht von Hermann Josef wieder vor meinem geistigen Auge. Ja, ich bin verknallt wie ein Teenager und spüre wieder diese Schmetterlinge in meinem Bauch. Wieso soll ich mich nicht noch einmal auf eine Beziehung mit diesem Mann einlassen? Gründe, die dagegensprechen, kommen so rasch in meinen Kopf, dass mir schlecht wird. So ein Durcheinander in meinem Kopf und meinem Körper, grübele ich, als mein Handy klingelt und mich aus den Gedanken herausreißt.

Lotte ruft mich an, kurz bevor ich wieder in Montabaur bin. Meine Befürchtung, sie brauche so kurz vor der Abreise wieder Unterstützung im Café, lässt mich zunächst zögern. Lotte gibt nicht so schnell auf und ich entschließe mich, das Gespräch anzunehmen. „Soll ich dich abholen, Karin?" Kurz stöhne ich auf. „Wir sehen uns morgen, Lotte. Ich muss noch für die Reise packen und bin müde von dem kleinen Ausflug nach Dresden. Das verstehst du doch?" Meine Frage kommt über meine Lippen, als der Zug im Bahnhof einfährt. Beim Verlassen meines Abteils suche ich noch einmal den Blickkontakt mit dem kleinen Mädchen, dieses Mal streckt sie mir die Zunge raus. Zeit mich zu ärgern bleibt nicht, lediglich der Gedanke: ‚Kleine Rotznase!' Lotte hat zu meiner Freude zumindest ihr Verständnis bekundet, was für mich eher wie eine

Lüge klang. Trotzdem bin ich erleichtert. Heute möchte ich noch die Erlebnisse der letzten Nacht ganz für mich in meinem Herzen tragen. Ohne eine Belehrung oder Erkenntnis darüber, was ich besser hätte tun sollen. Das Taxi besteige ich mit der Gewissheit, eine glückliche Frau zu sein, auch wenn ich nicht lebe, wie es für die Gesellschaft als richtig erscheint. Immerhin lebe und spüre ich, fahre ich strahlend los.

Der nächste Morgen

Erneut stehe ich am ICE-Gleis in Montabaur, was mich schmunzeln lässt. In wenigen Minuten treffe ich auf Petra, Ina und Lotte. Gemeinsam reisen wir mit dem Zug nach Hamburg, um von dort unsere Schiffsreise zu starten. Alles ist so aufregend für mich und ich fühle mich leicht überdreht vor Vorfreude. Letzte Nacht habe ich richtig tief und fest geschlafen. Mir hat aber auch von der Nacht davor viel Schlaf gefehlt. Mein Fazit vor dem Einschlafen war: Ich lasse jetzt auf mich zukommen, was das Schicksal vorgesehen hat. In Gedanken war ich bei Hermann Josef.

„Karin!", höre ich eine Stimme über den Vorplatz rufen und weiß sogleich, sie gehört zu Lotte. Mit einem bunten Rucksack über der Schulter und einem ebenso bunten Koffer kommt sie mir entgegen.

„Wie ich mich freue!", rufe ich ihr entgegen. Unsere Umarmung ist innig.

„Gut siehst du aus, Karin", hält sie mich im Arm und blickt mich an. „Wie frisch verliebt", kollert sie los. „Das allerdings kann ja nicht sein", entlässt sie mich aus ihrer Umarmung. Mein „Wieso nicht?" geht in der Begrüßung von Petra unter, die nun auch bei uns steht. Neidvoll blicke ich der Verabschiedung von ihr und Marc zu. Genauso eine Liebe und Beziehung habe ich mir gewünscht und immer erhofft. Alles, was ich als kleines Mädchen für selbstverständlich und normal angesehen habe, heiraten, Kinder bekommen und gemeinsam alt werden, scheint für mich nicht vorgegeben zu sein.

Ina kommt, als Marc gerade in seinen Wagen steigt. „Das ist auch besser so", höre ich Lotte kommentieren. Ina wirkt abgehetzt und trägt einmal mehr ihre negative Ausstrahlung, die ich nicht mag, im Gesicht.

„Dir auch einen wunderschönen Start in den Urlaub", lache ich ihr entgegen. Ina bleibt mit etwas Abstand stehen, blickt mich mit steinerner Miene an. „Trinkst du schon am Morgen?" Scharf wie Messerschneide kommt ihre Bemerkung über ihre Lippen.

„Du siehst zynisch aus, Ina. Das macht dich alt", kontere ich amüsiert. Ina, das ist nicht zu übersehen, ärgert sich, schnaubt laut und will gerade in Angriff gehen, als es Lotte gelingt, sie abzulenken. Was nur ist aus uns vier Freundinnen geworden, sinniere ich und blicke mich um. Petra grinst vor sich hin und geht auf den einfahrenden Zug zu, der uns Ablenkung verschafft. Rasch plaudern wir wieder unbekümmert los und bekunden unsere Vorfreude auf die Reise. Im Zug finden wir rasch einen freien Platz, den wir auch unvermittelt in Beschlag nehmen. Petra, das ist nicht zu übersehen, hat das meiste Gepäck dabei. Von Ina kommt eine Bemerkung, auf die ich schon gewartet habe. „Muss das Modepüppchen zwei Kabinen belegen oder planst du, noch eine weitere Woche an Bord zu verbringen?"

„Dir würden neue Kleidung, etwas Rouge und eine neue Haarfarbe auch guttun", entgegnet Petra im ruhigen Ton, was mich grinsen lässt. Zeitgleich ist mir nicht entgangen, wie Ina reagiert hat, ihre Augen sind rot und anstelle einer bösen Bemerkung kommt eine Träne zum Vorschein. In meiner Überlegung, wie ich die Situation entschärfen kann, kommt Lotte mir zuvor.

„Wir haben alle diese kleine Auszeit nötig und jede von uns freut sich auf eine erholsame Zeit an Bord. Keine Streitereien oder Eifersüchteleien!" Kurz holt Lotte Luft, um nachzulegen: „Meine neue Kolumne trägt den Titel: Lerne zu verzeihen."

Wir sind sprachlos und ich denke, jede von uns hat in ihrem hübschen Kopf Gedanken, die sich mit den Fragen: Kann ich gut verzeihen?, Wann habe ich es zuletzt geschafft, milde und großherzig über die Fehler meiner Lieben hinwegzusehen? usw. beschäftigen. Mir kommt automatisch Hermann Josef in den Sinn und seine kleine Botschaft von gestern Abend. Kann bzw. soll ich diesem Mann verzeihen? Nicht leugnen darf ich, Hermann Josef hat mich sehr verletzt. Nicht ganz unschuldig war ich an der Situation gewesen, daran gibt es keinen Zweifel. Auch nicht daran, dass ich diesen Mann noch immer liebe und begehre.

„Verzeihen kann so einfach sein und uns wieder neue Türen öffnen, die schon als verschlossen galten", spreche ich laut aus, was ich denke.

„So, wie du das jetzt sagst, Karin, klingt es ganz einfach. Bisher habe ich diese Sichtweise noch nicht bedacht." Lotte wirkt nachdenklich.

„Gibt es schon erste Reaktionen auf deine Kolumne?", möchte ich wissen. Lotte schüttelt ihren Kopf. „Bis jetzt habe ich nur einen Beitrag geschrieben, der allerdings auch online eingestellt wurde und somit dürfte die erste Reaktion bald kommen." Meine Frage, ob es ihr schwergefallen sei, den Beitrag zu schreiben, bejaht Lotte. „Hätte mich jemand auf der Straße angesprochen und gefragt, ob ich gut verzeihen kann, ich hätte laut Ja gerufen. Beim Schreiben aber ist mir in den Sinn gekommen, wie schwer mir das Verzeihen in Wahrheit fällt." „Du denkst an Franz? Daher auch deine Reaktion in der Pizzeria?" Petra wirft diese Frage auf, ohne dass ich zunächst verstehe, worum es geht. Ina scheint auch nichts zu wissen, wirkt gerade aber auch nicht sonderlich neugierig und ich denke, sie hängt eigenen Gedanken und Problemen nach.

Diese Reise, so glaube ich schon jetzt zu wissen, birgt viel Redestoff. Wie und wann es die Gelegenheit für mich geben wird, über Dresden und Hermann Josef zu sprechen, weiß ich noch nicht. Nur so viel, ich werde warten, bis wir mit einem Glas Prosecco gemütlich und in guter Stimmung zusammensitzen. Jetzt und hier zeigt sich diese Entwicklung nicht.

„Was hat Petra mit ihrer Bemerkung über die Pizzeria und Franz gemeint?", nehme ich das Thema wieder auf. Ina blickt noch immer teilnahmslos aus dem Fenster, was mich wundert. Normalerweise kommt direkt ein Kommentar über ihre Lippen.

„Das erzähle ich besser etwas später." Lotte lacht, es wirkt allerdings gekünstelt auf mich. „Bitte!", sage ich. Mit großer Geste meiner Arme und meinem Blick versuche ich, auf cool zu machen. Innerlich wundere ich mich doch darüber, wie sich Lotte verhält. Bisher haben wir immer und sogleich über alles gesprochen. Nun gut, mein Geheimnis habe ich auch noch nicht geteilt, beruhige ich mich selbst. Mein Handy piept und ich ahne sogleich, von wem die neue Nachricht ist. Hermann Josef!

Meine Liebste,

wenn ich jetzt aus meinem Fenster im Büro auf die asphaltierte Straße sehe, die vorbeieilenden Menschen beobachte, die rast- und ruhelos auf mich wirken, dann spüre ich noch intensiver, du fehlst mir! Karin, mit dir ist alles so viel leichter gewesen und am Abend, wenn wir beide ein Glas Rotwein getrunken und über den

Tag gesprochen haben, es fehlt mir! In zwei Wochen findet wieder eine Ausstellung im Museum statt, die ich für beeindruckend halte. Der Künstler kommt extra aus Mexiko angereist, um seine Werke persönlich vorzustellen. Habe ich deine Neugierde geweckt? Möchtest du mich besuchen und gemeinsam mit mir den Künstler kennenlernen? Darf ich dir unsere Wohnung zum Übernachten anbieten? Du bist mir noch immer so nahe, liebste Karin. Deine Zärtlichkeiten fehlen mir schon jetzt wieder, auch deine liebe Art und die guten Gespräche, die ich mit dir führen kann.

Dein H.J.

Lotte

Erleichtert lasse ich mich in meinem Sitz zurückfallen. Petra hat sich bereiterklärt, mit Karin für uns vier Kaffee im Bordrestaurant zu besorgen, was mir gefällt. Heute Morgen habe ich mir nicht die Zeit genommen für ein ausgiebiges Frühstück und ohne die nötige Koffeinzufuhr muss ich ständig gähnen. Mein Blick wandert zu Ina, die verschnupft vor mir sitzt.

„Findest du es wirklich gut, dass Petra mit zwei großen Koffern hier auftaucht? Sie hat sicherlich für jeden Abend ein neues Kleidchen eingepackt." Inas Stimme gefällt mir nicht. Meine liebe Freundin verzieht ihr Gesicht.

„Deine Verbissenheit und deine Angewohnheit Menschen zu belehren, stört unsere Gemeinschaft." Mir ist schon beim Aussprechen bewusst, Ina wird meine Worte nicht gerne hören. „Zeige doch einmal Verständnis für das Verhalten deiner Mitmenschen, Ina! Wir sind Freundinnen und keine geklonten Kopien von dir. Jede von uns hat ihre eigene Sicht auf das Leben. Wenn du mit deiner Art zu leben glücklich bist, dann freut es mich für dich. Wünschenswert ist aber auch, du zeigst auf dieser Reise etwas mehr Verständnis für deine Umwelt, außerdem ..." Weiter komme ich mit meinen Worten nicht. Ina holt hörbar Luft auf meine direkten Worte und stemmt wie zum Angriff ihre Arme in die Hüften, setzt sich ein Stück weiter in ihrem Sitz vor, so dass ich ihren Atem riechen kann.

„Lotte! Du!", Inas Stimme überschlägt sich, fast mache ich mir Sorgen um ihre Gesundheit. Mit hochrotem Kopf sitzt Ina vor mir. Das, was ich mir im Anschluss von Ina sagen lassen muss, ist weit von meinem neuen Thema für die Frauenzeitschrift entfernt. Nur einer Frau, die zufälligerweise im gleichen Abteil wie wir ihren Platz gefunden hat, ist es zu verdanken, dass Ina doch noch zum Schweigen kommt.

„Schämen sollten Sie sich, junge Frau! Derart böse Worte für Ihre Freundin zu finden. Sie sind gesund, können allem Anschein nach in den Urlaub reisen, wo bitte liegt Ihr Problem? Lernen Sie doch einmal die schönen Dinge im Leben zu erkennen!"

Diese Worte zeigen ihre Wirkung und im Geiste danke ich der alten Dame für ihren Mut sich einzumischen.

„Am liebsten möchte ich wieder aussteigen und auf die Reise mit euch verzichten. Mit einer Horde Frauen, die noch immer glauben Teenager zu sein und sich auch ebenso benehmen, passe ich nicht zusammen." Ina ballt ihre Fäuste und ich kann sehen, wie sie weiß werden. Immerhin ist ihre Stimme nicht mehr Raum füllend und gibt keinen neuen Anlass für Einmischungen anderer Gäste.

Lass mal locker, möchte ich sagen, spüre allerdings tief in mir, dass diese Worte nicht bei Ina fruchten werden. Auch eine spontane Umarmung würde sie abwehren und falsch auffassen. „Es geht bei euch nur um das Aussehen, Kosmetik, Kleidung, natürlich auch um Sex und Männer im Allgemeinen. Wechselnde Männerbekanntschaften inklusive." Ina ist erneut sehr laut geworden. Ich lehne mich in meinem Sitz zurück und weiß gerade nicht, mit meiner Freundin und ihrem Gefühlsausbruch umzugehen.

„Vielleicht fehlt Ihnen der Sex?" Die ältere Dame von vorhin gibt erneut einen Kommentar zum Besten und ich kann nur lachen auf ihre Worte. Mit Sicherheit, so meine Überzeugung, liegt ein großes Korn Wahrheit in ihren Worten.

Karin und Petra erscheinen in diesem Moment im Abteil. Karin verdreht ihre Augen, Petra verteilt schweigend den Kaffee. „Wie wäre es, jede von uns erzählt jetzt, was sie auf dem

Herzen trägt? Bei unseren Mädelsabenden mit Chips und Sekt haben wir doch auch immer über alles gesprochen", spricht Karin mit gedämpfter Stimme.

„So melancholisch? Bei euch geht es doch immer nur um Männer!" Ina blickt sie feindselig an. „Habe ich nicht recht? Was für ein spektakuläres Abenteuer in Form der männlichen Gestalt ist dir begegnet?" Inas Art missfällt mir. Bevor ich jedoch die Gelegenheit bekomme, ihr meine Meinung zu sagen, spricht Karin.

„Ich hatte gestern Sex, grandiosen Sex, wild und erfüllend", wirft Karin in die Runde. Lachen ist meine erste Reaktion. „Dürfen wir erfahren, wer der Glückliche ist?" Meine Frage bleibt nicht lange offen. Ina entschlüpft ein bissiger Kommentar, der keine Beachtung findet.

„Hermann Josef von Breggele", blickt Karin in die Runde. „Ich wollte auf die richtige Stimmung warten, um euch von meinen Erlebnissen zu berichten. So jedoch, wie unsere Reise angefangen hat, dürfte ich lange warten. Außerdem habe ich es satt, mich dafür entschuldigen zu müssen, dass ich das Leben liebe. Jetzt bin ich in dem richtigen Alter und ich möchte das Leben auskosten, mir nehmen, was es an würzigen Zutaten für mich bereithält." Kurz macht Karin eine Pause, ihr Gesichtsausdruck ändert sich. „Wie ihr sicherlich noch alle wisst, habe ich auch schon schlechte Zeiten durchlebt. Daher schätze ich inzwischen die schönen Momente umso mehr und erlebe diese mit der gebührenden Intensivität."

„Richtig so! Wir leben doch nur das eine Leben. Ihr seid noch so jung, Mädels, genießt es. Ach, wenn ich noch einmal so jung wäre", mit rosigen Bäckchen steht die ältere Dame von ihrem Platz auf. „Schade, ich muss jetzt aussteigen. Mir hat es Freude bereitet, Sie kennenzulernen, wenn auch nur aus dem Augenwinkel betrachtet. Trotzdem, ich werde beschwingt noch den restlichen Tag an die Gruppe junger Frauen zurückdenken, die sich mir so unterschiedlich gezeigt hat."

Kurz blicken wir der Frau nach. „Was für eine kluge Frau! Sie hat die Wahrheit gesagt, meine Lieben! Leben und genießen, das dürfen wir an keinem Tag vergessen." Karin scheint gerade auf einer Wolke zu schweben.

Mich verwundert für wenige Sekunden, was Karin uns gesagt hat. Nicht ihre Art das Leben zu sehen, es ab jetzt auskosten zu wollen, nein, vielmehr, dass sie wieder mit Hermann Josef liiert ist. „Wir sind, das muss ich zugeben, wirklich eine nette Gruppe von jungen Frauen, die sich über viele Vorgaben und Regeln des Alltags hinwegsetzen." Meine Worte lassen nun auch Petra und Karin grinsen.

„Wow! Mit deinen Worten triffst du ins Schwarze", hebt Petra ihren Kaffeebecher. „Mit Sekt stoßen wir am Abend nochmals an."

Ina blickt aus dem Fenster, zu meiner Verwunderung kommt noch immer kein Ton über ihre Lippen. Meine vage Hoffnung, die Freundin habe alle Giftpfeile verspritzt, möchte ich selbst nicht so glauben.

„Kannst du uns etwas mehr in deine Erlebnisse einweihen?" Petra nippt vergnügt an ihrem Getränk und lässt Karin nicht aus den Augen. Ich rutsche ein Stückchen näher zu den beiden, natürlich brenne ich auch vor Neugierde, mehr zu erfahren. „Deshalb siehst du so gut aus! Die Liebe", gebe ich trällernd von mir. „Dieses atemberaubende Glücksgefühl macht dich richtig schön!"

„Gut", grinst Karin, „Wo fange ich an?"

Petra verzieht ihr Gesicht. „Am Anfang?"

„Puh!",theatralisch hebt Karin die Augenbraue. „Zunächst habe ich eine Einladung von dem neuen Direktor des Kunstmuseums erhalten." Karin grinst in sich hinein und schweigt, bis wir sie auffordern weiterzusprechen. „Mit der Einladung hatte ich schon gerechnet, ebenfalls darauf gehofft."

„Somit war dir bewusst, du bekommst ein Wiedersehen mit Hermann Josef?" Petra kombiniert die Lage und Karin nickt versonnen. „Genau!"

Zwanzig Minuten lässt Karin uns an ihrem Ausflug nach Dresden und der neu entdeckten Liebe zu Hermann Josef von Breggele teilhaben. Einmal unterbricht Petra sie noch. „Du nimmst aber die Pille?"

Mir schwant, was sie meint. Ich stöhne bei der Erinnerung an die Schwangerschaft von Karin und dem Verlust ihres Kindes noch im frühen Stadium der Schwangerschaft. ‚Herzensbrecher günstig abzugeben' fällt mir in diesem Zusammenhang ein. Zunächst hält Karin auf diese Frage inne, sicherlich reflektiert auch sie die Erlebnisse um den Verlust ihres Kindes noch einmal.

„Nein, diese Zeit möchte ich nicht noch einmal durchleben müssen. Und für mich gilt", Karin nimmt einen großen Schluck aus ihrem Becher, „so, wie alles gerade ist, bin ich zufrieden. Das ganz große Glück ohne Verletzungen wird es nicht geben. Jedoch habe ich die Liebe wiedergefunden und den guten Sex erleben dürfen, der mir so gefehlt hat." Karin kichert wie ein Teenager. „Ihr dürft mir glauben, mit Hermann Josef ist der Sex das Beste, was mir je passiert ist."

„Wahnsinn!! Euer Sex war also noch genauso gut, wie du ihn in Erinnerung hattest?" Petra kommt ins Schwärmen. „Guter Sex ist wichtig in einer Beziehung. Mir wird noch immer ganz anders, wenn Marc mich berührt und ich sein Verlangen nach mir spüre." Petra blüht regelrecht auf. Mit ihrer Körperhaltung, der Gestik und ihrem gesamten Ausdruck lässt sie uns in der Gewissheit, dass ihr Sexleben mit Marc für sie perfekt ist. Mein Blick wandert nach Petras Worten automatisch zu Ina. Wie zu erwarten, haben diese Worte in ihr eine Reaktion hervorgerufen. Blitzartig hat sie ihren Blick vom Fenster auf uns gerichtet. Ihre Augen sind rot, Ina weint.

„Mache ich wirklich alles falsch? Erst läuft mir mein Mann weg und ich darf hören, er hat noch immer Freude beim Sex mit einer anderen Frau! Bei mir war es seit Jahren nicht mehr zu einem Höhepunkt mit ihm gekommen. Gut, Ehen gehen auseinander und neue Partnerschaften bilden sich." An dieser Stelle hört Ina auf zu sprechen. Schade, wie ich denke. Jetzt, wo es allem Anschein nach spannend wird. Karin sehe ich ihre Erleichterung an. Sie hat bestimmt geglaubt, wir würden sie maßregeln oder ihr ein weiteres Treffen mit Hermann Josef untersagen. Was sie anbetrifft, habe ich auch noch einige Fragen auf dem Herzen, die ich mir aber für einen späteren Zeitpunkt aufheben möchte. Für den Moment, wir sind erst auf der Anreise zum Kreuzfahrtschiff, hat sich schon ein kleines Gewitter entladen, einen Tornado muss ich nicht hervorrufen.

„Möchtest du uns nicht mehr erzählen?" Meine Hand lege ich auf Inas Arm. Energisch schüttelt sie ihren Kopf.

„Lasst mir noch etwas Zeit, bitte."

Kurz tritt Schweigen ein, jede von uns hängt ihren Gedanken nach, wie ich vermute. Schade nur, so meine Gedanken, dass die ältere Dame nicht mehr in unserer Nähe weilt. Wir fahren in den Zielbahnhof von ihr und ich kann sehen, wie sie mit energischen Schritten über den Bahnsteig eilt. Was, so frage ich mich, hat diese Frau geprägt? Wie nur ist ihr Leben verlaufen und gibt es heute einen Menschen, der auf sie wartet? Ihr die Tür aufhält, wenn sie davorsteht?

Meine Freundin Karin holt mich aus meinen Grübeleien heraus. „Wie sieht es mit dir und Franz aus? Die Andeutung von Petra, von eurem Abend in der Pizzeria, habe ich nicht wirklich verstanden." Karin lehnt sich zufrieden zurück. Alle Augen und Ohren sind jetzt auf mich gerichtet.

„Unser Sex ist grandios. Seine Hände finden immer meinen Punkt, lassen mich beben und wenn er mir dann mit seinem Körper ganz nahekommt", kurz halte ich inne. Eigentlich wollte ich das jetzt nicht sagen, nicht hier. Wieso eigentlich nicht? Wir sind doch Freundinnen, höre ich in mich hinein. Da die anderen schweigen, fühle ich mich dazu bewogen weiterzusprechen. „Tja, das ist leider auch schon alles, was lobenswert erscheint. Die letzten Wochen haben mir einen Franz an meiner Seite gezeigt, der so kalt und verletzend sein konnte, wie...", meine Worte breche ich unvermittelt ab.

„Ich möchte einfach nur glücklich sein. Vielleicht habe ich mehr Gene von meiner Tante Lydia Lowere in mir als gedacht? Sie hat das Leben bis ins hohe Alter genossen. Wieso sollte ich nicht etwas mehr von ihrem Lebensmotto übernehmen? Mir die süße Frucht der Liebe gönnen ohne Reue?" Lachend fällt Karin mir ins Wort: „Auf Männer hat Lydia Lowere bis zu ihrem Tod nicht verzichtet und darauf sollten wir am Abend auch anstoßen."

Unsere Karin, denke ich und blicke meine Freundin an. Zufrieden und beseelt sitzt sie vor mir. Hermann Josef muss in der Tat ein Händchen für besondere Frauen haben. Mir jedoch liegt es nicht am Herzen herauszufinden, was genau sein Geheimnis ist. Die Tatsache, dass er vor vielen Jahren der Begleiter meiner verstorbenen Tante war, jetzt wieder Karin um den Finger gewickelt hat, spricht für ihn.

„Franz bist du auch schon mehr als nur einmal wieder nachgelaufen." Petra bringt es auf den Punkt. Mit einem Male habe ich einen Kloß im Hals. Zu meiner Erleichterung geht niemand auf Petras Worte näher ein. Meine Hoffnung, Ina würde nun noch ein wenig aus ihrem Privatleben plaudern, neue Einblicke in ihr Seelenleben geben, bleibt bis Hamburg unerfüllt. Kurz vor Hamburg schleicht sich der Hunger zu uns. Wir fangen an zu überlegen, ob wir in das Bordrestaurant gehen sollen.

„Ich habe eine bessere Alternative für uns." Petra greift nach ihrer Tasche und spendiert eine Runde Äpfel. „In den nächsten Tagen werden wir sicherlich noch genügend Kalorien zu uns nehmen", lässt sie uns wissen. Bis Hamburg genießen wir schweigend die gesunde Frucht, jede von uns scheint mit ihren Gedanken beschäftigt zu sein.

Vom Bahnhof aus gelangen wir mit einem Taxi zum Hafen. Unsere Stimmung scheint wieder positiv an Wärme zu gewinnen. Man kann sagen, sie fängt an zu köcheln, die Erwartung auf unsere Reise stimmt uns froh. Schon von weitem kann ich unser Schiff, unser zu Hause für die nächsten Tage sehen. In diesem Moment kommt doch das mulmige Gefühl zurück. Was wird uns an Bord erwarten? Mit gemischten Gefühlen steige ich aus dem Taxi und lenke meine Schritte Richtung Schiff. Stattlich liegt es in seiner ganzen Größe vor uns. Mir fällt ein winkender Mann auf, Vincenz, wie ich zu meiner Freude erkennen darf. Mit ihm, so bin ich mir sicher, wird alles gut werden. Vincenz tritt die Reise ohne seine neue Freundin an, wie er mir vor zwei Tagen mitgeteilt hat. Auch er möchte sich bewusst diese Woche Zeit nehmen für uns. Ich hoffe, es gibt keinen anderen Grund für sein Verhalten. Auch an seine Gesundheit und sein Alter denke ich, während ich Schritt um Schritt über die Reling auf ihn zu gehe. Kurz denke ich noch einmal an die ältere Dame und die kurze Begegnung mit ihr im Zug. Wie locker und selbstverständlich sie auf das Leben schaut und uns ermahnt hat, jede Minute zu genießen.

Johann

Dank meiner Mutter Rosalinde kann Ina mit ihren Freundinnen auf die Reise gehen. Mutter wird sich um Wolfi kümmern am Tag und ich übernehme die Aufsicht am Abend, nach meiner Arbeit im Notariat. Den Kleinen liebe ich inzwischen wie einen eigenen Sohn. Trotzdem stellt sich mir die Frage, wieso nur sein leiblicher Vater, Marc, sich nicht die Zeit nimmt ihn zu betreuen, mir ist es unverständlich. Der feine Banker liebt es, sich schick zu kleiden, am Abend mit seinen Freunden Tennis zu spielen und am Wochenende auszuschlafen, was mit einem kleinen Kind nicht möglich ist. Zumindest am Wochenende hätte er sich anbieten können, seinen Sohn zu betreuen. Sonst tut er immer so auf besorgt und bietet sich bei Ina als Babysitter an. Und jetzt? Obgleich seine Freundin Petra ebenfalls mit an Bord ist und er von Inas Abwesenheit weiß, kam kein Anruf von ihm.

„Mir ist es wichtig, Ina zu unterstützen", hat Rosalinde, meine Mutter, meine Sorgen weggelacht. So ganz verstanden habe ich noch immer nicht, wieso sie auf diese Reise verzichtet hat. Sie und Vincenz hatten große Pläne, wollten gemeinsam die Zeit auf dem Schiff verbringen.

„Gibt es Streit zwischen Vincenz und dir?", wollte ich von meiner Mutter wissen. Geschickt war sie mir und meinen Fragen ausgewichen, was mir nicht entgangen ist. Mutter, so habe ich in den letzten Tagen öfter gesehen, wirkt in sich gekehrt. Ob sie Sorgen hat? Hoffentlich keine gesundheitlichen, wie ich besorgt denke.

Rosalinde kann keine Geheimnisse für sich behalten, das war schon früher so, daher erhoffe ich mir, bald hinter den wahren Grund zu kommen. Grinsend erinnere ich mich an meine Kindheit, in der es mir mehr als nur einmal gelungen ist, die Weihnachtsgeschenke schon vor dem 24. Dezember aus ihrem Mund herauszulocken. Außerdem hat meine Mutter immer versucht, im Vorfeld alle Geschenke zu verstecken. Ihr ist es so gut gelungen, Verstecke auszusuchen, dass Mutter selbst, mehr als nur einmal an den Feiertagen nicht mehr alles gefunden hat. Bei uns war es normal, auch im Januar noch einmal ein Päckchen zu bekommen, das Mutter plötzlich wiederentdeckt hat. Nur einmal, da war ich schon ein Teenager und habe auf Konzertkarten gehofft, wurde ich enttäuscht. Diese Karten tauchten erst zu einem Zeitpunkt wieder auf, als ich sie nicht mehr einlösen konnte, das Konzert war schon vorbei.

Heute kam ein Brief von Vincenz in meinem Notariat an. Er bittet mich um ein Gespräch unter vier Augen, nach seiner Reise. Was er nur von mir möchte? Geht es um Ina? Unsere Beziehung ist gerade etwas angespannt. Meine Bitte an Ina, sich doch mehr auf ihr Äußeres zu konzentrieren, kam nicht wirklich gut bei ihr an. Meine Freundin arbeitet in meinem Notariat und ist eine sehr zuverlässige Kraft. Wäre sie nur eine von vielen Mitarbeiterinnen, würde ich nichts sagen. Ina aber ist auch meine Freundin, die Frau, mit der ich inzwischen zusammenlebe und die ich liebe. Zu Beginn unserer Beziehung war Ina auch nachlässig mit sich und ihrem Erscheinungsbild umgegangen, was sich aber später änderte, auch dank meiner Mutter. Eventuell werde ich Rosalinde bitten, noch einmal ihren positiven Einfluss auf Ina einwirken zu lassen. Mir geht es nicht darum, aus Ina ein Modepüppchen zu machen, nein, das würde nicht zu ihr passen. Gepflegtes Auftreten hat Ina, leider nur den Stil einer sehr alten Frau. Nicht einmal meine Mutter würde diese Kostüme tragen wollen, mit denen Ina in mein Notariat kommt. Bei meinen Kollegen wurde ich schon belächelt.

„Johann hat sich eine Frau mit Kind geangelt", durfte ich bei einem Treffen hören, „wenn die Frau eine Augenweide wäre, gut, aber so ein Mauerblümchen", haben andere gelacht und das Schlimmste für mich war die Bemerkung im Anschluss an diese Worte. „Vielleicht ist sie im Bett sehr gut? Irgendetwas muss sie Johann doch bieten können, am Äußeren kann es nicht liegen."

Seit diesem Abend sehe ich Ina mit anderen Augen, was mich selbst beschämt. Vor ihrer Abreise habe ich versucht, mit meiner Freundin über meine Ansichten zu sprechen. Ina hat aggressiv und aufgekratzt reagiert, mich dann am Abend vor ihrer Abreise allein im Wohnzimmer sitzenlassen. Ihre Verabschiedung habe ich mir anders vorgestellt. Wie gerne wäre ich Ina an diesem Abend ganz nahegekommen. Jetzt muss ich warten, bis meine Freundin wieder zu Hause ist und dann versuchen, noch einmal und in aller Ruhe mit ihr zu sprechen.

Überrascht war ich am Morgen, als Hermann Josef in meinem Notariat anrief und mich sprechen wollte. „Wir sollten uns wieder einmal sehen", tönte er gutgelaunt, was mich gleich vorsichtig werden ließ. Hermann Josef ist kein Mann, der etwas ohne Hintergedanken tut, schoss es mir durch den Kopf. „Soll ich dich am Wochenende besuchen? Ina ist doch auch auf dem Kreuzfahrtschiff, wie ich erfahren habe", sprach er weiter. Meine Bemerkung, am Wochenende auf Wolfi aufzupassen, hatte Hermann Josef kurz zum Schweigen gebracht.

„Bist du noch in der Leitung?" Meine Frage motivierte ihn wieder zum Reden.

„Du sitzt das ganze Wochenende zu Hause und passt auf das Kind von einem anderen Mann auf? Wahnsinn!"

Das Telefonat habe ich im Anschluss rasch beendet, zurückgeblieben sind dunkle Wolken in meinem Kopf. Die nächste Woche, so meine Überlegung, wird anstrengend werden.

Sobald Vincenz von seiner Reise zurück ist, werden wir uns treffen. Seinem Sekretär habe ich bereits Terminvorschläge gesendet. Neugierig erwarte ich den Abend und ein Gespräch mit meiner Mutter Rosalinde, die hoffentlich Licht in meine Fragen bringen wird. Eventuell kann ich auch herausfinden, was Vincenz bewegt, mich zu sprechen.

Zunächst war ich nicht angetan von der Idee, dass meine Mutter noch einmal ein Verhältnis zu einem Mann sucht. Inzwischen sehe ich Vincenz aber als Bereicherung an. Der Mann bringt so viele neue Impulse in unser aller Leben, von ihm kann ich lernen, was mich begeistert. Mein eigener Vater war früh verstorben und zuvor hat ihm die Zeit gefehlt, sich um mich zu kümmern. Die Verbindung von Vincenz zu Lotte kann ich nicht richtig nachvollziehen. Nur die Tatsache, dass sie Vincenz an seine verstorbene Tochter erinnert, akzeptiere ich. Mir ist Lotte suspekt, vom Grunde kein Mensch, der in meinen Freundeskreis gehört. Auch ihre fortwährende Männersuche lässt mich an ihrer nötigen Reife zweifeln.

Florian

Vincenz hat mich praktisch zu dieser kleinen Reise überredet, was mir von Anfang an nicht behagte. Gut, ich muss zugeben, Lotte Wolke wollte ich kennenlernen, die Frau, die Mieterin in meinem Haus in Limburg ist. Wobei, das ist nicht der wahre Grund. So wichtig ist mir eine Mieterin nun auch nicht. Wirklich wichtig für mich ist nur, die Miete wird regemäßig und pünktlich überwiesen. Offiziell hat Vincenz den Vertrag bei mir unterschrieben, bei Lotte war mir zu Beginn der Verhandlungen das finanzielle Risiko zu groß gewesen. So kam Vincenz ins Spiel, was mich noch immer wundert. Als meine Sekretärin mir eine vertrauenswürdige Person ankündigte, die bereit sei, für Lotte Wolke den Mietvertrag zu unterschreiben, und zudem sehr solvent sei, hatte ich niemals mit dieser Begegnung gerechnet.

Persönlich habe ich Vincenz das erste Mal in meiner Funktion als Architekt getroffen. Zu diesem Zeitpunkt arbeitete ich noch in einem großen Büro als Angestellter. Von meiner Arbeit war Vincenz rasch überzeugt und hat seit dem ersten Auftrag nur noch mit mir als leitenden Architekten gearbeitet. Persönlich hat es mir den Vorteil gebracht, seit diesem Zeitpunkt eine feste Position innerhalb des Büros einzunehmen. Meine Aufträge wurden von meiner Seite immer pünktlich ausgeführt und von Vincenz stets gelobt, auch in seinem Bekanntenkreis.

„Sie müssen sich selbständig machen, Florian! Sie verschwenden Ihr Talent für Andere", hat er mir mehr als nur einmal geraten. Meine zögerliche Haltung ließ ihn nicht davon abhalten, mir immer wieder in regelmäßigem Abstand, diesen Rat zu erteilen. Mit der Unterschrift unter dem Mietvertrag bot er mir das vertraute Du an. Für mich war es wie ein Ritter-schlag. Vincenz bewundere ich von der ersten Minute an und mein Erstreben ist es, so erfolgreich wie er zu werden.

„Deine Worte haben Früchte getragen", stand ich vor acht Wochen vor Vincenz. Dieses Mal hatte ich ihn zu Hause aufgesucht. Strahlend hatte er mich angesehen und sogleich gewusst, wovon ich sprach. „Endlich! Deine Selbständigkeit steht schon lange aus", klopfte er mir auf meine Schultern. „Wo werden wir die Einweihung deiner neuen Räumlichkei-ten feiern? Wo wirst du dich niederlassen?" Diese Frage hat-te ich rasch beantwortet und nach meinen Worten wich jede Farbe aus seinem Gesicht. „Habe ich etwas gesagt, das dich verärgert hat? Mit meiner Entscheidung komme ich auch räumlich mehr in deine Nähe und wir können öfter am Abend zusammen eine Partie Schach spielen, das war doch immer dein Wunsch."

„Aber Lotte! Niemals wollte ich, dass sie …", Vincenz hörte im Satz auf zu sprechen. Wirklich verstanden habe ich seine Reaktion nicht. Über Wochen, nein, über Monate hinweg nörgelte der Mann an mir und hat mich sprichwörtlich zu der Selbständigkeit gedrängt, fast schon überredet. Jetzt, da ich ihm stolz verkünde, ich habe diesen Schritt in die Wege geleitet, reagiert der Mann verhalten.

„So ganz kann ich deine Reaktion nicht verstehen", meine Wor-te habe ich bewusst locker klingen lassen. Mir liegt Vincenz am Herzen, nicht nur als Auftraggeber, besonders auch als Mensch, den ich in den letzten Jahren zu schätzen gelernt habe.

„Die Räumlichkeiten in Limburg, Lottes Café, diese dürfen nicht zu einem Büro umfunktioniert werden, auf keinen Fall. Lotte würde der Boden unter ihren Füßen genommen", laut kamen seine Worte an meine Ohren. Ungewohnt stark war seine Stimme geworden, was mich verwunderte.

„Die Lage ist fantastisch, es gibt genügend Parkplätze und, lieber Vincenz, das Café kann auch in der Innenstadt in einem anderen Haus seinen Platz finden. Bei der Einrichtung und Änderung der Aufteilung bin ich Frau Wolke jederzeit behilflich." Für mich war zu diesem Zeitpunkt das Thema beendet, nicht so für Vincenz. Verbissen hakte er nach, suchte nach Worten und ich war in der misslichen Lage, zusehen zu müssen, wie sich ein älterer Mann, allem Anschein nach, unwohl fühlte. Das Wieso hatte ich zu diesem Zeitpunkt noch nicht verstanden.

Warum muss ich jetzt an mein Gespräch mit Vincenz denken? Wochen sind seit dieser Unterhaltung vergangen. Zunächst war ich zögerlich, als Vincenz mich bat, ihm mein Haus zu verkaufen. Sein Angebot war mehr als großzügig. „Nenne mir einen guten Grund, um auf dein Angebot einzugehen. Geld allein zählt nicht bei mir, das solltest du inzwischen wissen, Vincenz. Liefere mir einen guten Grund!"

„Ich mag diese junge Frau, habe Gefallen an ihr gefunden", diese Worte ließen mich zweifeln am Verstand von Vincenz, was ich zum Ausdruck brachte. „Florian!" Mit starker Stimme blickte mich Vincenz an. „Ja, ich fühle mich auf der einen Seite geehrt, dass du mir eine so junge Frau als Freundin zutraust", kollerte er vor Lachen. Vincenz berichtete mir im Anschluss, wie Lotte sein Herz im Sturm erobert hat und ihn an seine verstorbene Tochter erinnert. Meine Neugierde war geweckt, Lotte Wolke persönlich kennenzulernen. Die Frau, für die Vincenz sich so engagiert. Zugeben kann ich jetzt, Lotte ist so ganz anders in ihrer Persönlichkeit als ich es vermutet habe. Erwartet habe ich eine ehrgeizige Frau, die zielstrebig ihren Weg geht, gebildet ist und Kleidung trägt, die zu jeder

Tageszeit angemessen erscheint. Genauso eine junge Frau habe ich mir nach den Schilderungen von Vincenz in meinen Gedanken ausgemalt. Weit gefehlt! Lotte ist so ganz anders als ich dachte. Jedoch finde ich ihre Natürlichkeit schon wieder anziehend, obgleich ich mehr der Typ Mann bin, der sich mit mondänen Frauen umgibt. Trotzdem hat das Neue einen gewissen Reiz. Liegt der Reiz im Unbekannten?

An meiner Kabine klopft es, ich werde kurz aus meinen Erinnerungen herausgerufen. Eine junge Frau steht vor meiner Tür. „Diesen Umschlag soll ich Ihnen abgeben."

Mir ist sogleich bewusst, Vincenz steckt dahinter, hat seine Hände im Spiel und kann seine Ungeduld nicht zügeln, bis er erreicht hat, was er möchte. Missmutig öffne ich den Umschlag, ziehe drei Blätter zum Vorschein. Kaufvertrag, lese ich zunächst, was mich ärgert. Meine spontane Idee, Vincenz aufzusuchen, ihm zu sagen, jetzt hat er sein Ziel überschritten, lasse ich fallen, nachdem ich den ersten Satz gelesen habe. Aufgeregt setze ich mich auf mein Bett, das mitten in der Kabine seinen Platz hat und lese in Ruhe alles durch. Das, was ich nun erfahre, übertrifft alle meine Erwartungen und Hoffnungen. Vincenz weiß Menschen zu manipulieren und zu lenken, so mein Fazit. Gepaart mit der richtigen Portion an Hingabe scheint er so seine Geschäfte in der Vergangenheit abgeschlossen zu haben. Erfolgreich, wie ich sofort weiß. Lotte Wolke ist diesem Mann ein Vermögen wert. Ein Mann wie Vincenz setzt nicht auf Verlierer, dessen bin ich mir bewusst. In Lotte muss ein Talent, ein Mensch stecken, der zu größerem berufen ist. Anders kann ich mir das Handeln von Vincenz nicht erklären. Mein Handy klingelt, als ich gerade mit Lesen fertig bin.

„Was sagst du zu meinem Angebot?" Ungeduldig dringt die Stimme von Vincenz an mein Ohr.

„Du bist unverschämt", entgegne ich unvermittelt. Mir ist es gerade egal, Vincenz als Auftraggeber zu verlieren, ich kann auch ohne ihn existieren. „Kaufen lasse ich mich nicht. Noch bin ich ein freier Mann. Die Reise, gut, dazu hast du mich eingeladen. Eventuell war es ein Fehler, dieses großzügige Geschenk überhaupt anzunehmen. Jetzt aber bist du einen Schritt zu weit gegangen, Vincenz!"

Räuspern ist zu hören. Kurzes Schweigen folgt. „Hast du auch den zweiten Vertrag gelesen?" Seine Frage lasse ich unbeantwortet, ziehe stattdessen den Umschlag zu mir und prüfe seinen Inhalt. Zu meiner Überraschung befindet sich noch ein Blatt Papier in dem Inneren, das ich mir sogleich rausnehme. Mein Handy habe ich unterdessen auf mein Bett gelegt.

Das, was ich jetzt lese, lässt mich mehr als verwundern. „Wieso ist diese Frau so wichtig für dich? Gibt es ein Geheimnis um Lotte? Ist sie deine uneheliche Tochter, zu der du dich nicht getraust zu stehen?", greife ich erneut nach meinem Handy. Vincenz bleibt ruhig, was mich nervös werden lässt. „Ein Geschenk wäre für mich die Tatsache, Lotte ist meine Tochter", beendet er das Telefonat. Ich bleibe verunsichert und aufgebracht zurück. Möchte über das, was ich gerade erfahren habe reden, nur mit wem?

Anton Wall

Meine neue Ausstellung an Bord des Schiffes lässt mich ins Schwitzen kommen. Vincenz hat natürlich einmal mehr sein Talent als Organisator und Strippenzieher im Hintergrund unter Beweis gestellt, trotzdem liegen die letzten und wichtigen Details in meiner Hand. Bereits am morgigen Abend wird meine Ausstellung eröffnet. Meine Anordnung der Gemälde habe ich nach Farben ausgelegt, wozu auch Karin mir geraten hat. Am Herzen liegen mir die Blautöne, in deren Tiefe ich selbst immer wieder eintauchen und mich schon beim Arbeiten fallenlassen kann. Verzückt laufe ich die Reihen ab und bin bemüht, mich auch auf die kleinsten Details zu konzentrieren. Fällt das Licht optimal auf meine Gemälde, hängen diese hoch genug, um nicht von Kinderhänden beschmiert zu werden? Ich liebe die Kleinen, nur mag ich es nicht leiden, Nutella oder Marmelade an meinen Gemälden zu entdecken, was mir tatsächlich einmal passiert ist. Vor zwei Jahren habe ich in einem Hotel ausgestellt und am Ende waren nur fünf der ausgestellten Gemälde verkauft, was schon für sich eine Enttäuschung darstellt. Viel schlimmer jedoch war die Gewissheit, ausgerechnet von den verkauften Stücken hatten zwei Fingerabdrücke aufzuweisen, die ich nicht mehr übermalen oder wegwischen konnte. Beide Käufer waren beleidigt von ihrem Kauf zurückgetreten und ich auf den Kosten sitzengeblieben.

Wirklich tragisch, da ich zu diesem Zeitpunkt gerade mein neues Auto gekauft hatte. Aus diesem Vertrag kam ich nicht mehr raus. Geld ist für mich etwas Wunderbares, solange ich es besitze. Leider nur rinnt es mir viel zu schnell wieder aus den Händen. Verlockungen finden sich auf all meinen Wegen. Ich liebe es pompös und schillernd. Den großen Designern der Welt liegt mein Herz zu Füßen. Geld kommt und es geht wieder, so einfach sehe ich es. Buchführung ist für mich eine Vokabel, deren Bedeutung ich noch immer nicht erkannt habe. Mit Schrecken denke ich an die ganzen Rechnungen, die noch in meinem Karton zu Hause liegen und auf ihre Bearbeitung warten. Meine Hausbank hat mir ein Ultimatum gesetzt. Immerhin kam mir der Banker mit der Idee, eine Ausstellung zu organisieren, entgegen. Meine Kunst ist grandios, weltoffen und auf ihre Art einzigartig. Die Menschen müssen es nur mehr zu schätzen wissen. Zugegeben, einen Rolls Royce mit Chauffeur habe ich nicht gebraucht, genossen habe ich die kleinen Auftritte aber sehr. Jede Fahrt, jede Minute in dem schicken Wagen sind mir in der Erinnerung als etwas Besonders zurückgeblieben und somit hat sich alles gelohnt. Was ist Geld? Diese Frage habe ich meinem Banker gestellt. Er meinte nur: „Sie werden es bald zu spüren bekommen, die Wirkung des Geldes."

Vincenz unterstützt mich immer wieder, er ist mein Mäzen und dafür bin ich dankbar! Ohne ihn hätte ich sicherlich schon vor einem halben Jahr die Villa in Frankfurt verloren. Dieser Gedanke war bisher unvorstellbar für mich. Meine Villa ist der Boden für meine Kreativität. Lydia Lowere hat sie mit viel Esprit und dem richtigen Fingerspitzengefühl für das Besondere eingerichtet.

„Sie müssen sich den Tatsachen stellen, ihnen ins Auge sehen!", hat Vincenz mir geraten. Im Rechnen war ich schon in der Schule keine große Leuchte, was mir mein Konto heute widerspiegelt. Mich ärgern diese doch für mich sehr negativen Gedanken und ich versuche, mich wieder auf die Vernissage zu konzentrieren. Eine Tür fällt zu und dafür geht eine neue auf.

Wie Lotte auf das neue Portrait ihrer verstorbenen Tante Lydia reagieren wird? Die blaue Muße ist der Titel für mein

Gemälde. Dankbarkeit und die Liebe, die ich in der Lage bin zu schenken, habe ich in mein Werk einfließen lassen.

Einige der Kreuzfahrtpassagiere bleiben bereits vor meinen Werken stehen, diskutieren über das, was sie sehen und glauben zu erkennen. Mir gefällt, was ich höre und es bringt mich zum Schmunzeln. Gekonnt halte ich mich im Abseits, schnappe Worte auf, wie grandios, hervorragend, was die Gemälde kosten werden, mir ist dieses Werk bis zu 25.000 Euro wert. Das Gehörte wirkt wie Balsam auf meiner Künstlerseele, was mir zeigt, ich brauche die Anerkennung. Obgleich ich immer davon rede, wie wichtig mir Kritik ist.

Für das heutige Abendessen wähle ich einen royal blauen Anzug mit silberfarbenem Revers. Pünktlich um 20 Uhr betrete ich den großen Speisesaal und halte kurz inne, lasse die Menschen, die ich erblicke, für einen Moment auf mich wirken. Mit gemischten Gefühlen schreite ich dann zu unserem Tisch. Im Näherkommen darf ich beobachten, wie Vincenz Lotte begrüßt und ihr den Stuhl zurechtgerückt hat. Vincenz ist ganz der Gentlemen der alten Schule. Ein Anblick, der mir Freude und Rührung bringt.

„Wir haben aber auch ein hübsches Kleid eingepackt?" Diese Worte flüstere ich Lotte bei unserer Begrüßung ins Ohr. Sie sieht grauenvoll aus, richtig aus dem Rahmen fällt sie mit ihrem Schlapperpulli und der bunten Leggins. „Du fällst nicht wieder in alte Muster zurück, meine Liebe?", füge ich noch nach. Ich ahne sogleich, womit ihr Zustand in Verbindung zu bringen ist, mit Franz. Sicherlich hat er sich wieder einmal eine Auszeit gegönnt. Mich ärgert es, wie Franz mit Lotte umspringt und noch mehr ärgert es mich zu sehen, wie Lotte auf sein Verhalten reagiert. Leider, dessen bin ich mir schon jetzt bewusst, kreidet Lotte mir an, die Wahrheit zu sagen. An ihrem Blick kann ich gleich erkennen, auch dieses Mal bleibt sie ihren alten Mustern treu. Wenigstens ihr Haar ist gepflegt. Bevor es für Lotte eine Gelegenheit gibt mir zu antworten, liegt Petra in meinen Armen und begrüßt mich herzlich.

„Schöne Blume!", halte ich sie ein Stückchen auf Abstand, erfreue mich an ihrem Äußeren. „Schade nur, meine Hübsche, ich stehe mehr auf Männer", küsse ich Petra auf ihre Wangen. Ihr Lachen und die ganze Ausstrahlung dieser Frau sind grandios. „Vielleicht solltest du ein oder zwei Kilo zunehmen?" Meine Hände liegen auf Petras Taille. Als Antwort kommt nur ein Lachen.

„Was sagst du zu Lottes Outfit?"

Petra löst sich sanft aus meiner Umarmung und blickt zu Lotte. „Sie ist nun einmal nicht zu verändern", dreht sich Petra amüsiert wieder zu mir.

Dann kommt Ina näher. Sie erscheint in einem dunklen Kostüm, nicht gerade attraktiv für eine junge Frau aber gepflegt. Lange Zeit zum Nachdenken über Ina, ihr Äußeres bleiben mir nicht. Die Blicke aller Herren und auch die der anwesenden Frauen richten sich auf eine sehr attraktive Frau, die geradewegs auf unseren Tisch zukommt. Karin erscheint in einem engen Kleid, sie sieht sexy aus und ihr Strahlen ist der i-Punkt ihres Auftritts. Vincenz hat sich von seinem Stuhl erhoben und geht ihr gemäßigt entgegen. Strahlend breitet er seine Arme aus. „Wenn mein Neffe dich jetzt so sehen könnte, Karin", haucht Vincenz ihr entgegen. „Ich freue mich sehr, dich wieder strahlen zu sehen, liebe Karin."

Ein kleiner Kuss wandert auf ihre Wangen und Karin errötet tatsächlich. Sie hat sich immer vorbildlich Vincenz gegenüber verhalten, auch nach der Trennung von seinem Neffen, die Karin nicht leichtgefallen war. Mein Blick haftet an den beiden und so entgeht mir auch nicht, dass Karin etwas in das Ohr von Vincenz flüstert. Kurz hält er sie etwas von sich, blickt ihr tief in ihre Augen. Was mag nur zwischen den beiden vorgehen, überlege ich nervös. Negative Stimmungen mag ich nicht leiden, diese blockieren meine kreative Seite. Verwundert darf ich aber die Reaktion von Vincenz sehen, er umarmt Karin stimmig, ein Lachen kehrt auf sein Gesicht zurück. Die Müdigkeit, die ich noch vor wenigen Minuten auf seinem Gesicht erkennen durfte, ist wie weggeblasen.

„Eine Runde Champagner!" Mit diesen Worten ruft Vincenz den Kellner an unseren Tisch. Erleichtert nehme ich seinen positiven Gesichtsausdruck zur Kenntnis, mit dem er zurück an den Tisch kommt. „Es wird eine grandiose Reise und sicherlich eine spektakuläre Ausstellung", bittet er mich an seine Seite.

Sicherlich hat Karin ihm nur ein Kompliment gemacht, grübele ich noch immer über seine positive Veränderung. Vincenz ist die Freude über unsere kleine Runde anzusehen, besonders an Lotte findet er im Laufe des Abends Gefallen, was mich schmunzeln lässt. Lotte wirft mir beim Zuprosten einen Blick zu, den ich nicht deuten kann. Mir gefällt nicht, was sich zwischen uns an negativer Spannung aufbaut. Unter keinen Umständen möchte ich Vincenz enttäuschen und als Mäzen verlieren. Mir ist bewusst, müsste er sich zwischen dem Kontakt zu Lotte oder mir entscheiden, ich würde das schlechtere Los in Händen halten.

„Nach der Reise komme ich dich wieder einmal in deinem Café besuchen", bemühe ich mich das Ruder rumzureißen. „Meine Gaumenfreuden an deinen leckeren Kuchen müssen aufgefrischt werden!" Ich proste Lotte über den Tisch hinweg zu. Mit erhöhtem Herzschlag registriere ich ihr Zögern, auch Vincenz blickt mit einem Male von Lotte zu mir und zurück. „Natürlich freut sich Lotte immer über einen Besuch von Ihnen, lieber Anton! Nicht wahr, Lotte? Ich muss dich nicht daran erinnern, dass Anton Wall es war, der das kleine Café durch seine Ausstellung bekanntgemacht hat?" Die Worte von Vincenz beruhigen mich, scheinen ihre Wirkung auf Lotte zu zeigen.

„Sehr schön hast du dich ausgedrückt, Vincenz! Ich freue mich immer Anton zu sehen." Nicht zu leugnen ist ihr Unterton, der nicht nur mir auffällt. Bevor ich in der Lage bin zu reagieren, setzt Lotte nach: „Lerne zu verzeihen, so der Titel meiner neuen Kolumne, die ich schreiben soll. Ein Einstieg ist mir gelungen, wenn auch ein holpriger. Jedoch denke ich, dank Menschen wie dir, lieber Anton, werde ich die Kolumne noch gut zu Papier bringen."

Mein spontanes Hüsteln ärgert mich, zeigt es doch meine Verletzlichkeit. Wirklich unangenehm ist mir die Situation. Zu meiner Erleichterung und Freude kommt noch ein weiterer Gast an unseren Tisch, der die ganze Aufmerksamkeit auf sich zieht. Lotte, das wundert mich, kommt ins Stottern, als Vincenz ihr den Mann vorstellt. Sie steht von ihrem Stuhl auf, zappelt herum und spielt mit ihren Händen zunächst an ihrem Schlabberpulli herum. Wirklich zusammenreißen muss ich mich, nicht loszulachen. Vincenz reagiert irritiert. „Alles in Ordnung mit dir, Lotte?" Auf eine Antwort muss er warten. Unentwegt starrt Lotte den Mann an, der gerade an unseren Tisch gekommen ist.

„Mir ist Florian schon bekannt, er ist ein Kunde von mir." Lottes Stimme ist hoch.

Florian ist eine Frohnatur und löst die kleine Peinlichkeit, die in der Situation liegt, geschickt auf. Herzlich lächelnd hält er Lotte seine Hand entgegen. „Wie schön, dass wir uns so rasch wiedersehen!" Seine Worte lassen mich staunen. Vincenz übernimmt nun wieder die Führung und bittet Florian galant, sich zu setzen. Mit wenigen Worten stellt er Florian auch Petra und Ina vor. Karin, die immer einmal wieder in meiner

Galerie aushilft, ist ihm natürlich bekannt. „Das hätte ich mir ja denken können, dich hier zu sehen, Florian", streckt Karin ihm die Hand zum Gruße entgegen. Ein munteres Plaudern hält Einzug an unserem Tisch. Florian ist eine Bereicherung für unsere kleine Runde. Kurz vergessen wir die anderen Gäste, erst als der Kellner uns bittet, etwas Rücksicht zu nehmen, drosseln wir unsere Stimmlage. Mich inspirieren der Abend und die Geselligkeit zu einem neuen Gemälde, das ich, sobald ich wieder zu Hause bin, anfangen werde zu malen. Genau sehen kann ich schon vor meinem geistigen Auge, wie sich ein sattes Rot mit einem warmen Orange versucht, den Platz auf der Leinwand zu erstreiten. Ich sehe Farben, die ineinanderlaufen und sich den Weg über die Leinwand erkämpfen, und Emotionen, die frei werden möchten. Ja! Ich liebe meine Kunst.

Lotte

Was für eine Aufregung! Welch ein Anfang meiner Reise und Beginn einer Freundschaft, aus der sich hoffentlich noch mehr ergibt als nur nette Gespräche. Florian hier an Bord wiederzutreffen, das war mehr als ein Paukenschlag. Zunächst war ich noch damit beschäftigt, Anton Wall einen Seitenhieb zu erteilen, kurz darauf fühlte ich mich wie unter einer Glocke, unfähig zu reden und die Situation zu verstehen. Recht hatte Anton Wall mit seiner Bemerkung über mein Aussehen. Hätte ich davon gewusst, eine Begegnung mit Florian, auch nur ansatzweise erahnt, ich wäre niemals in diesem Outfit aufgetaucht. Meine Freundinnen haben mit Sicherheit einen viel besseren Eindruck hinterlassen, dessen bin ich mir bewusst.

Allem Anschein nach muss ich wieder mehr auf mich und mein Äußeres achten. In den letzten Monaten war ich so oft einkaufen, habe mich für Mode und Kosmetik interessiert, meinen Kleiderschrank mit den Einkäufen fast zum Platzen gebracht, um dann in einem Schlabberpulli vor Florian zu sitzen. Was muss er nur von mir denken? Ein Mann wie Florian ist sicherlich im Alltag umgeben von hübschen, jungen und gutgekleideten Frauen, die so ganz anders sind als ich. Diese Gewissheit quält mich.

Nach dem Auftritt von Franz in Limburg in der Pizzeria hatte ich schlecht geschlafen. Meine Kleidung war nur für die Anreise gedacht, dafür war sie auch bequem und passend. Meine Freundinnen haben sich alle vor dem Treffen mit Vincenz umgezogen, nur ich nicht. Wieso nur bin ich so nachlässig? Mich für ein Treffen mit Vincenz umzuziehen, ist mir nicht einmal in den Sinn gekommen, was mich jetzt betrübt. Ob ich diesen kleinen Zwischenfall benötigt habe, um mich wieder mehr um mich und mein Äußeres zu kümmern? Ja, so wird es sein. In meinen Augen ist Vincenz mein väterlicher Freund, kein Mann, für den ich mich verstellen oder aufhübschen muss. Daher auch mein lässiges Outfit.

Richtig zur Ruhe komme ich in dieser Nacht nicht. Kaum, dass ich meine Augen schließe, denke ich wieder an Florian! Was macht dieser Mann nur hier an Bord? Ihn einfach zu fragen, dazu habe ich keine Gelegenheit bekommen. Florian war erschienen und von der ersten Sekunde an der Mittelpunkt des Abends. Begeistert hat er von Kunst erzählt und Karin ins Schwärmen gebracht. Die Tatsache, dass er schon öfter in der Galerie war, die beiden sich schon kannten, war mir ebenso neu wie die Reaktion von Ina. Mit einem Male hatte sie rote Bäckchen und von den verweinten Augen am Nachmittag war keine Spur zurückgeblieben. Ina brachte sich in die Unterhaltung ein und Florian, das muss ich lobend anerkennen, hat jedem am Tisch das Gefühl vermittelt, seine volle Aufmerksamkeit zu haben. Wie locker er sich bewegt hat. Selbst dem Kellner, der für unseren Tisch zuständig war, schenkte er lobende Worte und sein Lächeln. Anton, so durfte ich sehen, war ebenfalls hocherfreut über den neuen Gast an unserem Tisch. Mir schien immer, der Künstler mag keine Konkurrenz und jetzt konnte ich sehen, Anton Wall verhielt sich galant und zufrieden im Hintergrund. Niemals hätte ich dieses Verhalten ihm zugeordnet. Wie weit ist meine Menschenkenntnis ausgeprägt? Bin ich wirklich so verpeilt wie meine Mutter immer sagt? Bekomme ich deshalb mein Liebesleben nicht in den Griff? Weil ich immer wieder das Falsche in meinen Mitmenschen sehe oder sehen möchte?
Vincenz bestellte rasch eine zweite Flasche Champagner. Alle waren in guter Stimmung, nur ich nicht. An Florians Verhalten lag es nicht, er bemühte sich ständig, mit mir in ein

Gespräch zu kommen. Einsilbig und kurz angebunden antwortete ich ihm auf alle seine Fragen. Nicht einmal die Möglichkeit, eine Unterhaltung aufzubauen, ließ ich zu. Die Gedanken an das Erlebte bringen mir auch keinen Schlaf. Im Gegenteil. Ich wälze mich unruhig im Bett hin und her. Am liebsten würde ich im Erdboden versinken, so schäme ich mich über mein Auftreten. Vincenz kam in einem Moment an meine Seite, als Florian den Waschraum aufsuchte, wie ich vermutete. „Muss ich mir Sorgen um dich machen, Lotte?" Mein Blick, den ich ihm schenkte, schien Antwort genug zu sein. „Überdenke bitte deine Aufgabe für die neue Kolumne. Eventuell sollte der nächste Titel lauten: Wie ändere ich mein Sozialverhalten?" Die Worte von Vincenz haben mir zugesetzt. Als Anton dann noch wissen wollte, wieso ich so nervös rumzappele, war ich komplett am Boden, zumindest was meine Verfassung anbetraf. Gegen 23 Uhr verabschiedete ich mich als erste von unserer kleinen Runde.

Florian blickte mich verwundert an, als ich sagte, ich bin müde und müsse mich jetzt hinlegen. Sein Angebot, mich noch bis zu meiner Kabine zu begleiten, konnte ich ablehnen, ohne ihn zu beschämen.

Wie erleichtert war ich, als ich in meiner Kabine stand, die Last des Tages abstreifen konnte, ebenso meine Kleidung. Beim Zähneputzen fiel mir auf wie fade mein Gesicht aussah. An etwas Rouge oder Lippenstift hatte ich vor dem Abendessen auch nicht gedacht. Dankenswerterweise falle ich nach vier Uhr am Morgen doch noch in einen festen Schlaf.

Der nächste Morgen

Mein erster Blick gilt dem Wecker. „Nein!", springe ich aus dem Bett. Fast habe ich unser Treffen zum gemeinsamen Frühstück verschlafen. Gestern am Abend, bevor ich mich verabschiedet hatte, wurde mir von Vincenz gesagt, das Frühstück sei um 9.00 Uhr, jetzt ist es 8.30 Uhr. Unter keinen Umständen möchte ich, dass Florian mich für eine nachlässige Person hält und bei ihm den Eindruck von gestern Abend noch untermalen. Noch einmal will ich ihm nicht ungeschminkt und im Schlabberlook unter die Augen treten. Mir kommen Bemerkungen über den ersten Eindruck in den Sinn, die ich rasch verdränge.

Um den gestrigen Abend wieder wett zu machen, schlüpfe ich in ein rotes Kleid, greife tief in meine Kosmetik und plustere mein Haar mit ordentlich Haarspray auf. Bereits um 8.55 Uhr ist meine Verwandlung, zumindest in meinen Augen, gelungen. Beim Verlassen meiner Kabine halte ich kurz inne, blicke nochmals in den Spiegel und bin sehr zufrieden mit mir und meinem Erscheinungsbild. Mal sehen, so meine Gedanken, wie Florian auf mich reagieren wird. Meine Schritte führen mich geradewegs zu unserem Frühstücksraum. Menschen, die mir unterwegs begegnen, betrachten mich intensiv. Wie nachlässig diese doch am heutigen Morgen herumlaufen, sind meine Gedanken. Die meisten tragen Turnschuhe und ein Shirt, weit von der Garderobe des gestrigen Abends entfernt. Somit, so glaube ich zu wissen, bin ich nicht die einzige Person auf diesem Schiff, die mal einen Fehler macht.

„Hoppla! Welche Augenweide am frühen Morgen!" Anton Wall ist der Erste, dem ich vor dem Frühstücksraum begegne. Lächelnd mustere ich den Künstler. „Na, da hat aber jemand vergessen, sich aufzuhübschen", fällt mein bissiges Urteil über ihn. In Jogginghose und einem Shirt, wenn auch von einem Designer, und Turnschuhen, sieht Anton nicht mehr wie der Star des Tages aus. „Du hast es ja nicht mehr mitbekommen, meine Liebe", theatralisch hebt er seine Hände. „So ein Ärger aber auch, wirklich, Lotte. Jetzt hast du dich so hübsch gemacht und …", mir ist nicht nach seinem Gesülze und ich gehe lächelnd und selbstbewusst an ihm vorbei.

„Du bist nicht so oft auf Reisen? Frühstück in den Hotels sind morgens immer etwas legerer, was die Kleidung betrifft", Anton Wall eilt mir nach. Mit meiner linken Hand winke ich souverän ab. „Nur weil ich auf dem Land lebe, bin ich nicht auf dem Mond aufgewachsen." Mein Lächeln erstickt nach diesen Worten. Alle, wirklich alle Menschen um mich herum, scheinen gerade nur zu mir zu sehen.

„Du siehst aber umwerfend aus, Lotte. Vielleicht kannst du das Kleid am Abend zu meiner Vernissage noch einmal anziehen?"

Jetzt ahne ich zu wissen, was Anton mir hat sagen wollen. Mein Blick wandert zu unserem Tisch. Petra, Karin und Ina sitzen in Sportkleidung und gutgelaunt bei Obst, Kaffee und Brötchen am Tisch. Florian ist der umschwärmte Mittelpunkt meiner Freundinnen, auch er ist auffallend sportlich gekleidet. Mir ist schummrig. Mit einem Male ist mein Selbstbewusstsein wie verflogen, jeder Schritt auf meinen hohen roten Pumps fordert meine volle Konzentration. Anton Wall bleibt treu an meiner Seite, auch als ich mich umdrehe und spontan den Frühstückssaal wieder verlasse.

„Wie ein Vamp, liebste Lotte, kommst du mir heute vor, sehr verführerisch, wenn ich das sagen darf." Ich könnte weinen vor Wut.

„Soll ich dir Kaffee auf deine Kabine bringen lassen?" Mehr hüpfend als gehend ist Anton auf meiner Höhe. Abrupt bleibe ich stehen. „Nein, lieben Dank! Ich werde mich umziehen und komme in wenigen Minuten zurück. Du …", mehr muss ich nicht sagen. Anton nickt mir aufmunternd zu. „Ich werde schweigen wie ein Grab." Meine Freunde, das ist mir bewusst, haben meinen kleinen Auftritt nicht mitbekommen, was mich eigentlich wundern sollte. Bei all der Aufmerksamkeit, die ich gerade erfahren durfte. Ob es an Florian liegt, dass weder Ina, Karin noch Petra ein Auge für mich hatten? Vincenz kommt aus dem Aufzug, als ich gerade in meiner Kabine verschwinde. Das ist mir gelungen. Ich lasse mein Kleid auf den Boden fallen, streife meine roten Pumps ab, setze mich kurz aufs Bett und hole Luft. Sekunden später aber springe ich wieder auf und angele mir ein neues Outfit aus dem Schrank. Zehn Minuten später erscheine ich, gut gelaunt und in einem sportlichen Outfit, zurück am Tisch. Anton Wall nickt mir anerkennend zu, hebt noch seinen Daumen nach oben, was ich gekonnt versuche zu ignorieren. Meinen Platz vom gestrigen Abend nehme ich wieder ein, was mir etwas Unbehagen schenkt. Karin rückt zu mir, zückt ihr Handy und strahlt mich an. „Hermann Josef hat mir schon am frühen Morgen geschrieben", reicht sie mir ihr Handy.

Liebste Karin,

wie die Sonne, die aufgeht, so bist du für mich. Das Wort Glück definiere ich mit dir. Meine Bettwäsche trägt noch immer deinen Duft, alles in meinem Schlafzimmer riecht noch nach dir. Ich fühle mich sooo gut, so beflügelt von dieser gemeinsamen Nacht mit dir, meiner Traumfrau! Meiner Putzfrau habe ich verboten, am Morgen die Bettwäsche abzuziehen, zu sehr würde ich deinen Geruch am heutigen Abend vermissen. Liebste, bitte denke nicht

mehr an die Zeit zurück, als ich dich verletzt habe. Fehler sind
dazu gemacht, um daraus zu lernen. Ich habe viele Fehler dir
gegenüber gemacht, verzeih mir!
Darf ich mich am Abend wieder bei dir melden?

Umarmung H.J.

„Das klingt sehr schön, wirklich. Nur ...", kurz schweige
ich, „deine Therapie bei Doktor Peter Schön, hast du diese
beendet?"

Karin lässt ihren Blick auf den Boden fallen. „Diese Baustel-
le habe ich noch aufzuräumen." Sie steht unvermittelt auf, was
mich kurz beängstigt. Bin ich ihr zu nahe gekommen mit meinen Worten, überlege ich, als Karin sagt: „Ich will versuchen,
Hermann Josef telefonisch zu erreichen." Zufrieden verlässt sie
unseren Tisch mit den Worten: „Bis zum Nachmittag!"

Ich sehe ihr nach und frage mich, was genau Karin mir mit
ihren Worten hat sagen wollen. Hermann Josef hat meine
Freundin sehr verletzt und doch scheint sie noch immer genau
diesen Mann zu lieben. Karin und ich sind schon speziell, was
unsere Vorlieben für Männer betrifft, denke ich und blicke ihr
nach. Ob ich Karin und ihr Verhalten als Vorbild für meine
Kolumne sehen soll?

„Lotte?" Florian fordert meine Aufmerksamkeit und ich rü-
cke näher zu den anderen am Tisch. „Wir gehen gleich eine
Runde Tennis spielen, kommst du mit?" Diesen Part überlasse
ich Petra und Ina, meine Qualitäten sind nicht überragend auf
dem Platz und eine weitere Blamage will ich mir nicht aufbürden. „Ich möchte noch meine Kolumne bzw. die hoffentlich
schon eingegangenen Reaktionen lesen und bearbeiten", ziehe
ich mich aus der Affäre. Petra umarmt mich kurz. „Alles gut
bei dir, Lotte? Ich muss nicht Tennis spielen, wir können gerne

eine Runde schwimmen gehen." Petra ist lieb und feinfühlig. „Nein, ich möchte in der Tat noch etwas schreiben. Wenn ich einer Freundin vertraue, dann dir!" Petra scheint nicht entgangen zu sein, dass ich Florian gerne sehe. „Irgendwie ist der Mann speziell", klopft Petra mir auf die Schulter. „Er hat ein Geheimnis und wir werden es lüften, meine Liebe. Mir ist unwohl bei dem Gedanken, dass du wieder auf die Nase fällst und dich unglücklich verliebst."

Amüsiert blicke ich Petra nach. So ganz kann und will ich ihren Worten nicht trauen. Inas Augen, so habe ich gesehen, sind erneut rot und dick. Ob sie in der Nacht geweint hat? Meine Versuche sie darauf anzusprechen, werden in den Anfängen untersagt. „Ich will eine Partie Tennis spielen, mir wird die Bewegung guttun. Problemen noch einen Nährboden zu geben, bedeutet für mich, sie werden nur größer." „Das sehe ich anders als du. Mir helfen die Gespräche mit euch Freundinnen immer."

Ina lächelt mich milde an. „Vielleicht reden wir am Abend? Jetzt kann ich nicht", kurz greift Ina nach meiner Hand und hält sie fest. „Wir sehen uns später!"

In der Kabine angekommen fahre ich sogleich meinen Laptop hoch und bin gedanklich ganz bei meiner Kolumne. Frau Krautwinkel, meine Chefredakteurin, hat mir geschrieben, wie ich sogleich sehen darf.

Liebe Lotte Wolke,

die neue Kolumne habe ich bereits online eingestellt und wie erwartet, sind die ersten Reaktionen schon eingegangen. Morgen erscheint unsere neue Zeitschrift und somit werden wir in den nächsten Tagen noch mehr Reaktionen auf Ihre Zeilen erwarten

dürfen. So ganz begeistert von Ihrer Wortwahl, dem Umschreiben Ihrer Gefühle und Ihrer Art sich auszudrücken bin ich nicht. Sie wissen, ich bin Ihnen gegenüber verhalten, jedoch offen für Mitarbeiter, die mich durch Auflage und Interesse der Leserinnen überzeugen. Mir liegt am Herzen, dass die beiden ersten Reaktionen von Ihnen zügig beantwortet werden. Ich habe Ihnen die E-Mails der beiden Leserinnen mitgeleitet, somit müssen Sie nur eine Kopie an die Redaktion senden und verlieren keine Zeit.
Ich wünsche Ihnen noch eine schöne Reise und eine gute Feder.

Krautwinkel
Chefredaktion

Nichts anderes habe ich von dieser Frau erwartet. Für ihre Verhältnisse bin ich noch gut davongekommen. Es gab Zeiten, da habe ich richtig Angst vor dem Öffnen der E-Mails von Frau Krautwinkel empfunden, heute nicht mehr. In den letzten Monaten habe ich mich verändert, was ich Vincenz zu verdanken habe. Mit ihm an meiner Seite fühle ich mich viel stärker. Das, was mir in den letzten Jahren an Zuneigung bei meiner Mutter gefehlt hat, er gleicht es aus. Aus meinen Gedanken werde ich durch die erste Reaktion auf meine Kolumne gelenkt.

Lerne zu verzeihen

Liebe Lotte,
Woche um Woche lese ich Ihre Zeilen und freue mich immer wieder, in Ihr Leben und Ihre Art zu lieben einzutauchen. Vor einem Jahr hat mich mein Mann nach fünfzehn Jahren Ehe verlassen, mit meiner besten Freundin. Von einem auf den anderen Tag war ich allein in meinem Haus und stand vor einem Scherbenhaufen an Gefühlen. Alles, was mir zuvor lieb war und am Herzen lag,

engte mich nun ein. Zumindest dachte ich zu diesem Zeitpunkt noch, es sei mein Haus. Jetzt, ein Jahr später, musste ich ausziehen und bin froh, die noch offenen Schulden langsam abbezahlen zu können. Der Auszug hat mir vor Augen gehalten, von dem finanziellen Desaster für den Abtrag einmal abgesehen, nicht mein altes Haus war mein Problem. Ich und meine Einstellung zum Leben sind das Problem gewesen. Vor zwei Wochen, auf einem Geburtstag, habe ich das erste Mal seit der Trennung meinen Mann und meine bzw. heute seine Freundin wiedergesehen. Zum Glück habe ich im Vorfeld nichts davon geahnt. Zum einen wäre ich schier verrückt vor Angst vor einer Begegnung geworden, und hätte zum anderen im Vorfeld eine Menge Geld zu meiner Kosmetikerin gebracht und in den Friseur investiert, um dann doch zu Hause zu bleiben. So aber, ohne einen blassen Schimmer, was an diesem Abend kommt, bin ich ganz natürlich und so, wie mein Mann mich immer geliebt hat, zu dem Geburtstag gegangen. Mein Kleid, das ich an diesem Abend trug, war schmeichelnd für meine Figur und dank der Farbe Rot auch auffallend.

In all den Monaten, die ich bis dahin allein lebte, seitdem mein Mann ausgezogen war und meine Freundin mich betrogen hatte, habe ich nur Hass und Wut empfunden. Jeder, der die beiden in meiner Nähe nur erwähnte, wurde von mir mit bösen Worten angegangen und ermahnt, diese Namen in meinem Beisein nicht mehr zu erwähnen. Schier getobt habe ich, wenn mir dann doch jemand unbedingt etwas aus dem neuen Leben von meinem Ex hat erzählen wollen.
Und jetzt hat sich doch etwas getan, es gibt eine Veränderung in meiner kleinen Welt. Ihre Zeilen, liebe Lotte Wolke, habe ich gestern gelesen, wie bereits erwähnt, nach meiner ersten Begegnung mit meinem alten Leben. Als mein Noch-Ehemann vor mir stand, das war ein aufwühlender Moment. Automatisch habe ich ihn einmal von oben bis unten gescannt und das, was

ich sehen durfte, gefiel mir noch immer. Statt der ganzen Wut, die sich aufgestaut hatte, kamen Bilder und Erinnerungen in meinen Kopf aus den schönen Zeiten. An seiner Art, wie er mich ansah, wusste ich, er denkt in diesem Moment genauso. Die Hand zur Versöhnung, die er mir reichte, habe ich tatsächlich genommen. Nur der Moment, als meine einst beste Freundin vor mir stand, ließ mir die Tränen in meine Augen steigen. Mit einem Male fühlte ich mich überfordert und der Situation nicht mehr gewachsen. Meine ehemalige Freundin, das war nicht zu übersehen, sah umwerfend gut aus.

Wie der Abend für mich noch verlief? Ich bin gegangen, für mich war die Party zu Ende. Seit diesem Erlebnis habe ich auch über Verzeihen, Wut und meine Zukunft nachgedacht. Mir ist eines klar geworden. Nur wenn ich meinen Frieden mit der Vergangenheit finde, werde ich wieder frei sein für meine Zukunft und für eine hoffentlich neue Beziehung, die hält.
Jetzt habe ich Ihre Worte gelesen und gespürt, auch Sie, liebe Lotte, haben noch Probleme mit dem Verzeihen. Ich denke, das ist ganz natürlich. Wir haben geliebt, sind verletzt und ohne unsere eigene Entscheidung auf diese Bahn gelenkt worden, in der wir uns erst einmal zurechtfinden müssen. In der Nacht, gleich nach der Party, habe ich wirres Zeug geträumt. Mein Ex hatte in dem Traum eine große Rolle gespielt. Natürlich bin ich am Morgen aufgewacht ohne die wahre Erholung der Nacht. Trotzdem war ich mir beim Aufstehen schon sicher, ich bin gerade einen Schritt in der Bewältigung meiner Vergangenheit weitergekommen.

Inzwischen habe ich mir auch meine Gedanken zu Ihrer Beziehung mit Franz gemacht. Mein Fazit: Jede von uns hat ihre eigenen Ansichten zum Leben und zur Liebe. Ihre Worte, die Sie in einer Ihrer Kolumnen geschrieben haben, sind mir im Kopf geblieben: Leben und leben lassen, nach diesem Motto versuche ich jetzt zu leben.

Ich bin neugierig zu lesen, wie Ihr Leben weitergeht und welche Begegnungen mit neuen Männern noch für Sie vorgesehen sind. Mir würde schon die Begegnung mit einem lieben Mann reichen, alles andere ist für mich persönlich zu aufregend und dieses Feld überlasse ich lieber Ihnen. Mir scheint, ich bin vom Naturell das Gegenteil zu Ihnen, Lotte. So, jetzt werde ich meine Turnschuhe anziehen und raus in den Park gehen, um eine kleine Runde zu joggen. Meine Anfänge wieder sportlicher zu werden, liegen noch in den Kinderschuhen, doch ich spüre schon jetzt, mir tut die Bewegung gut und ich komme einmal mehr raus und unter Leute. Schreiben Sie bitte weiter! Mit Freude und der Portion Neugierde in mir, erwarte ich Ihre nächste Kolumne.

Mit herzlichen Grüßen
Annet

Kurz denke ich über Annet und ihr Leben, zumindest in die Einblicke, die ich gewinnen durfte, nach. Meine Neugierde auf die zweite Reaktion ist geweckt und ich öffne die Nachricht von I., einen richtigen Namen hat sie nicht angefügt.

Liebe Lotte,

Verzeihen bedeutet doch auch, sich unterordnen, sich verbiegen und von den eigenen Grundsätzen abzulassen. Wenn ich enttäuscht werde, durch das Verhalten eines Menschen, der mir sehr wichtig ist, darf ich doch auch beleidigt sein und mich gegebenenfalls zurückziehen, so empfinde ich es. Wo kommen wir nur hin mit all unserer Anpassung, dem Versuch, ständig Rücksicht zu nehmen, immer lieb zu sein und die eigenen Bedürfnisse schön dem Partner unterzuordnen? Nur um nicht als Single durch das Leben zu gehen?

Mir hat mein Verhalten immer gezeigt, Werte sind dazu gemacht, um sie auch einzuhalten. Ein eingeschlagener Weg sollte bis zum Ende gegangen werden. Für Sie, liebe Lotte, sind meine Ansichten zum Leben sicherlich fremd, ebenso meine Meinung. Warum ich Ihnen jetzt schreibe, werden Sie sich fragen? Es ist ganz einfach, ich stehe einmal mehr vor der Entscheidung, zu verzeihen oder nicht.

Mein Partner hat mir Worte an den Kopf geworfen, die ich nicht ausblenden oder vergessen kann. Die Demütigung und die Enttäuschung sind noch allgegenwärtig. Aktuell wiegen diese so schwer auf meiner Schulter und beeinflussen meinen Alltag, dass mir Lebensqualität genommen wird. Verzeihen ist eine Gabe, die mir nicht in die Wiege gelegt wurde. Bisher habe ich lieber den Angriff und einen damit verbundenen Rückzug gewählt. Nur in diesem aktuellen Fall, vor dem ich stehe, will ich diesen Mann nicht verlieren. Dürfen Worte so viel Gewicht in einer Beziehung tragen, frage ich mich und komme zu keinem Resultat. Für Sie, Lotte, dürfte es doch ein Leichtes sein, mir eine Antwort zu senden. Ihr Leben ist so schillernd und in meinen Augen oft verrückt, dass ich nicht wage mir vorzustellen, Ihr Leben auch nur für eine Woche zu führen. Mir liegt nicht am Herzen, Kritik an Ihnen zu üben, ich möchte so gerne das Verhalten und die Wünsche von meinen Mitmenschen verstehen, was mir nicht gelingt. Gesagt zu bekommen, ich sehe das Glas immer nur als halb ausgetrunken, nicht aber als halb voll an, tut weh.

Auf eine Antwort wartend,
eine treue Leserin
I.

So richtig glücklich macht mich das Gelesene nicht. Diese I. findet mich und mein Leben verrückt und gleichzeitig erhofft sie sich von mir eine Lösung für ihre Situation. Bin ich so anders als meine Leserinnen? Wieso aber schreibt sie mir dann, eine treue Leserin zu sein? Am liebsten möchte ich ihr schreiben: Geh doch zu einem Therapeuten, der wird seine Freude an dir finden. Meine Impulsivität habe ich gelernt zu unterdrücken, was mir wirklich das Leben erleichtert hat. Gut, ich muss zugeben, kleine Wutausbrüche begleiten meinen Alltag noch heute. In diesem Zusammenhang muss ich an Doktor Peter Schön denken, unvermittelt auch an Karin. Die Kurzzeitliebe mit dem Therapeuten hat Karin in der Tat wieder zur alten Höchstform gebracht. Ob er mir auch noch einmal helfen kann? Natürlich nur als Therapeut. Mein Liebesleben ist auch ohne diesen Mann schon aufregend genug. Mein Entschluss, Doktor Peter Schön eine E-Mail mit der Frage nach einem Termin zu senden, ist rasch gefasst und auch in die Tat umgesetzt. Zu verrückt verläuft gerade mein Leben, um alles selbständig bewältigen zu können. Immerhin kennt Doktor Schön, sprich Peter, wie ich ihn nennen darf, schon einen Teil meiner Geschichte. Vor ihm muss ich mich nicht verbiegen und Angst vor dem Termin kommt auch keine auf. Viel zu vertraut ist inzwischen unser Miteinander geworden, dank Karin. Jetzt hoffe ich nur, Peter ist nicht nachtragend oder wird mir die Hilfe untersagen, nur weil ich mit Karin befreundet bin und sie ihn hat sitzenlassen? Innerlich muss ich über mich und meine Gedanken staunen. Nein, Peter ist nicht der Mann, der sich unfair verhält. Daran möchte ich gerade glauben und hoffe, ich erhalte den gewünschten Termin bei ihm sehr schnell.

Mir fehlen unsere Mädelsabende und die wunderbaren Gespräche, die wir immer geführt haben. Am Ende jedes Treffens war ich positiv beeinflusst und meine Probleme hatten sich mehr als nur einmal in Problemchen verwandelt. Eine zweite Sichtweise kann oft die Lösung zeigen, die einem selbst durch den eigenen Tunnelblick verwehrt bleibt. Eine weitere Nachricht auf meine Kolumne geht ein, als ich nachdenke. Überrascht öffne ich die E-Mail und fange sogleich voller Neugierde an zu lesen.

Liebe Lotte,

hier schreibt keine Frau, sondern ein Mann seine Antwort auf das, was ich von Ihnen lesen durfte.

Verzeihen zu lernen gilt für jedes Geschlecht, da werden Sie mir zustimmen. Ich habe eine sehr persönliche Frage an Sie, liebe Lotte: Können Sie gut verzeihen? Wie ist Ihre Reaktion auf die Frage: Verzeihst du mir mein Verhalten? Sind Sie in der Lage, gleich und von ganzem Herzen eine Entschuldigung anzunehmen? Oder aber gehören Sie zu den Frauen, die immer wieder, auch nach Jahren, ihrem Liebsten vorhalten, was lange abgehakt sein sollte? Meine Gedanken kreisen ständig um meine Freundin, die ich aus eigener Schuld heraus verloren habe. Sie hat unsere Beziehung beendet und erst jetzt weiß ich, wie sehr mir diese wunderbare Frau fehlt. Zugeben muss ich, mein Verhalten war nicht immer in Ordnung, ich muss sagen, ich war oft zu selbstherrlich und egoistisch, habe nur meine Bedürfnisse in den Vordergrund gestellt. Mein Fokus lag nur auf mir und meinen eigenen Wünschen. Wie selbstverständlich war sie für mich geworden, so sehr, dass ich nicht mehr um diese Frau gekämpft habe. Nein, viel schlimmer noch, ich habe mich gehenlassen und eine Seite von mir offenbart, die nicht meine beste war. Inzwischen tut mir leid, was ich dieser Frau angetan habe. Jetzt kämpfe ich um diese Liebe, nur sieht es im Moment so aus, als blieben meine Versuche ohne Erfolg.

Mache ich es mir zu einfach mit meinem Wunsch, dass diese Frau mir einfach so verzeihen möchte? Gibt es bei Frauen ein kleines Rezept, das Sie mir verraten können, um die Gunst meiner Freundin zurückzugewinnen?

Für mich ist es nicht die erste Kolumne von Lotte Wolke, die ich gelesen habe. Doch bis zum heutigen Tage hat mich keine so sehr bewegt und in meinen Gefühlen angesprochen, wie diese.

Mit bestem Gruß
Bernd

Die Zeilen von Bernd haben mich kurz hoffen lassen, Franz würde dahinterstecken. Aber nein, auf diese Weise seine Gefühle zum Ausdruck zu bringen, das passt nicht zu ihm. Immerhin schreibt er mir ab und an Nachrichten, die ich gerne lese bzw. gelesen habe. Unruhig schreite ich durch meine Kabine, immer in der Überlegung, wie ich die richtige Antwort für die beiden Leserinnen und meinen männlichen Leser formulieren kann. Mitten in diese Gedanken piept mein Handy und weckt meine Aufmerksamkeit. Eine eingehende Nachricht von Florian fällt mir in die Augen. Unvermittelt öffne ich die WhatsApp von ihm.

Liebe Lotte,

schade, dass du nicht mit zum Tennis gekommen bist, ich hätte sehr gerne mit dir eine Partie gespielt. Kann ich dich wenigstens dazu überreden, mit mir eine Tasse Kaffee zu trinken? Nur wir zwei, ganz ohne Anhang? Findest du die Zeit, vor dem Abendessen noch einen Spaziergang an Bord zu machen und mit einem Kaffee oder einem Glas Champagner den Nachmittag gemeinsam ausklingen zu lassen? Mir ist es bis jetzt noch nicht gelungen, das

Schiff zu erkunden und gemeinsam dürfte dieses Ziel doch viel
angenehmer zu erreichen sein.

In Erwartung auf eine positive Antwort
Florian

Die kleine Nachricht von Florian gefällt mir und lässt meine Stimmung unvermittelt steigen. Kurz überlege ich mir eine Antwort, die ich dann auch unvermittelt an Florian sende.

Lieber Florian,

ich freue mich über deinen Vorschlag, gemeinsam das Schiff zu erkunden und nach dem Spaziergang noch ein Glas Champagner zu trinken. Kommst du mich um 16 Uhr an meiner Kabine abholen?

Sonnigen Gruß
Lotte

Auf eine Antwort muss ich nicht lange warten, Florian scheint sein Handy im Auge zu haben. Wie ich lesen darf, gefällt ihm mein Vorschlag.

Die Aussicht, am Nachmittag Florian zu treffen und nur mit ihm einmal ungestört Zeit zu verbringen, wirkt wie ein Stimmungsaufheller auf mich. Richtig schön finde ich, Florian hat sich bei mir gemeldet, ohne dass ich zuvor die Initiative ergriffen habe, was bisher zumeist der Fall war. Am heutigen Nachmittag werde ich mir mehr Mühe mit meinem Aussehen geben, das steht für mich unvermittelt fest. Die Frage ist nur, was soll ich anziehen? Welches Outfit dürfte passend sein, ohne dass ich zu aufgetakelt vor Florian erscheine. Der Gedanke an die richtige Kleidung lässt mich fahrig werden. Wirklich konzentrieren kann ich mich gerade nicht mehr und daher beschließe ich, zunächst das Thema Garderobe zu lösen und im Anschluss wieder zu schreiben. Alles, was ich eingepackt habe, hängt ordentlich auf den Bügeln vor dem kleinen Badezimmer. Die Auswahl meiner Kleidung kann sich sehen lassen. Rasch entscheide ich mich für ein Kleid, das ich mir erst vor wenigen Tagen in Limburg gekauft habe. Die passenden Schuhe lege ich mir ebenfalls zurecht, selbst an eine kleine Handtasche, die farblich passt, denke ich. Meine Auswahl lege ich zufrieden auf mein Bett, somit ist diese Sorge schon einmal gelöst.

Der Ton, der mir verrät, es ist eine neue E-Mail eingegangen, erinnert mich an meine Pflichten. Mit wenigen Schritten bin ich wieder an meinem Laptop und öffne meine neue Nachricht. Gleich zwei neue Reaktionen auf meine Kolumne sind eingegangen, was mich erfreut. Frau Krautwinkel, das ist mir bewusst, hat auf meinen Serverbereich Zugriff und ihr entgeht nichts. Mit mulmigem Gefühl fange ich die Zuschrift an zu lesen.

Liebe Lotte Wolke,
mit zwanzig Jahren habe ich über das „Verzeihen" nicht groß nachgedacht. Es gab immer einmal wieder im Freundeskreis Zoff, kleine Diskussionen und Auseinandersetzungen, die unseren Alltag mitbestimmten. Man regte sich auf, ging sich vielleicht für ein oder zwei Tage aus dem Weg, dann aber war alles wieder gut. Als ich meinen heutigen Mann kennenlernte, war ich schon 32 Jahre alt und fest in meinem Beruf verankert. Ich lebte zu diesem Zeitpunkt schon sehr selbstständig und war finanziell unabhängig. In dieser Zeit fiel es mir schon schwerer zu verzeihen. Ich konnte es mir leisten, auf einige Menschen zu „verzichten", die mir nicht mehr passten. Was ich damit ausdrücken will, ich war nicht auf jedes Lob mehr angewiesen, um zu gefallen, ich durfte endlich

sagen, was ich wollte. Bis zu meinem vierzigsten Geburtstag habe ich auf diese Weise aussortiert und selektiert. Wer mir noch angenehm war, blieb im Freundeskreis, die anderen verlor ich aus dem Auge. Vermisst habe ich nichts, damals!

Mit Anfang Fünfzig kam die Zeit, in der unser Sohn aus dem Haus auszog. Diese Wende war schon sehr prägend für mich und plötzlich machte sich eine Leere breit, die ich zuvor nicht kannte. Meine Arbeit, inzwischen ging ich nur noch halbtags ins Büro, füllte mich nicht komplett aus. Leider fing zu diesem Zeitpunkt mein Mann an, seine eigenen Wege zu gehen, und kam an jedem zweiten Abend erst sehr spät nach Hause, ohne mir einen richtigen Grund zu nennen. Als die Einladung zu einem Klassentreffen kam, war ich zunächst verhalten. Was sollte ich noch mit der Vergangenheit anfangen? Mein Leben schien mir so ganz anders zu verlaufen als das meiner alten Schulfreunde. Überhaupt, so mein nächster Gedanke, Freunde? Erinnerungen kamen mit der Einladung hoch, viele waren negativ behaftet. Wieso nur, so fragte ich mich plötzlich, fallen mir nur die negativen Dinge ein.

Fünf Tage habe ich gezögert und mich innerlich zerrissen, diese Einladung anzunehmen und mich meiner Vergangenheit zu stellen. Eigentlich war mein Mann der Auslöser, am Ende doch zuzusagen. An einem der vielen Abende, an denen er wieder einmal Überstunden machen musste, rief meine alte Schulfreundin Inge an. „Sollen wir uns nicht auf ein Glas Wein treffen?", schlug sie unvermittelt vor. Ich war so überrascht, dass ich ohne zu zögern Ja sagte. Meine Tasche war rasch von der Garderobe genommen, der Mantel ebenso und schon verließ ich unser Haus. Vor dem kleinen Lokal angekommen, das meine Schulkameradin vorgeschlagen hatte, stand ich eine Weile in der Kälte, hing meinen Gedanken an früher nach. Plötzlich hatte ich wieder die letzten Begegnungen mit Inge vor meinem Auge. Dieses kleine Biest hatte

mir damals meine Hauptrolle in dem Dorftheater ausgespannt und jetzt soll ich mit ihr ein Glas Wein trinken? Am besten, so mein nächster Gedanke, ich gehe wieder nach Hause. Schon im Umdrehen, um wirklich wieder zu gehen, hörte ich eine Frau meinen Namen rufen. „Du willst doch nicht wieder weggehen?" Inge, ihre Stimme habe ich sogleich erkannt. Lachend und mit einem freundlichen Gesichtsausdruck kam sie mir entgegengeeilt. Wie selbstverständlich hat sich Inge bei mir untergehakt und mich mit in das Lokal gezogen. Munter plauderte sie auf mich ein. „Wieso haben wir uns eigentlich aus den Augen verloren? Der kleine Streit damals war doch nicht der Auslöser?" Auf ihre Worte habe ich zunächst an meinem Wein genippt, dann aber meinem Kummer Ausdruck verliehen. „Du hast mir nie verziehen? In all den Jahren hat sich der Groll in deinem Herzen festgesetzt?" Inge war zunächst verwundert, dann blickte sie mich traurig an. Spontan wollte ich der Situation entfliehen und einfach das Lokal verlassen. Inges trauriger Blick fesselte mich aber und mit einem Male waren auch die vielen schönen Erinnerungen an gemeinsame Erlebnisse wieder in meinem Kopf. „Wie verrannt ich nur war", sprudelten die Worte aus meinem Mund. „Über all die Jahre hinweg habe ich dich gehasst, immer nur habe ich an den einen Tag gedacht, als du mir meine Rolle streitig gemacht hast."
Beim zweiten Glas Wein habe ich von Inge erfahren, wie sehr auch sie sich damals auf die Rolle vorbereitet hatte und es ihr genauso am Herzen gelegen hatte, diese zu spielen wie mir.

„Kannst du mir nicht jetzt, nach all den Jahren, verzeihen?" Inges Hand lag auf meiner und ich ließ es geschehen, es fühlte sich plötzlich so vertraut an. „Ich verzeihe dir", kam leichter über meine Lippen als ich dachte und die drei kleinen Worte schenkten mir eine innere Freiheit und eine Freundin. Es wurde noch ein wunderschöner Abend mit Inge. Wir haben über die Jugend gesprochen, über Erinnerungen geredet und viel gelacht. So unbeschwert

habe ich mich lange nicht mehr gefühlt. Wenn Sie, Lotte Wolke, von Ihren Mädelsabenden berichten, kann ich endlich verstehen, warum diese Treffen so wichtig für Sie sind.

Jetzt bin ich nicht plötzlich zu einem Engel geworden, der alles und jedem verzeiht. Nein, soweit geht meine plötzliche Einsicht auch nicht. Mein Mann hat mir ausgerechnet an diesem Abend, an dem ich wieder eine Freundin gewonnen hatte, gestanden, dass er eine Liebschaft habe. Aufgewühlt habe ich die Nacht ohne Schlaf verbracht. Es liege auch an mir und meinem sturen Verhalten, durfte ich mir zuvor von ihm anhören. Wie nahe doch Freud und Leid beisammen liegen, überlegte ich in jener Nacht.

Inzwischen sind einige Wochen vergangen, ich habe viel eingesteckt und sicherlich auch das eine oder andere böse Wort verteilt. Mein Mann wohnt noch mit mir unter einem Dach, was auch für ihn keine einfache Entscheidung war. Ich habe ihm von Inge erzählt und meinem Wunsch, wieder mehr Menschen an mich heranzulassen und zu lernen, Fehler zu verzeihen. Ganz offen habe ich ihn um eine neue Chance gebeten, unsere Ehe zu retten. Der Weg ist holprig, wie ich täglich spüre, aber ich fühle mich besser, leichter und nehme wieder aktiver am Leben teil.

Liebe Lotte,

hoffentlich helfen meine Erfahrungen auch Ihnen und anderen Leserinnen, mit dem Verzeihen etwas milder umzugehen.

(meinen Namen möchte ich nicht nennen)

Kurz lehne ich mich in meinem Stuhl zurück und denke über die Worte nach, die ich lesen durfte. Schade, dass es keine Möglichkeit für eine Kontaktaufnahme gibt. Die Redaktion hat mir in diesem Fall die E-Mail nur weitergeleitet, ohne den

Absender mitzusenden. Ob ich auf diese E-Mail in meiner nächsten Kolumne oder einem Beitrag, der nur online eingestellt wird, eingehen soll? So ganz sicher bin ich mir noch nicht. Mir fällt Franz wieder ein. Auch heute kam eine Nachricht von ihm mit der Beteuerung, wie leid ihm sein Verhalten der letzten Wochen inzwischen tut. „Lerne zu verzeihen", hole ich tief Luft, damit könnte ich auch endlich beginnen.

Mein Handy zücke ich zeitgleich mit diesem Gedanken und fange sofort damit an, Franz eine Antwort zu senden.

Lieber Franz,

tief in meinem Herzen trage ich den Wunsch, wann immer ich an dich und unsere gemeinsame Zeit zurückdenke, zu lächeln. Eines Tages, so meine große Hoffnung, wird es mir auch gelingen. Negative Gedanken und Wut blockieren uns im Alltag und sind schädlich für unsere Gesundheit. Über meine Art mich auszudrücken, wirst du dich wundern? Sicherlich ist es so. Wichtig aber ist: Ich bin dir nicht mehr böse und wir bleiben Freunde! Gerne können wir beide uns auch noch einmal treffen, gemeinsam etwas essen. (nur bitte nicht in Limburg). Es gab die Zeit, da hast du für mich gekocht. Ich kann mir vorstellen, als Freunde haben wir uns noch immer sehr viel zu erzählen. Für deine Zukunft wünsche ich dir von ganzem Herzen alles Gute!

Lotte

Ein Blick auf meine Uhr zeigt, ich muss mich umziehen und auf das Treffen mit Florian vorbereiten. Wie doch die Zeit verflogen ist, überlege ich und schlüpfe in mein Kleid. Innerlich bin ich erleichtert, mich bei Franz gemeldet zu haben. Wir waren über einige Monate ein Paar, haben Bett und Tisch miteinander geteilt, das darf ich nicht vergessen. In meinem Kopf kreist er immer noch herum und ich denke so oft an diesen Mann, dass ich mich selbst ermahnen möchte, dies zu lassen. Mit ganzem Herzen habe ich Franz geliebt und das nicht nur körperlich.

Mein väterlicher Freund Vincenz kommt mir in den Sinn und seine Andeutung von gestern Abend, als wir uns kurz allein unterhielten. Wirklich verstanden habe ich seine Worte nicht. Nun gut, am Abend wird sich noch eine Gelegenheit finden, mit ihm zu sprechen und seine Worte von gestern zu hinterfragen. Es kann nicht sein, dass er mich für einen Menschen hält, der nicht in der Lage ist, soziale Kontakte zu pflegen. Überhaupt, so denke ich mir, liegt seine Sichtweise an seinem Alter. Früher wurde es nun einmal nicht gerne gesehen, wenn Frauen ihren Mund geöffnet und Kontra gegeben haben. Mit dieser Erklärung für die Wortwahl von Vincenz fühle ich mich schon besser.

Anton Wall

Lotte ist schon eine außergewöhnliche Person. Zum Abendessen gestern erscheint sie im Gammellook und zum Frühstück wie eine Diva. Mir scheint, sie muss noch vieles lernen. Gefühle in den Griff zu bekommen, sollte auch zu diesen Aufgaben gehören. Unruhig schreite ich durch meine Kabine, die mir nicht viel Raum zum Umhergehen gibt. Meine Gedanken, ermahne ich mich selbst, muss ich auf den heutigen Abend lenken. Die Ausstellung soll ein Erfolg werden, ebenso die heutige Eröffnung. Meine Freunde haben mich bereits am gestrigen Abend auf das Gemälde von Lydia Lowere angesprochen. Selbstverständlich war dieses Kunststück, wie ich es stolz nenne, schon in ihr Augenmerk gefallen.

„Es ist nicht die erste Ausstellung, für die diese Frau mich zum Malen inspiriert hat", habe ich offen berichtet. „Der Titel zu dem einzigartigen Kunststück Die blaue Muße war rasch gefunden", teilte ich entspannt mit. Die Blicke lagen auf mir, was mich nicht wunderte. Meine Freunde waren bei der letzten Vernissage anwesend und kennen den atemberaubenden Zauber dieser Frau. Lydia Lowere war eine wirklich großartige Dame, wie man sie in der heutigen Zeit suchen muss. Darüber hinaus verkörperte sie auch den passenden Glamour, das Außergewöhnliche. Diese Frau war sich jedweder Aufmerksamkeit bewusst, egal wo sie erschien.

Die blaue Muße, so Vincenz, möchte er unbedingt kaufen. „Sie dürfen das Bild keinem anderem Menschen anbieten!", seine Stimme war hart und ließ keinen Widerspruch zu. Wem er dieses Gemälde schenken möchte, war meine spontane Frage. Mehr als ein Lächeln habe ich nicht als Antwort erhalten. Innerlich war ich doch dankbar und froh, seinen Geschmack getroffen zu haben. Wo er das neue Gemälde aufhängen möchte, habe ich später gefragt. „Sie werden es morgen erfahren", damit war für Vincenz das Thema erledigt. Ohne zu zögern, zog er seine Brieftasche zum Vorschein, stellte mir einen Scheck aus und hielt ihn mir unter meine Nase. Verwundert beäugt habe ich die Zahl, die ich lesen durfte. Zunächst war ich davon überzeugt, Vincenz habe die Zahlen auf dem Scheck vertauscht.

„Für das Gemälde dürfte der Kaufpreis angemessen sein?" Seine Stimme und der Blick, den er mir zuwarf, sagten mir, er hat diesen Scheck bewusst so ausgefüllt, wie ich ihn nun in meinen Händen halte. Mehr als ein Nicken der Dankbarkeit brachte ich nicht hervor.

„Ich möchte mit Ihnen noch einmal über die alte Villa sprechen", fuhr Vincenz unvermittelt fort. Das, was er mir im Anschluss sagte, ließ in mir die Hoffnung keimen, bald keine finanziellen Probleme mehr zu haben. Den Preis hierfür, mein persönlicher Einschnitt, muss ich tragen. Problemen gehe ich gerne aus dem Weg, was ich offen zugab. Vincenz' Blick auf meine Worte konnte ich erst nicht zuordnen.

„Dann haben Sie doch eine Gemeinsamkeit mit Lotte", presste er hervor. Das, was Vincenz mir im Anschluss sagte, ich konnte und wollte es zunächst nicht glauben.

„Wir sind uns einig?" Vincenz beendete die kleine Unterhaltung so rasch, wie sie von ihm aufgenommen worden war. Nicht alles, was er mir ans Herzen gelegt hatte, findet rückblickend meinen Zuspruch. Leider aber muss ich ihm recht geben, meine finanziellen Probleme einzusehen und endlich zu handeln, da stimme ich seinen Worten zu. Im Anschluss suchte Vincenz das Gespräch mit Karin und ich fand die Gelegenheit, die kleine Gruppe rund um meine Person zu beobachten.

Wieso nur kreisen meine Gedanken gerade jetzt über den gestrigen Abend? Ich schaffe es nicht abzuschalten und so kommt mir Florian in den Sinn. Er ist neu in der kleinen Runde, zumindest für Lotte, Ina und Petra. Gelegentlich besucht er mich in meiner Galerie. Zu meiner Freude hat er auch schon bei mir eingekauft und bestätigt mir immer wieder meine Kunst zu schätzen. Karin unterhält sich sehr gerne mit dem smarten Florian, allerdings, so spüre ich, geht es ihr dabei nur um die Kunst. Schade, dass ich Karin nicht als Mitarbeiterin halten konnte. Ein Stöhnen kommt über meine Lippen.

Dann muss ich auch noch über Lotte nachdenken und frage mich, ob sie in der nahen Zukunft ganz in ihrem Verlag tätig sein möchte, diese Frage konnte ich ihr noch nicht stellen. Die passende Gelegenheit hierfür fehlte. Und Karin? Ich möchte sie gerne für meine Galerie zurückgewinnen, als feste Mitarbeiterin. Von dem Geld, das mir Vincenz für Die blaue Muße gegeben hat, kann ich Karin ein ganzes Jahr bezahlen. Mitten in diese Idee fallen mir die Wünsche ein, die ich mir ebenfalls mit dem Geld ermöglichen kann und ich bin hin- und hergerissen.

Gestern am Abend hegte ich das Gefühl, Vincenz würde Florian beobachten. In meinen Augen scheint er tadellos und ein grandioser Unterhalter in jeder Runde zu sein. Mir war auch nicht entgangen, dass sich Vincenz längere Zeit mit Karin allein unterhalten hat. Den Namen Hermann Josef habe ich aufgeschnappt, ohne es richtig einordnen zu können, was mir nicht gefiel. Eifersucht liegt in meinem Herzen, wann immer von dem Neffen von Vincenz die Rede ist. Ehrlich gesagt, ich würde Vincenz gerne öfter sehen und mich um ihn kümmern. Nur leider bekomme ich nur wenige Gelegenheiten in seiner Nähe zu weilen. Beklagen darf ich mich nicht. Vincenz hilft vielen Menschen, die ihm begegnen, so auch mir. Ich ermahne mich, ab jetzt nur noch an die Vernissage zu denken und mich auf die Eröffnung vorzubereiten.

Den restlichen Vormittag und auch bis zum frühen Abend bleibe ich in meiner Kabine. Über den Room Service lasse ich mir Obst, eine Flasche Sekt und Käse kommen. Immer wieder gehe ich meine Worte der Begrüßung durch. Am frühen Nachmittag steigt allmählich das Lampenfieber in mir, nicht nur wegen der bevorstehenden Ausstellung. Wenn ich Vincenz richtig verstanden habe, dann wird sich mein Leben in der nahen Zukunft ändern. Für mich sind neue Wege vorgesehen. Wehmütig blicke ich mich in meiner Kabine um, mit der Frage im Herzen, was wird kommen?

Am Abend

Zu meiner großen Freude haben sich knapp zweihundert Kunstinteressierte zu meiner Vernissage auf den Weg gemacht. Kellner eilen mit Champagner durch die Reihen der Gäste und finden strahlende Abnehmer der prickelnden Flüssigkeit, die ich gerne Brause für Erwachsene nenne. Vincenz hat sich bereiterklärt, den Champagner zu spendieren. Als mein Mäzen, so seine Worte, sei ihm dies eine Ehre. Nur zu gerne habe ich seine Großzügigkeit auch in diesem Punkt angenommen. Persönlich schätze ich ein Auftreten, das Stil und Größe hat. Dazu gehören auch immer wieder Luxusprodukte, wie nun einmal Champagner. Mit einem Glas in den Händen sehe ich mir meine Gäste etwas genauer an.

Lotte, so erkenne ich sogleich, trägt leider nicht das rote Kleid von heute Morgen, trotzdem strahlt sie durch die Menge bis zu mir. In einem bezaubernden Kleid sehe ich sie an der

Seite von Florian stehen. Aha, überlege ich, ihm wird die sichtlich positive Verwandlung von Lotte zuzuschreiben sein. Ob dies für Lotte eine gute Fügung sein wird? Meiner Frage hänge ich nicht lange nach. Innerlich bin ich zu sehr auf mich und meine Vernissage fixiert. Auf der Suche nach Vincenz entdecke ich auch Karin, Petra und Ina. Locker winken sie mir zu, ich antworte mit einem verhaltenen Nicken, alles andere wäre für einen Künstler, wie ich es bin, unpassend.

„Schön locker bleiben, mein Guter", höre ich die Stimme von Vincenz in meinem Rücken. Der Mann hat gut reden, denke ich, lächele ihn aber zeitgleich an. Jetzt, da auch mein Mäzen anwesend ist, kann ich die Vernissage eröffnen. Galant stelle ich mich vor *Die blaue Muße* und bitte um Ruhe.

„Liebe Kunstinteressierte, liebe Freunde des Besonderen, tauchen Sie ein in meine Welt der Farben und lassen Sie sich am heutigen Abend inspirieren von den Farbverläufen sowie den teils wie von Zauberhand gelenkten Pinselstrichen, die ich in der Lage bin zu Papier zu bringen." Bewusst lege ich nach diesen Worten eine Pause ein und wie erhofft, darf ich die Musik in meinen Ohren hören, die mir der tosende Applaus beschert, dann spreche ich weiter.

„Die blaue Muße – Das Gemälde, vor dem ich stehe, zeigt Lydia Lowere, eine der letzten großen Damen unserer Zeit, die mich zu Lebzeiten mit ihrem Handeln geprägt hat. Ohne Lydia wäre mein Leben, das bildlich formuliert, gezeichnet ist von der Vielfalt, dem ständigen Suchen nach dem Besonderen und der Hingabe des Momentes, nicht so ausgeprägt. Lydia Lowere hat es verstanden, mir in ihren Räumlichkeiten das Licht und die Sonne zum kreativen Arbeiten zu vermachen. Diese für mich so einmalige Frau, Lydia Lowere, hat nicht nur

mein Leben geprägt, sie hat das Leben von einigen der hier anwesenden Gäste begleitet und nachhaltig verändert. Immer zum Positiven. Schillernd, teils als verrückte Alte bezeichnet und von der Boulevardpresse geliebt, hat sie der modernen Kunst mehr gebracht als einige Experten, die nie verstanden haben, das Leben an sich als bunt und schillernd, als beglückend und berauschend kennenzulernen, anzunehmen und auszuleben. Ja, diese Frau hat es verstanden, die Zeit zu nutzen, die für sie vorgesehen war. Sie werden sich fragen, wieso ich, übrigens schon zum zweiten Male, auf einem Kreuzfahrtschiff ausstelle. Die Antwort ist ganz einfach: Jeder Künstler braucht ständig neue Eindrücke, Begegnungen und Gespräche mit Menschen, die uns prägen."

Ein spontaner Applaus lässt mich kurz schweigsam am Mikrofon verweilen.

„Wo, wenn nicht hier auf dem Wasser, können wir unsere Gedanken frei entfalten und uns ganz dem Moment ohne die Hektik des Alltags hingeben? Lassen Sie sich von meinen Gemälden mit auf die Reise der Schaffenskunst nehmen und spüren Sie meine Energie, die ich beim Malen in meine Kunst habe einfließen lassen."

Erneut werde ich durch lauten Applaus unterbrochen.

„Wie die Sonne am Morgen aufgeht, so erlebe ich immer wieder den Moment, wenn der erste Pinselstrich sich mit der neuen Leinwand vermischt und ich diese Kraft in mir spüre, etwas Großartiges zu erschaffen."

Bewusst bleibe ich stumm am Mikrofon stehen und wie erhofft darf ich abermals das Klatschen vernehmen und in der Gewissheit weilen, alles richtig zu machen.

„Für Fragen, rund um meine Kunst, stehe ich Ihnen mit Freuden zur Verfügung. Zwischen London, Paris und Mailand finden Sie nur noch meine Galerie Muße in Frankfurt als adäquate Anschrift, liebe Gäste. Meine Karte liegt an allen

Stehtischen aus, gönnen Sie sich die nötige Zeit, meine Kunst kennenzulernen und scheuen Sie nicht davor zurück, meine Kunst zu kaufen! Eine Investition in die Zukunft, von der auch Ihre Kinder und Enkel noch profitieren dürfen." Applaus dringt an meine Ohren, wie gut es mir tut! Ich sonne mich in dem Moment und kann vergessen, was mir die Zukunft nehmen wird. Vincenz, das sehe ich, ruht mit seinem Blick auf mir. Meinen Versuch ihm zuzulächeln, erwidert er nicht. Dafür kommt er auf mich zu und gibt mir zu verstehen, selbst ein paar Worte an die Gäste richten zu wollen, was mir auch lieb ist.

„Ich bedanke mich für Ihre Aufmerksamkeit und Ihren Zuspruch, den ich durch lautes und langanhaltendes Klatschen aufnehmen konnte. Jetzt aber ist es an der Zeit, das Mikrofon in die Hände meines Förderers zu legen. Künstler, das ist leider kein Geheimnis, leben gerne in der schönen bunten Welt, die teuer ist. Begrüßen Sie bitte Vincenz, meinen Mäzen und Kunstförderer!"

Vincenz

Überheblich, wie ich spontan denke, hat sich Anton Wall selbst dargestellt. Nun gut, Anton Wall braucht diese Selbstdarstellung und den Applaus. Mir ist nicht entgangen, wie sehr er sich darin sonnt. Die blaue Muße ist das schönste Gemälde aus der ganzen Ausstellung, wie ich registrieren darf und zeitgleich empfinde ich Stolz, dieses Kunststück erworben zu haben, wenn auch nicht für mich persönlich. Freude zu verschenken ist auch eine Belohnung. Anton Wall bittet mich zu sich ans Mikrophon, nachdem er mit seiner Begrüßung und eigenen Lobesworten ein Ende findet.

„Meine lieben Kunstinteressierten,
darf ich nochmals um Ihre Aufmerksamkeit bitten!" Anton lässt mich nicht aus seinem Blick, er rückt mir sozusagen auf die Pelle und noch weiß ich nicht, was er möchte. Ruhe kehrt unter den Gästen ein, die inzwischen fast alle ihr Glas Champagner ausgetrunken haben. Mir entgeht nicht, wie die Kellner sich bemühen, die Gläser erneut zu füllen. Auch dies wird ein Grund der aufkeimend lockeren Stimmung unter den Gästen sein. Bevor ich weitersprechen kann, bittet mich Anton Wall, ihn zunächst noch etwas sagen zu lassen. Ohne Emotionen übergebe ich das Wort zurück an den Künstler des Abends.

„Vincenz ist ein ganz besonderer Kunstkenner und", Anton Wall räuspert sich, die Spannung wächst, „Die blaue Muße, lieber Vincenz, mein schönstes Gemälde aus dieser Ausstellung, wo wird es in der Zukunft seinen Platz finden?"

Mit dieser Frage hat mich Anton Wall überrascht. Mir gefällt es nicht, überfallen zu werden. Nun gut, ich habe mir ja vorgenommen etwas zu sagen, das für Aufregung sorgen wird. Allerdings liegt es nicht in der Hand von Anton Wall, den Zeitpunkt zu bestimmen. Am Vormittag habe ich ihm deutlich zu verstehen gegeben, dass ich mich erst dann äußern werde, wenn ich es möchte. Aber bitte, so denke ich, dann werde ich mich erklären. Kurz überlege ich zu schwindeln, den Anwesenden kann es egal sein, wo das Gemälde in Wahrheit seinen Platz finden wird. Mich zumindest, so bin ich mir bewusst, wird von den anderen Gästen niemand in meinem Haus besuchen. Diese Option verwerfe ich wieder, mir ist plötzlich nach etwas Spannung unter den Gästen, zumindest unter denen, die ich kenne. Strahlend nehme ich Anton das Mikrofon aus seiner Hand.

„Dieses Gemälde, das auch für mich einzigartig in der Anordnung der Farben und der Darstellung von Lydia Lowere sich zeigt, wird seinen Platz in Räumlichkeiten finden, einer Person hoffentlich Freude bringen, die ich sehr mag."

Applaus kommt von allen Gästen, selbst von denen, die sich unter dem Menschen meines Herzens nicht direkt etwas vorzustellen wissen. Die Menge möchte unterhalten werden, glaube ich zu erkennen, und sich amüsieren. Lotte wirft die Arme hoch, sie wirkt nicht gerade wie eine junge Dame auf mich, immerhin ihre Kleiderwahl des heutigen Abends lässt hoffen. Ihren spontanen Weg bis in meine Arme kann ich gerade noch abwehren. Für diesen Moment scheint Lotte zu glauben, dass ich von ihr gesprochen habe. Ja, so denke ich und bleibe kurz schweigend vor dem Mikrofon stehen. Lotte war mein erster Gedanke. Sie, die für mich wie eine Tochter geworden ist, sollte nicht nur das Gemälde von mir bekommen. Mit meinem Notar hatte ich schon einen Entwurf besprochen, Lotte als Erbin in meinem Testament einzusetzen. Natürlich mit meinem Neffen Hermann Josef von

Breggele. Wie sich doch alles wandeln kann und das Leben selbst für einen alten Mann wie mich noch Überraschungen bereithält? In diesem Zusammenhang denke ich kurz an Rosalinde und mir ist bewusst, ich muss sie am Abend anrufen. Meine barsche Reaktion auf ihre Worte noch vor meiner Abreise und die unnötigen Vorwürfe waren unangebracht. Rosalinde, so ist mir bewusst, hat sich schwer damit getan, mir zu sagen, was ihr auf dem Herzen lag. Auf den passenden Moment musste sie ebenfalls warten. Erst nachdem wir das Café verlassen hatten, sprudelten die Worte aus ihrem Mund.

Hüsteln dringt an meine Ohren. Anton Wall steht wippend neben mir. „Sie müssen weitersprechen", flüstert er mir zu. Wie recht er doch hat, ich sehe jetzt die Blicke der Gäste und erkenne schon in ihren Augen die Frage, ob ich langsam senil werde. Rasch drücke ich meine Schultern durch und spreche weiter. „Ein Freund und Helfer bei etlichen Projekten, die ich in den letzten Jahren auf den Weg gebracht habe, wird der neue Besitzer des Gemäldes sein. Als wegweisend erscheint mir zu erwähnen, dass dieser Freund demnächst in die Villa von Anton Wall einziehen und dort sein neues Architekturbüro eröffnen wird."

Hüsteln dringt erneut an meine Ohren.

„Das ist doch", Lottes Stimme zieht meinen Blick auf sich. Ich kann sehen, sie möchte zu mir kommen, hält dann aber inne und geht zurück zu Karin, Petra und Ina. Auch sie sehen mich verwundert an, ihnen geht es nicht anders als Lotte. Jede von ihnen hat bei dem Namen Lieblingsmensch nur an Lotte gedacht und das Café. Damit sollte ich auch die nächste Bombe krachen lassen, erhebe ich erneut meine Stimme. „Das Konterfeit von Lydia Lowere hängt bereits in einem der besten Cafés in Limburg, die ich kenne. Jetzt aber soll diese Frau noch nach ihrem Tod auch einen jungen Architekten begleiten und hoffentlich motivieren, gute Arbeit abzugeben und viele neue Ideen zu entwickeln. Florian, für deinen Neustart in Frankfurt in der schönsten Villa, die ich kenne, wünsche ich dir nur das Beste!"

Tosender Applaus der Menge, irritierte Blicke von Anton Wall und Lotte. Karin, Petra und Ina klatschen, zumindest verhalten, mit und zeigen sich Florian gegenüber neutral, was mich erstaunt. Der Applaus ebbt ab, ich gebe Anton Wall ein Zeichen, noch etwas sagen zu wollen. „Mir liegt am Herzen, liebe Gäste, Ihnen jetzt schon die Einladung zur Neueröffnung von Anton Walls neuer Galerie, mit dem sinnlichen Namen Marzipangedanke anzukündigen."

Jetzt muss ich kurz eine Pause einlegen, meine Stimme schwankt. Die Aufregung und die damit verbundene Angst, wie Lotte, aber auch Anton Wall auf meine Neuigkeit reagieren werden, rauben mir die Kraft.

„Zur Neueröffnung wird der Künstler des Abends, Anton Wall, eine neue Ausstellung für Sie erschaffen! Die Stätte seiner neuen Schaffenskraft wird in der Zukunft Limburg sein."

Wieder setzt Applaus ein, die Leute sind wirklich von Anton Wall angetan und sicherlich wird der eine oder andere Gast von heute auch nach Limburg kommen.

„Gemeinsam mit Lotte Wolke, die ein kleines, aber feines Café in Limburg betreibt, wird der Künstler Anton Wall sich das historische Haus teilen. Seine Gemälde werden in den Räumlichkeiten des Cafés sicherlich, so will ich doch hoffen, jederzeit zu bewundern sein. Ich habe das Gebäude erworben und möchte die Menschen, die mir auch sehr viel bedeuten, zusammenbringen und fördern", weiter komme ich nicht mit meinen Worten. Lotte kommt nun geradewegs auf mich zu geeilt.

„Was soll das, Vincenz? Wie kannst du dich so in mein Leben einmischen, ohne mich zuvor zu sprechen?" Sie kocht innerlich vor Wut. Mit Nachdruck ziehe ich Lotte von den Gästen weg, ich möchte ein Aufsehen vermeiden.

„Florian hat mich erst kurz vor der Reise besucht, angeblich ging es ihm um meine Marzipantorte. Jetzt höre ich aus deinem Munde, ich muss in der Zukunft die Räumlichkeiten mit Anton Wall teilen. Ihr spielt mit mir und meinen Gefühlen. Dann war alles nur eine große Lüge?" Lotte gibt so schnell nicht auf. „Florian war niemals an mir interessiert, nicht wahr? Ihm ging es darum, mit mir den Mietvertrag zu besprechen. Wieso muss ich das alles hier vor so vielen fremden Menschen erfahren?"

Meine Stimme bekomme ich nur mit großer Anstrengung wieder in den Griff. „Immer nur geht es um dich, Lotte. Warum fragst du nicht einmal, was ich mir dabei gedacht habe? Welches Ziel mir am Herzen liegt, mit meiner Handlung auf den Weg zu bringen? Gab es für dich bisher einen Grund auch nur einmal an meiner Freundschaft zu zweifeln?"

Mir ist die Situation unangenehm, ich ringe nach Luft. Lotte schnaubt und sagt mir ins Gesicht: „So nicht, Vincenz! Wenn du glaubst, ich falle jetzt auch noch auf eine gespielte Krankheit herein, dann irrst du dich!" Auf der Stelle dreht sie sich um und lässt mich allein zurück. Mir ist schwindelig, ich fühle mich unwohl und brauche meine Tabletten. Florian ist rasch an meiner Seite, ebenso Karin. Beide begleiten mich bis in meine Kabine und Karin lässt sich nicht davon abhalten, den Bordarzt zu rufen. Mir entgeht nicht, sie ruft auch Hermann Josef an. Mir ist gerade alles egal, ich fühle mich so schwach und hilflos.

Was, so frage ich mich, hat Lotte falsch aufgenommen und nicht verstanden? Wieso nur nahm sie mir die Gelegenheit, zu Ende zu sprechen? Lotte ist eine emotionale Person, das ist mir nicht neu. Verwundert aber bin ich über ihre Art und Weise, wie sie heute reagiert und mich beleidigt hat. Für mich ist Lotte wie eine Tochter und ich freue mich so sehr über unsere Freundschaft. „Was nur hat Lotte bewegt, so hart gegen mich vorzugehen? Ihre neuerliche Abneigung Anton Wall gegenüber finde ich auch übertrieben. Es gab Zeiten, als er ihr geholfen hat, und jetzt ist es an der Zeit, etwas zurückzugeben."

Karin nimmt mich fürsorglich in ihre Arme. „Ich bin mir gerade nicht schlüssig, außer …", Karin unterbricht ihre Worte. Der Arzt steht neben uns und fängt unvermittelt an, mich zu untersuchen. Mein Herz rast, ich fühle mich schlapp und kraftlos, was ich dem Arzt mitteile. Wenige Minuten später, in denen er mir den Puls fühlt und mit einem Stethoskop meinen Herzschlag prüft, teilt er mir mit, mich in das nächste Krankenhaus bringen zu lassen.

„Ich werde dich begleiten", streichelt Karin mir über mein Gesicht. Ich habe Angst und bin dankbar, sie an meiner Seite zu wissen. „Noch will ich leben", hauche ich Karin entgegen.

„Selbstverständlich, nichts anderes erwarte ich von dir", hilft Karin mir auf die Beine. Ihre Anwesenheit und die Art, wie sie mit mir umgeht, tun mir gut. Mir passt es nicht, dass der Arzt darauf besteht, mich in das Krankenhaus zu bringen, um weitere Untersuchungen durchführen zu lassen. „Es ist nur zu Ihrem Besten", bringt er Karin und mich zu einem kleinen Boot, das uns an Land bringen soll.

„Was auch immer Lotte falsch aufgenommen hat, ihr Verhalten ist nicht das einer gebildeten jungen Frau", echauffiere ich mich auf dem Weg. Karin ist milde, sie betont nur, dass es sinnvoll sei abzuwarten und erst nach dem Gespräch mit Lotte zu urteilen.

„Außerdem sollst du dich jetzt nicht aufregen, Vincenz. Wir sehen zunächst nach deiner Gesundheit und im Anschluss kommt Lotte wieder ins Gespräch. Sicherlich tut ihr inzwischen schon alles leid", hakt sie mich unter. In ihren Augen kann ich lesen, Karin hat meine Worte auch nicht verstanden. Habe ich mich so kompliziert und undeutlich ausgedrückt? Kochend heiß wird mir plötzlich, ich erinnere mich selbst daran, was ich in der Tat vergessen habe. Die beiden Verträge für Lotte und Anton Wall, sie liegen noch in meiner Kabine. Ein Zeichen des Alters dürfte mir einen Streich gespielt haben, dessen bin ich mir bewusst. Mein Arzt, bei dem ich noch letzte Woche in Behandlung war, hat mir geraten alles zu regeln, nur um mir Ruhe zu verschaffen. Wie konnte ich auch zu diesem Zeitpunkt ahnen, was noch kommen wird, was ich innerhalb von nur wenigen Tagen alles erfahren werde? Wie mit einem Paukenschlag ist alles verändert, hat sich mein Leben noch einmal gewandelt, wurde für wenige Tage aus den Fugen gerissen. Ausgerechnet Rosalinde hat es erneut geschafft, mein Leben auf den Kopf zu stellen. Die Frau, der mein Herz gehörte, als ich noch ein junger Mann war. Wie verrückt doch alles verlaufen ist, damals und auch heute. Rosalinde hat mir böse mitgespielt und ich habe sie, nachdem ich die Wahrheit erfahren habe, gebeten, mir aus den Augen zu gehen.

„Auf dieser Reise muss ich einiges für mich klären und meinen Weg finden, mit der Vergangenheit ins Reine zu kommen." Karin lächelt mich milde an, so ganz scheint sie noch nicht die Tragweite meiner Worte zu erahnen.

Johann

Meine Mutter bedrückt etwas, das ist nicht zu übersehen. Kaum, dass ich aus meinem Notariat zurück bin, sehe ich, Rosalinde hat geweint. Da Wolfi gerade in seinem Bettchen liegt und schläft, koche ich uns einen Kaffee und bitte Mutter um ein Gespräch. Zunächst zögerlich folgt sie mir in die Küche. „Es ist lange her, Johann, dass du für mich den Kaffee gekocht hast."

Rosalinde, wie ich Mutter nenne, bemüht sich locker zu klingen. „Mir kannst du nichts vormachen, Rosalinde. Du trägst seit Tagen etwas auf deinem Herzen, das dir Kummer bereitet. Auch dein spontaner Entschluss, nicht mit auf die Reise zu gehen, hat mich verwundert. Ich vermute, du hast mehr Gründe als nur Ina zu entlasten."

Gerechnet habe ich mit einer Abwehrhaltung, einer Ausrede oder einfach dem Rückzug mit dem Verweis, sie müsse nach Wolfi sehen. Nichts dergleichen geschieht. Rosalinde holt aus dem Küchenschrank noch Plätzchen, nippt an ihrem Kaffee und nickt mir zu. „Ja, mich betrübt etwas." Tief Luft holend hält sie inne. Meine Frage, ob Rosalinde ein gesundheitliches Problem habe, wird zu meiner Erleichterung verneint. „Na, dann kann ja nichts Schlimmes mehr kommen", so mein spontaner Gedanke. Erleichtert greife ich zu den Plätzchen. Rosalinde sieht mich stumm an und wartet, bis ich meine Süßigkeit aufgegessen habe. „Erinnerst du dich gerne an deine Kindheit?" Wirklich verstehen kann ich diese Frage nun nicht. „Rosalinde! Sag einfach, was dir auf der Seele liegt." Erneut greife ich zu den Plätzchen. Eigentlich ist mir mehr nach etwas Herzhaftem. Rosalinde steht auf, geht zu dem Küchenfenster und blickt in den Garten. „Ina hat hier im Haus und im Garten alles im Griff", sie dreht sich langsam zu mir um. Auch diese Bemerkung kann nichts mit ihrer Traurigkeit zu tun haben, so meine Gedanken.

„Ina und ich haben zurzeit ein wenig Streit, das sollte dir aber keine Kopfschmerzen bereiten. Dein Sohn ist alt genug und kann sein Leben inzwischen selbst regeln", lasse ich sie wissen. Mutter nickt. „Ja, das habe ich beobachten können und darüber wollte ich auch mit dir sprechen", Rosalinde kommt zurück an den Tisch, greift nach ihrer Tasse und ergänzt: „Es geht um dich. Meine Sorgen haben mit dir zu tun, Johann."

Wirklich begreifen kann ich nicht, was Rosalinde damit ausdrücken will. „Spiel doch jetzt bitte kein Rätselraten mit mir! Es kann sein, ich bin nicht immer dein Traumsohn, doch einen richtigen Grund für Kummer gebe ich dir doch nicht", sage ich offen. Unvermittelt greift Rosalinde nach meiner Hand. „So habe ich das auch nicht gemeint, Johann! Nein, glaube mir, als Sohn kann ich mir keinen besseren als dich wünschen", sie strahlt mich an und endlich sind ihre Augen nicht mehr so traurig, wie in den letzten Tagen. „Warum dann der ganze Kummer und deine verweinten Augen?" Ihre Hand zieht sie wieder zurück und sie sitzt nun mit verschränkten Armen vor mir.

„Hat Vincenz mit deinem Zustand zu tun? Bist du wegen eines Streits nicht mit auf die Kreuzfahrt?"

Rosalinde springt von ihrem Stuhl auf, läuft rot im Gesicht an, was ich nicht einordnen kann.

„Muss man in eurem Alter noch so heftig streiten?", füge ich nach. Rosalinde geht erneut zu dem Küchenfenster, dreht mir wieder den Rücken zu. „Der Streit mit Vincenz ist normal, zumindest, wenn man bedenkt, was ich zu ihm gesagt habe, Johann. Jetzt habe ich große Angst vor deiner Reaktion, wenn du von mir nach all den Jahren endlich die Wahrheit erfährst."

Mein Handy klingelt, der Anruf ist von Ina. Kurz gebe ich Rosalinde Auskunft, wer mich anruft, dann nehme ich das Telefonat entgegen. Die Worte meiner Mutter kann ich nicht einordnen. Hoffentlich kommt jetzt bei Ina nicht noch neuer Stress hinzu. Inas Stimme klingt aufgeregt. Kurz berichtet sie auf der Vernissage von Anton Wall gewesen zu sein. „Vincenz hat das Wort ergriffen und zunächst über die Kunst gesprochen, dann aber über die alte Villa, in die nun ein Architekt einziehen wird, später kam das Café von Lotte als Thema aus seinem Mund."

Mich langweilt, was Ina mir erzählt. Ich bin müde von der Arbeit nach Hause gekommen, finde kein warmes Essen vor, nur meine Mutter, die allem Anschein nach selbst Probleme hat. „Willst du nicht erst einmal nach deinem Sohn fragen?" Provokant werfe ich diese Frage auf. Ina kommt ins Holpern, hüstelt kurz. „Es ist doch alles mit Wolfi in Ordnung? Rosalinde hat bestimmt alles im Griff." Natürlich, so denke ich. Die Mama weilt im Urlaub und die nicht einmal echte Omi passt auf den Sohn auf, ebenso der Lebensgefährte. „Marc hat leider keine Zeit für seinen Sohn", würge ich aufgebracht hervor. Im gleichen Augenblick ärgere ich mich über meine Worte und wünschte mir, ich hätte einmal mehr geschwiegen. „Mir geht es gerade darum, Rosalinde von dem Schwächeanfall zu unterrichten, den Vincenz soeben erlitten hat."

Was für ein Chaos! Richtig geschämt habe ich mich für mein Verhalten Ina gegenüber, was ich noch zum Ausdruck bringen konnte, danach musste ich Rosalinde informieren. Rosalinde griff gleich zu ihrem Telefon, um Karin anzurufen, die Vincenz zur Seite steht. Die Situation war so schon unangenehm und das, was meine Mutter mir im Anschluss noch sagte, brachte meine Gefühlswelt vollends ins Wanken.

Vincenz

Auf dem Weg in das Krankenhaus ruft Rosalinde bei Karin an, erkundigt sich nach meinem Zustand. Mich freut zu hören, dass Rosalinde sich um mich sorgt. Mit ihr telefonieren möchte ich nicht, was Karin geschickt und diplomatisch erklärt. „Vincenz meldet sich, sobald er wieder stabiler ist." Im Anschluss an das Telefonat sieht Karin mich fragend an, ich kann es mir aber auch nur einbilden. Schweigsam wandern meine Gedanken zu meiner großen Liebe zurück.

Rosalinde hat mich über Jahrzehnte in dem Glauben gelassen, dass ihr Sohn, den sie kurz nach unserer Liaison geboren hatte, von ihrem angetrauten Mann sei. Wie sehr ich mir gewünscht habe, einen Sohn zu haben. Auch der Gedanke, ein Kind von Rosalinde zu haben, ich wäre unendlich glücklich geworden. Nach unserem gemeinsamen Sommer, so war uns damals bewusst, würden sich unsere Wege für immer trennen und wir uns dem Schicksal stellen, das längst für uns besiegelt war. Meine Gedanken schweifen ab zu meiner verstorbenen Frau und ich fühle in mir einen Schmerz und das Bewusstsein, ihr dankbar zu sein. Mein Leben war gut und schön, meine Frau hat immer an meiner Seite gestanden, unsere Tochter gut erzogen und mir den Rücken freigehalten. Einen Seufzer kann ich nicht unterdrücken bei dem neuerlichen Gedanken an Rosalinde und der Vorstellung, wie unser Leben, ein gemeinsames mit Kind, verlaufen wäre. Immer und immer wieder hat das Leben mir genommen, was ich mir gewünscht habe. Leicht habe ich es nicht gehabt und doch darf ich nicht hadern und sollte mit der Vergangenheit demütig meinen Frieden schließen. Noch ist es für mich kaum zu ertragen und auszusprechen, was ich über Jahre verpasst und nicht gewusst habe. Einen Sohn zu haben, der auch noch in meiner Nähe aufgewachsen ist und es nicht zu wissen. Ich muss lernen Rosalinde zu verzeihen, was sie mir an Freuden genommen hat. Die einzige Entschuldigung ist, wir waren damals beide schon vergeben und haben uns diesen einen Sommer in der Gewissheit geliebt, danach werden sich unsere Wege für immer trennen. Damals war es so üblich. Heute, ich weiß, ist vieles anders und für die jungen Menschen auch leichter geworden. Paare in meiner Umgebung trennen sich, finden neue Lebensgefährten und auch dann ist nicht gewiss, ob es bis zum Tode hält. Wie anders war es doch früher. Man hat zueinander gehalten, Kompromisse gemacht und gefunden und es hat auch funktioniert. Nicht alles, was früher stimmte, war falsch. In meine Gedanken kommen Bilder von Rosalindes Sohn. Ihn habe ich durch Ina kennengelernt. Johann ist so wohl geraten, wie ich mir immer einen Sohn gewünscht habe. Schon beim ersten Kennenlernen war ich von diesem jungen Mann angetan. Ina als meine zukünftige Schwiegertochter zu sehen, ist noch ungewohnt. Sie ist eine junge Frau, die mit Sicherheit sehr fleißig ist und sich immer wieder um den Haushalt und auch um ihren kleinen Wolfi kümmert. Für mich jedoch wäre sie als Frau zu langweilig. Mein Sohn scheint andere Ansprüche an eine Partnerin zu haben und ich werde lernen alles zu akzeptieren, um einem guten Miteinander, das ich mir wünsche, einen fruchtbaren Boden zu schenken. Welche Fügung des Lebens, dass ich hinter das Geheimnis von Rosalinde gekommen bin. Vom Grunde her war es sehr mutig von Rosalinde, mir nach all den Jahren alles zu sagen. Mit Rosalinde muss ich bald reden, ebenso mit Johann. Wenn ich meine Reise hier an Bord beendet habe, kann ich nicht wirklich sagen, es war ein Erfolg für mich. Gewünscht habe ich mir, mit Lotte einmal in Ruhe reden zu können, was mir bis jetzt nicht gelungen ist. Im Gegenteil. Diese Reise hat eine Seite von ihr gezeigt, die ich nicht wirklich kennenlernen wollte. Vielmehr lag mir daran, dieser jungen Frau näherzukommen, sie besser zu verstehen und unterstützen zu können. Ihre Angewohnheit jeden Mann, der in ihrer Nähe erscheint, als neuen Partner zu sehen, mich erschreckt dieses Verhalten. Gut, die Jugend denkt nun einmal anders als ein alter Mann es tut, trotzdem ist es mir unangenehm mitzuerleben, wie sie sich gibt. Lotte passt in keine Schublade, was ja auch faszinierend ist, zumindest am Anfang. Ob ich meine Mildtätigkeit gegenüber Lotte ein wenig habe schrumpfen lassen, jetzt, wo ich von Johann erfahren habe? Wahrheitsgemäß muss ich mir eingestehen, es stimmt. Seit ich von meinem Sohn erfahren habe, hat sich in mir etwas verändert. Aller Wahrscheinlichkeit nach begegne ich Lotte nicht mehr mit der gleichen Milde, wie noch zuvor. Lotte werde ich immer unterstützen und im Herzen tragen, das muss ich ihr sagen, bevor sie von meinem Verhältnis zu Johann und der Tatsache, dass er mein leiblicher Sohn ist, erfährt. Sicherlich wird Lotte eifersüchtig sein. Für sie und Anton Wall habe ich von Florian das Haus in Limburg gekauft. Lotte soll ihr Café für immer behalten, auch, wenn mir etwas passieren sollte. Für Anton Wall findet sich genügend Platz, um im oberen Stock zu wohnen und kreativ zu werden. Für beide habe ich auch Geld hinterlegt und eine monatliche Auszahlung festgelegt, sodass es beiden an nichts fehlen wird. Nicht neu ist mir, dass Lotte und auch Anton Wall nicht gut mit Geld umgehen können, daher meine Bemühungen, alles zu berücksichtigen. Für die nächsten Jahre dürfte gesorgt sein, dafür habe ich alles geregelt.

„Sie müssen zur Ruhe kommen!", blickt mich der junge Arzt an. Karin hat mich bis ins Untersuchungszimmer begleitet, ist auch jetzt noch in meiner Nähe. „Mir geht es doch wieder gut und ich habe noch wichtige Gespräche, die ich unbedingt zeitnah führen muss", erhebe ich Protest, als der Arzt mir sagt, ich müsse diese Nacht im Krankenhaus bleiben. Unvermittelt werde ich wütend, fange an laut zu werden und bin schon im Versuch, das Zimmer zu verlassen, als Karin mich sanft zurück in das Bett zieht, das mir zur Verfügung gestellt wurde.

„Für Sie ist es nur das Beste, einmal tief zu schlafen und zur Ruhe zu kommen", höre ich den Arzt weitersprechen, während ich beobachte, wie er eine Spritze aufzieht. Meine Gedanken werden mit einem Mal verschwommen und ich kann mich nicht mehr konzentrieren. Das letzte, das ich bewusst mitbekomme, ist die Spritze, die in meinen Arm eingeführt wird, dann wird es dunkel um mich.

Florian

Lotte ist eine Frau, die ich nicht eingeordnet bekomme. Ihr Verhalten ist mir fremd. Ein Mensch, bei dem ich mir nicht sicher kein kann, was er im nächsten Augenblick denkt und anstellt, ist mir unangenehm in meiner Nähe. Mein erster Eindruck von Lotte, in ihrem Garten, war positiv. Gut, Lotte lebt so ganz anders als ich es tue, ihr Garten ist romantisch, allerdings auch verwildert, was ich natürlich nicht übersehen habe. Trotzdem mag ich das Ambiente und die herrliche Ruhe, die ich in ihrem Garten fand und empfinde es geradezu als erstrebenswert, so zu leben. Zumindest was die Ruhe anbetrifft. Insbesondere mit Kindern sollte man in der Natur sein zu Hause finden. Der Gedanke an Kinder lässt mich seufzen. Wie meine Zukunft sich gestalten wird? Bringt mir ein Umzug in die alte Villa von Lydia Lowere die gewünschte Abwechslung verbunden mit der nötigen Ruhe, die mir in meiner Penthouse-Wohnung in Frankfurt fehlen? Bis vor wenigen Monaten noch habe ich mir nicht vorstellen können, aus der Innenstadt an den Rand von Frankfurt wegzuziehen, wo es etwas ruhiger zugeht. Und jetzt? Für mich hat sich vieles geändert und ich glaube zu wissen, mein Weg des Umbruchs führt mich noch zu vielen neuen Bekanntschaften und Eindrücken, hoffentlich nur gute.

Sensibel bin ich geworden und dünnhäutig. Mein Therapeut, Doktor Peter Schön, ich habe ihn durch Vincenz kennengelernt, hilft mir sehr. Er meint, ich solle mir die Zeit nehmen, meinen neuen Weg zu finden und nichts versuchen auf den Weg zu bringen, was dann wieder scheitert. Lotte? Ist sie ein Teil des Weges, der wieder zum Scheitern vorgesehen ist? Kurz habe ich diese junge Frau als etwas Exotisches und als außergewöhnlich angesehen. Während alle anderen Frauen, die mir in den letzten Jahren begegnet und nähergekommen waren, nur auf ihr Äußeres Wert legten, scheint Lotte so ganz anders zu sein. Ihre erfrischende, natürliche Art, mit der sie mir zunächst begegnet ist, war schon besonders. Doch wenn ich ehrlich bin, liebe ich Frauen, die sich schick machen, sich gut ausdrücken können und sich an allgemeinen Gesprächen über Kultur und Politik einzubringen wissen.

Von Lydia Lowere, deren Konterfeit ich von Vincenz für mein neues Büro geschenkt bekomme, habe ich schon viel gehört. Einmal sind wir uns auch begegnet, jedoch hat diese Frau nie wirklich Notiz von mir genommen. Gelesen habe ich ebenfalls schon viel über Lydia Lowere und ihren Hang zu jungen Männern, die ihr bis zum Tod das Leben versüßt haben sollen. Für mich wäre eine solche Beziehung nie in Frage gekommen. In diesem Zusammenhang kam auch der Neffe von Vincenz ins Spiel. Hermann Josef von Breggele. Für mich war diese Verbindung nicht nachzuvollziehen, jedoch auch von keiner großen Bedeutung. Die blaue Muße wird einen Ehrenplatz in meinen neuen Räumlichkeiten erhalten und ich finde, das Gemälde strahlt Kraft und Energie aus, zeitgleich auch Lebensfreude. Es gibt Menschen, die fesseln und faszinieren ihre Mitmenschen noch über den Tod hinaus, so auch Lydia Lowere. Ja, die alte Villa von ihr wird nun auch mein Leben prägen und wer weiß, eventuell liegt in der Tat etwas Spirituelles in den Räumlichkeiten. Lydia Lowere, das habe ich bei einem Termin in der alten Villa gesehen, hatte einen außergewöhnlichen Geschmack für alles Teure und Besondere. An der Einrichtung werde ich nicht viel ändern müssen.

Unverständlich ist für mich, diese einmalige Frau soll die Tante von Lotte gewesen sein. Nichts, wirklich nicht den geringsten Ansatz von Glamour durfte ich bei Lotte finden. Familie kann man sich nicht aussuchen, diese Worte kommen mir in den Sinn, während ich zu meiner Kabine gehe. Peinlich finde ich den Auftritt von Lotte und ihre Worte, die sie Vincenz entgegengeschrien hat, sie haben mich erschreckt. Ein solch unpassendes Verhalten habe ich ihr nicht im Ansatz zugetraut und ich bin dankbar dafür, Lotte so erlebt zu haben, bevor ich mich eventuell noch verliebt hätte. Nein, daran ist nicht mehr zu denken, so ein Auftritt ist für mich unverzeihlich. Ich möchte keine Partnerin an meiner Seite haben, die ohne Ankündigung so aus ihrer Haut fährt und sich in der Öffentlichkeit blamiert.

Petra habe ich noch kurz gesprochen, ebenfalls auch Ina. Beide waren nicht sehr gesprächig und ich kann nicht beurteilen, ob es an den Worten von Vincenz lag oder an dem Verhalten von Lotte. Was genau liegt in der Luft, frage ich mich. Weshalb sind plötzlich alle so aufgeregt und Lotte dazu noch verärgert? Die Tatsache, dass ich schon bald mein neues Büro in der alten Villa eröffne, das ist allein meine Entscheidung. Für die finanziellen Probleme von Anton Wall kann ich nichts, für meinen Fleiß aber schon. Gut, Anton ist auf seine Weise auch fleißig, das möchte ich schon zugeben. Seine Kunststücke zeigen mir, der Mann hat das richtige Gespür für Farben, leider nicht für den Umgang mit Geld. Glücklich kann er sich schätzen, so einen Mäzen wie Vincenz im Hintergrund zu haben. Immerhin gehört ihm und Lotte nun mein Haus in Limburg, dank Vincenz. Doch weder Anton noch Lotte zeigen Dankbarkeit, was mich noch mehr verwundert. Ob Vincenz vor der Vernissage noch keine Gelegenheit gefunden hatte, mit den beiden über das Haus zu sprechen? So ein großzügiges Geschenk bringt doch Freude und nicht die von Lotte oder Anton gezeigte Reaktion zu Tage. Ja, so muss es sein, überlege ich. Das würde auch erklären, wieso Lotte so wütend war, was allerdings immer noch keine Rechtfertigung für ihr Verhalten darstellt.

Heute am Nachmittag, den ich mit Lotte verbringen durfte, habe ich keine Anzeichen bei ihr entdecken können, die auf diesen Wutausbruch am Abend hinweisen würden. Im Gegenteil. Mir ist Lotte als eine aufgeschlossene und lebensbejahende junge Frau begegnet, die gerne das Schöne im Leben sieht. Zum Abschluss unseres kleinen Spaziergangs an Bord haben wir noch ein Glas Champagner getrunken und Lotte hat mir auch von ihrem Verhältnis zu Franz berichtet. Mir hat gefallen, wie offen sie über ihre einst große Liebe mit mir gesprochen hat. Nur diese Seite, die Lotte am Abend offenbart hat, sie macht mir Kummer und Angst. Nach meiner Woche hier an Bord habe ich wieder einen Termin bei Dr. Peter Schön und hoffe, mit ihm über alle Erlebnisse sprechen zu können. Mit Frauen habe ich im Moment kein gutes Händchen. Da sagt der Volksmund immer, Frauen lieben erfolgreiche Männer, nur leider spüre ich das nicht. Als Architekt verdiene ich genug Geld, um eine Familie zu ernähren. Dieses Thema tut mir weh.

Beim Abstreifen meiner Kleidung in meiner Kabine, denke ich schon an den morgigen Tag und das anstehende Frühstück. Mein Handy zücke ich vor dem Einschlafen in der Hoffnung, eine Nachricht von Vincenz zu finden, leider vergeblich. Kurz überlege ich, ob es Sinn macht, Karin zu schreiben. Diesen Gedanken lasse ich aber fallen, es ist schon zu spät. Am Morgen, so mein nächster Gedanke, werde ich versuchen, über Karin mehr zu erfahren.

Der nächste Morgen

Ina

Turbulent dürfte für den letzten Abend noch harmlos klingen. Die Bombe, die Vincenz bei der Vernissage hat platzen lassen, zeigte ihre Wirkung. Lotte war im Anschluss völlig aufgelöst und fing an sich zu betrinken. Petra und ich hatten unsere Mühe, sie später auf ihre Kabine zu bringen, ohne dass wirklich auch noch der letzte unter den anwesenden Gästen ihren Zustand registriert hatte.

„Immer, wenn ich mich verliebe, geht alles schief", jammerte Lotte, während Petra und ich sie auszogen und in ihr Bett legten. „Du sollst dich auch nicht dauernd verlieben und einfach einmal nur nett mit einem Mann reden, ohne an die große Liebe zu denken. Miteinander freundlich zu sprechen, bedeutet nicht verliebt zu sein." Meine Belehrungen wurden nicht mehr erhört, Lotte schlief rasch ein.

„Wieso will Florian in der alten Villa von Lydia Lowere ein Architekturbüro eröffnen und wieso unterstützt Vincenz ihn?" Petras Frage bleibt in der Luft hängen. Den ganzen Abend haben wir uns darüber Gedanken gemacht, ohne ein Resultat zu finden.
„Er möchte ihm auch noch Die blaue Muße für seine neuen Räumlichkeiten schenken", hatte Lotte mehr als nur einmal gejammert und ergänzt: „Und ich muss mich in der Zukunft um Anton Wall kümmern, ihn beherbergen."

Zunächst fand sie die Vorstellung, Florian als ihren Vermieter kennenzulernen, amüsant. „Somit sind wir auf geschäftlicher Ebene für immer verbunden", hatte sie uns vor der

Vernissage zugeflüstert. Sichtlich aufgedreht kam sie mit Florian zu der Ausstellung. Zunächst wollte ich nicht gerne sehen, wie ausgelassen und überdreht sich Lotte mit diesem Mann unterhält, später jedoch hat sie mir nur noch leidgetan. Trotzdem sollte sie lernen, ihren Umgang mit Männern nicht so spontan anzugehen. Ich stöhne bei dem Gedanken daran, was ich in den nächsten Jahren an der Seite von Lotte noch für Männer kennenlernen darf, die allesamt zunächst ein Traum sind und sich dann doch in Rauch auflösen. Als Lotte schläft und Petra und ich uns sicher sind, sie wird nicht unvermittelt wieder wach, verlassen wir die Kabine.

„Dann sehen wir uns beim Frühstück", umarmt Petra mich und dreht sich auch unvermittelt und gähnend um. Am heutigen Abend haben wir uns wie Freundinnen verstanden und zusammengehalten, eine schöne Erfahrung, wie ich überlege. Erst in meiner Kabine höre ich den Eingang einer WhatsApp und sehe, Karin hat mir geschrieben. Rasch überfliege ich ihre Worte. Sie sei bei Vincenz darf ich erfahren, der Arzt habe ihm eine Infusion angelegt und sie bleibe bis zum Morgen bei ihm Krankenhaus. Oh, weh! Der arme Vincenz, in seinem Alter war die Aufregung sicherlich zu belastend für ihn. Karin schreibe ich noch rasch zurück, bevor ich auch Petra informiere.

Liebe Karin,

was für ein Abend, was für eine Aufregung! Mir tut es sehr leid, nicht mitbekommen zu haben, dass Vincenz so große gesundheitliche Probleme hatte. Bitte grüße ihn herzlich von Petra und mir. Wir beide haben uns um Lotte gekümmert, die nach ihrem Wutausbruch völlig ausgeflippt war. Jedes Glas Champagner, das ihr unter die Augen kam, wurde von ihr geleert, was ihren Zu-

stand nicht verbesserte. Jetzt liegt sie in ihrem Bett und wird hof-
fentlich bis zum Frühstück durchschlafen. Mein Handy lasse ich
angeschaltet, liebe Karin. Solltest du in der Nacht reden wollen
oder sonst eine Unterstützung brauchen, dann melde dich.

Umarmung
Ina

Der nächste Morgen

Beim Aufwachen habe ich direkt wieder die Erlebnisse des
gestrigen Abends vor Augen und angele mir noch im Bett
mein Handy vom Nachttisch. Es ist keine neue Nachricht von
Karin eingegangen. Noch einmal öffne ich die Nachricht von
Karin, die ich vor dem Einschlafen gelesen hatte. Gestern war
ich sehr müde und geschafft von den Erlebnissen. Die Nachricht hatte ich daher nur überflogen. Beim neuerlichen Lesen
nehme ich auch die Tatsache auf, dass ein Boot beide an Land
gebracht hat. Rasch stehe ich auf und springe unter die Dusche, meine Gedanken sind bei Lotte und der Frage, wie wird
sie den Schwächeanfall von Vincenz aufnehmen? Ob sie sich
Vorwürfe machen wird, ich denke ja. Vincenz hat so vieles
für Lotte in den letzten Monaten getan und bewegt, wie kein
anderer Mensch. Unvorstellbar für mich, wie sie nur glauben
konnte, ausgerechnet er würde sie hintergehen, dies ist mir ein
Rätsel. Beim Anziehen wähle ich ein sportliches Outfit, ich bin
in Eile und habe keine Geduld, meine Garderobe lange auszusuchen. Mein Handy will ich in die Hosentasche stecken, da
fällt mir auf, eine neue Nachricht von Johann ist eingegangen.
Mit zitternden Händen öffne ich die WhatsApp.

Liebe Ina,

mir tut der Verlauf unseres Telefonats von gestern sehr leid. Rosa-
linde ist dir dankbar, dass du gleich angerufen und uns von dem
Schwächeanfall berichtet hast. Leider können weder ich noch
Rosalinde Vincenz telefonisch erreichen, was uns sehr besorgt.
Hast du ihn schon gesehen und gesprochen? Soll ich mit mei-
ner Mutter nachkommen, um Vincenz zur Seite zu stehen? Ich
denke sehr viel an dich, Ina. Bitte lass uns beide nach deinem
Urlaub in Ruhe reden. Wir sollten versuchen das, was wir uns so
erarbeitet haben, zu erhalten. Von meiner Seite werde ich alles
dafür tun, wieder harmonisch mit dir zusammenzuleben und
glücklich zu sein.

Dein
Johann

Jetzt muss ich mich auf mein Bett setzen. Johann, drücke
ich mein Handy an meine Brust. Er will uns eine Chance geben und mich nicht verlieren, das zu lesen tut mir gut. In den
letzten Tagen habe ich viel nachgedacht, auch wenn es hier
an Bord wenig Zeit für mich gab, in der ich allein war. In
den Sinn gekommen waren mir immer wieder die Worte von
Johann vor meiner Abreise. Verletzt und traurig hatte ich reagiert und keine Schuld bei mir gesehen. Gut, die Art und
Weise, wie Johann mir den Spiegel vor Augen gehalten hat,
war auch nicht schön. Nein, das muss er sich für die Zukunft
abgewöhnen, mich bei Kritik, die er übt, zu beleidigen. Feh-
lerfrei bin ich auch nicht, wie ich mir eingestehen darf. Mit
einem Mal fühle ich mich viel besser als noch vor einer halben
Stunde. Mit dem Eingang von Johanns WhatsApp ist für mich
die Sonne aufgegangen. Mein Entschluss ihm zu antworten,
ist rasch gefasst.

Lieber Johann,

Karin hat noch am gestrigen Abend Vincenz in ein Krankenhaus begleitet. Mit einem kleinen Boot ist er von dem Schiff an Land gebracht worden. Ich hoffe sehr, Karin meldet sich später bei mir und dann werde ich sogleich mit Rosalinde und dir in Kontakt kommen.
Johann, ich bin froh über deine persönlichen Worte, die du mir gesendet hast. In all den Kummer über den gesundheitlichen Zustand von Vincenz, hast du wieder Sonne in mein Herz gebracht. Wir beide werden in Ruhe reden und auch ich möchte mich bemühen und um unsere Beziehung kämpfen. Dass du gemeinsam mit Rosalinde auf meinen Wolfi aufpasst, während ich auf dem Schiff bin, dafür bin ich euch sehr dankbar und mir ist bewusst, gerade von dir, Johann, habe ich viel damit verlangt.

Deine Ina

Beim Verlassen meiner Kabine hängen meine Gedanken wieder bei Lotte. Wie wird sie meine Nachricht auffassen? Für mich ist es wichtig, Lotte gleich zu informieren und daher gehe ich geradewegs zu ihrer Kabine und klopfe energisch gegen ihre Türe. Es dauert nicht lange und eine noch immer verschlafene Lotte steht vor mir. Aufgeregt erzähle ich ihr von Karins Nachricht. Überrascht nehme ich zur Kenntnis, Lottes Interesse an meinen Worten ist nicht groß.

„Willst du nicht zu Vincenz ins Krankenhaus?", sehe ich Lotte Minuten später erwartungsvoll an, nachdem ich ihr mitgeteilt habe, was ich weiß. Energisch schüttelt sie den Kopf. „Nein! Er kann nicht mein Leben manipulieren, mich wie ein Hündchen behandeln."

Meinen Einwand, sie sei gerade ungerecht und sicherlich hat Vincenz Gründe für sein Verhalten, blockt sie ab. Lotte wirft sich eine Aspirin in ein Wasserglas und trinkt es aus. „Ich möchte jetzt duschen und dann gehe ich zum Frühstück. Du kannst gerne hier warten", lässt Lotte mich wissen. Ihr Blick gefällt mir nicht. Unvermittelt drehe ich mich um, verlasse ihr Zimmer.

„Es ist mein Leben, Ina, in das du dich schon viel zu viel einmischst. Mir reicht es jetzt, lass mich bitte in Ruhe!" Diese Worte von Lotte hallen mir nach. Verblüfft drehe ich mich um, sehe nur noch, wie Lotte zurück in ihre Kabine geht. Meine Schritte führen mich zu Petra. Sie ist im Gegensatz zu Lotte schon angezogen und strahlt mich an, bittet mich freundlich in ihre Kabine zu kommen. „Vincenz tut mir so leid. Es war richtig von dir, Rosalinde anzurufen", besorgt blickt Petra mich an. Dann greift sie zu ihrem Handy. Das Gespräch, das Petra im Anschluss führt, verfolge ich mit gemischten Gefühlen.

„Marc wird sich ab jetzt um seinen Sohn kümmern. Rosalinde braucht den Beistand von Johann und vielleicht möchten beide uns auch nachreisen", kommen die Worte von Petra in meine Ohren. Kurz starre ich sie nur an.

„Wie oft habe ich dich falsch eingeschätzt, Petra", gehe ich auf sie zu. Gemeinsam mit Petra gehe ich eine Viertelstunde später zum Frühstücksraum. „Unsere Lotte hat ein großes Problem", meint Petra, nachdem ich ihr die Reaktion von Lotte am Morgen ausführlich berichtet habe. „Mir scheint, das Verhalten von Franz färbt langsam auf Lotte ab. Ebenso einen Auftritt der schlechten Manieren hat Franz in der Pizzeria abgeliefert. Wie Lotte sich nur so gehenlassen kann? Mich verwundert insbesondere, sie zeigt kein Mitgefühl für Vincenz." Petra wirkt bedrückt.

„Komm, lass uns einen Kaffee genießen, danach sieht die Welt schon besser aus", ziehe ich Petra mit mir mit. Wirklich an meine Worte glaube ich nicht und als wir den Frühstücksraum betreten, wird unser Augenmerk sogleich auf die lautstarke Unterhaltung gelenkt, die von unserem Tisch kommt. Lottes Stimme erfüllt den Raum und es gibt kaum einen Gast, der nicht zu ihr sieht.

„Lotte ist nur peinlich!" Petra wirkt gestresst. Mit raschen Schritten eilt sie auf Lotte und Florian zu, der, in seinen Sitz gelehnt, ziemlich hilflos wirkt. Seine Versuche zu Wort zu kommen, scheinen nicht zu fruchten. Unsere Freundin redet mit heftigen Gesten auf ihn ein. Erneut empfindet sie Beschimpfungen als angebracht, so wie am vergangenen Abend.

„Du bist nicht der einzige Gast in diesen Räumlichkeiten und es ist jetzt peinlich, wie du dich benimmst!", höre ich Petra neben mir, als wir mit forschem Schritt am Tisch angekommen sind.

„Wer, liebe Petra, hat dich gefragt? Du nimmst dir doch auch immer das, was du möchtest. Jetzt soll ich wieder einmal nachgeben und das Dummchen sein?" Lottes Reaktion auf Petras Worte übertreffen alles, was ich erwartet habe. Meinen Rückzug aus dem Frühstücksraum trete ich unvermittelt und in der Überzeugung an, im nächsten Hafen von Bord zu gehen. Diesem Theater möchte ich nicht länger beiwohnen. Schade, so denke ich, wie alles gekommen ist. Petra eilt mir nach, mit hastigen Schritten holt sie mich im Flur ein und hält mich am Arm fest. „Ich möchte nicht glauben, was Lotte mir gerade an den Kopf geworfen hat", sie schnappt nach Luft. „Jetzt kann ich mich auch nicht mehr in dem Frühstücksraum blicken lassen."

„Wir sollten Karin versuchen zu erreichen", bemühe ich mich, das Ruder zu wenden. Mein spontaner Versuch scheitert, was mich besorgt zurücklässt. „Hoffentlich ist der Zustand von Vincenz über Nacht nicht schlechter geworden." Petra spricht aus, was auch ich denke.

Kaum, dass Petra und ich in meiner Kabine angekommen sind, klopft es an meiner Türe. „Wenn es Lotte ist, ich will sie jetzt nicht sehen", faucht Petra mich auf meinem Weg zur Türe an. Statt Lotte steht Florian vor mir, er sieht entnervt aus. „Ist eure Freundin Lotte immer so impulsiv? Sie kann ein ganzes Schiff allein unterhalten, leider nicht im positiven Sinne." „Für heute bin ich auch von ihren Gefühlsausbrüchen bedient. Verstehen kann ich Lotte nicht. Wie kommt sie nur auf die Idee, ein Mann wie Vincenz würde ihr in den Rücken fallen?" Petra sagt das, was ich auch denke und ergänzt: „Für mich ist es nicht nachvollziehbar, mit welcher Kälte Lotte jetzt Vincenz begegnet. Sein momentaner Zustand muss sie doch milde stimmen." Ihre Worte finden unseren vollen Zuspruch.

„Lotte findet Sie als Mann interessant und ich denke ... ", meine Worte lasse ich in der Luft hängen. Florian versteht auch so, was ich sagen möchte. Nickend lehnt er sich an eine Wand gegenüber von meinem Bett und blickt mich hilflos an. „Inzwischen sehe ich das auch so. Auf diese Idee bin ich nicht gleich gekommen, wirklich! Außerdem habe ich kein Interesse an Frauen, die ...", beschwichtigend hebt er seine Arme. „Schon ok, du stehst mehr auf die sanftmütigen Damen dieser Gesellschaft", kürzt Petra seine Erklärung ab, dann verfällt sie in lautes Lachen. „Lotte hat einen Hang zu komplizierten Männern." „Stopp! Kompliziert bin ich nicht", wirft Florian rasch ein. „Mir liegt nur nichts an Frauen, die kein Benimm und kein ordentliches Auftreten in der Öffentlichkeit haben. Eine solche Beziehung habe ich gerade hinter mir und um ehrlich zu sein, verdaue ich noch die Wunden." Florian steckt seine Hände in seine Hosentaschen, er wirkt lässig. „Und ich habe Lotte niemals Avancen gemacht."

Jetzt blicke ich ihn verwundert an. „Deine Anrufe und Nachfragen zu Lottes Marzipantorte waren aber schräg", bemerke ich solidarisch.

„Ja", gibt Florian mit gequältem Lächeln zu. „Ich wollte sie kennenlernen, um mit ihr über die Räumlichkeiten ihres Cafés zu sprechen. Mir war an einem guten Austausch gelegen. Von Vincenz hatte ich schon so einiges über Lotte erfahren, nun ja, irgendwie habe ich jetzt alles kaputtgemacht", er sieht uns traurig an.

„Ich muss wissen, wie es Vincenz geht", möchte ich das Thema von Lotte wieder auf Vincenz bringen. Florian wird rasch von Petra und mir auf den Kenntnisstand gebracht, den wir haben. Im Anschluss zückt Petra ihr Handy und tatsächlich geht Karin beim dritten Klingeln an ihr Handy.

„Ich kann nicht lange telefonieren, die Schwestern sehen das nicht gerne", hören wir sie sagen. Petra hat auf laut gestellt. Wir erfahren, dass Vincenz schon am Abend wieder an Bord kommt, mit Karin. Er bittet uns alle ganz eindringlich, nicht abzureisen. „Vincenz meint, Lotte habe etwas falsch verstanden. Ihm liegt daran, alles aufzuklären", betont Karin. „Gesundheitlich darf er aber keine Aufregung mehr haben, bitte sprecht mit Lotte!", fügt sie noch nach. Karins Worte hallen nach, auch Minuten, nachdem Petra das Telefonat beendet hat.

„So ganz kann ich Lotte nicht verstehen. Sie müsste Vincenz inzwischen kennen, ihm auch vertrauen und …", Florian spricht als Erster. „Stopp", falle ich ihm ins Wort. „Das mag ja alles der Wahrheit entsprechen, auch, dass du beruflich wechselst und mit deinem Büro in die Räumlichkeiten der alten Villa ziehst." Ich halte einen Augenblick die Luft an. So ganz verstehe ich gerade selbst nicht, was ich Florian erklären will. „Die Wahrheit, Florian, die kam etwas zu überraschend heraus und auch zu einem Zeitpunkt, der nicht wirklich gut gewählt war."

Florian nickt erneut. „Vertrauen, liebe Ina, heißt das Zauberwort und eure Freundin Lotte scheint das Wort nicht zu kennen. Warum sonst ist sie so ausgeflippt?"

„Wie genau hast du Vincenz kennengelernt?", bringt Petra sich ein. Geduldig klärt Florian uns über die ersten Kontakte und Begegnungen auf. „Wir sind uns gleich sympathisch gewesen, auf geschäftlicher Basis." Er sieht uns auffordernd an. Weder Petra noch ich kommentieren seine Worte und so beschließt er weiterzusprechen. „Vincenz drängte mich seit Längerem, ein eigenes Architekturbüro zu eröffnen. Ich find das Haus in Limburg, in dem Lottes Café derzeit ist, optimal dafür. Vincenz zeigte für meine Idee, die neuen Räumlichkeiten für mein neues Architekturbüro zu nutzen, Verständnis. Allerdings nicht ohne, wie wir wissen erfolgreich, versucht zu haben, mir das Haus abzukaufen, in dem sich Lottes Café befindet. Mir geht es nicht ums Geld, das habe ich ihm auch zu verstehen gegeben." „Dann lag dein Interesse zum einen an dem Haus, in dem das Café jetzt ist und ebenso an Lotte?", wollen wir wissen.

„Stopp! Lotte hat mich immer nur als Mieterin interessiert und, das gebe ich zu, auch aus Neugierde." Petra sieht mich skeptisch an und hakt bei Florian nach: „Was genau willst du uns sagen?"

„Vincenz hat bei mir schon so oft von Lotte geschwärmt, das hat in mir die Neugierde geweckt, diese Frau zu treffen. Als mein Entschluss feststand, nach Limburg zu ziehen, stand ein Gespräch zwischen ihr und mir sowieso aus."

Jetzt fange ich an zu verstehen, was Florian bewegt hat und so allmählich kann ich auch nachvollziehen, was Vincenz' Grund war sich einzubringen. „Vincenz hat dich letztendlich davon überzeugt, nicht nach Limburg zu ziehen, stattdessen ihm dein Haus zu verkaufen?"

Florian nickt nur. Er wirkt müde. „Die alte Villa von Anton Wall bzw. von Lydia Lowere war mir durch Besuche bekannt. Vincenz hat offen von den finanziellen Problemen berichtet, die auf Anton Wall lasten. So kam eines zum anderen und ich bin inzwischen der Besitzer der alten Villa. Übrigens …", er hält kurz inne. Die Aufmerksamkeit von Petra und mir ist ihm gewiss. „Vincenz hat alles nur zum Wohl von Lotte und Anton unternommen. Er wird es euch noch erklären, davon bin ich überzeugt."

„Trotzdem verstehe ich noch immer deine Anwesenheit hier an Bord nicht."

„Vincenz war daran gelegen, dass wir uns alle einmal treffen und ungezwungen austauschen können. Von dir, Petra, hat er als fleißige Kraft in der Bank gesprochen und betont, ich könnte versuchen, dich für mein Büro zu gewinnen, vor allem für die Buchhaltung und zur Erledigung vieler anderer Aufgaben, die einer Frau mit dem richtigen Händchen im Umgang mit Menschen bedürfen."

Petra, das ist nicht zu übersehen, fühlt sich geschmeichelt, geht aber nicht auf die Worte von Florian ein. „Soweit kann ich alles nachvollziehen und jetzt leuchtet mir auch ein, dass Vincenz es nur gut mit unserer Freundin gemeint hat. Vom Grunde hat Lotte richtiges Glück mit ihrem väterlichen Freund", füge ich an. „Mir ist nach einem Sekt", stoße ich gleich hinterher. Florian sieht mich verwundert an, bietet sich aber direkt an, alles für uns zu ordern.

„Hey, so kenne ich dich noch nicht. Ina, du bist immer für eine Überraschung gut!" Petra sieht mich verwundert an, dann aber strahlt sie mich kurz an, bevor sie weiterspricht. „Wir sollten Lotte zu uns bitten und mit ihr reden. Sie muss erfahren, was wir inzwischen wissen", steht Petra auf. „Ich werde sie in ihrer Kabine abholen."

Während Florian telefoniert und in meiner Kabine auf- und abgeht, bringe ich Petra zur Tür. „Wie findest du sein berufliches Angebot?" Meine Frage bleibt unbeantwortet, Petra lächelt und entschwindet meinem Blickfeld. Sie hat die Kabine rascher verlassen als ich wollte. Nun gut, mir kann es auch egal sein, denke ich über das Erlebte nach. Kurz kommt mir Marc in den Sinn und unsere Vergangenheit. Mir ist bewusst, ich muss endlich handeln und nicht immer nur passiv am Rande des Geschehens stehen und das auch noch, wie meine Freundinnen mir oft vorwerfen, mit erhobenem Zeigefinger.

Lotte

Von Franz ist eine SMS eingegangen, die mir einerseits gefällt, mich aber auch wieder in meinen Gefühlen durcheinanderbringt. Alles, was ich mir wünsche, ist etwas Normalität. Was ich gerade erfahre, ist nur Chaos. Wieso nur ist es mir nicht vergönnt, ein geordnetes Leben zu führen? Mein Blick in den Spiegel am Morgen hat mir gezeigt, ich muss anfangen, wieder achtsamer mit mir selbst umzugehen. Die dunklen Schatten unter meinen Augen zeigen deutlich, wie ich mich fühle.

Bevor ich mich auf die Nachricht von Franz einlasse, wasche ich mein Gesicht und creme es im Anschluss mit einer Pflegecreme ein. Auch meine Augen erhalten eine spezielle Nährstoffbehandlung, die ich aus einer Ampulle nehme. Weder Vincenz noch Florian sollen bei unserer nächsten Begegnung denken, mir geht es nicht gut. Diese Freude gönne ich keinem von beiden. Noch einmal kommt mir die Begegnung mit Florian im Frühstücksraum in den Sinn. Niemals habe ich erwartet, so von ihm und auch von Vincenz hintergangen zu werden. Ob mich beide für so naiv halten, nicht zu verstehen, was vor sich geht? Karin hat sich allem Anschein nach genauso auf die Seite von Vincenz geschlagen, wie Petra und Ina. Vom Grunde her kann ich nach Hause fahren, am nächsten Hafen von Bord gehen. Anton Wall ist mit einem Male in meinem Kopf. Nach einer anfänglich noch holprigen Begegnung hat er sich jetzt neutral verhalten. Oder bilde ich mir dies nur ein? Anton, so wird mir jetzt bewusst, ist auch übergangen worden. Seine Villa, in der er so gerne lebt, gehört in der Zukunft Florian. Die Vorstellung, in der nahen Zukunft über dem Café zu leben und zu arbeiten, dürfte Anton Wall auch nicht wirklich gefallen. Wir sitzen im gleichen Boot. Zu Beginn der Reise habe ich mir nicht vorstellen können, einmal ein Haus mit dem Künstler zu teilen. Wie Anton Wall über alles denkt?

Bisher hat er sich nicht mehr bei mir gemeldet. Schöne Freunde habe ich. Mein Selbstmitleid breitet sich rasanter aus als ich möchte.

An meiner Tür klopft es energisch und als ich die Stimme von Petra höre, öffne ich. „Du siehst lustig aus", zeigt sie mit dem Zeigefinger auf mein Gesicht.

„Verzeihung, auf Besuch war ich gerade nicht vorbereitet."

Petra lässt sich auf den einzigen Stuhl in meiner Kabine fallen. „Setz dich mal auf dein Bett, ich muss dir etwas erzählen, das sehr wichtig für dich ist."

Mir ist nicht nach langen Reden und das teile ich Petra auch unverblümt mit. „Wie du siehst, liebe Petra, kümmere auch ich mich um mein Äußeres, was gerade dir nicht fremd sein dürfte."

Petra klatscht nach meinen Worten in ihre Hände. „Sehr treffsicher werfen Sie heute ihre Giftpfeile, gnädige Frau", blickt sie mich an. Meine Hände stemme ich in meine Hüften, stelle mich vor Petra und schnappe nach Luft, als sie einfach weiterspricht.

„So, jetzt kannst du dir überlegen, weiterhin die Diva zu spielen oder vielleicht endlich einmal wieder zu dir zurückzufinden, Lotte! Es ist an der Zeit, sich bei einigen Menschen zu entschuldigen und mit deinem verletzenden Verhalten aufzuhören."

Petra steht von ihrem Stuhl auf und kommt auf mich zu. Ihre Arme hat sie vor der Brust gekreuzt. An ihrer Miene kann ich erkennen, sie meint jedes Wort so, wie es von ihr ausgesprochen wurde. Petra ist im Allgemeinen sanftmütig, daher rudere ich zurück.

„Kann ich mich erst noch im Bad fertig machen?"

„Du kannst froh sein, Lotte, der Zustand von Vincenz ist wieder stabil. Das habe ich von Karin erfahren. Dein Auftritt hat ihm sehr zugesetzt. Wie konntest du dich so gehenlassen und diesen Mann ohne Grund verletzen?" Petra macht eine Pause. Mir fällt gerade nichts ein, was ich sagen soll.

Auf dem Weg zu meiner Kabinentüre dreht sich Petra nochmals um. „Alles Weitere erzähle ich dir später. Komm einfach in Inas Kabine, wenn du fertig bist", verlässt Petra mich. Aufgewühlt und den Tränen nah, gehe ich in mein Badezimmer zurück. Es kostet mich große Überwindung, mich zu schminken und zu frisieren. Auch eine frische Bluse ziehe ich an, dann schlüpfe ich in einen Rock. Unter keinen Umständen möchte ich wie ein Mauerblümchen wirken. Nur, so meine Überlegung, wie geht es weiter? Was wird Vincenz sagen, wenn wir uns wiedersehen? Sein gesundheitlicher Zustand soll stabil sein, was mich beruhigt. Ob ich in der Tat so eine Furie war, wie Petra mich beschrieben hat?

Eine Antwort auf meine Fragen zu meinem Verhalten finde ich nicht. Florian hat mir als Mann gefallen, der Nachmittag mit ihm vor der Vernissage war sehr schön, wenn auch …. Ich suche in meinem Kopf nach Worten. Komisch? Anders als erwartet? Von jedem Wort stimmt etwas und passt zumindest teilweise zu meinem Eindruck, den ich von Florian gewinnen durfte. Vielleicht interpretiere ich immer zu viele Gefühle in ein Treffen, sobald ich einem neuen Mann begegne. Neidvolle Blicke von anderen Frauen, die uns beim Spaziergang über Deck begegnet sind, habe ich natürlich registriert. Stolz habe ich zunächst auch empfunden, mich auch an der Seite von Florian gesonnt und wohlgefühlt. Die Tatsache, dass ausgerechnet ich die Begleitung von Florian sein durfte, obgleich es hier an Bord so viele weitaus attraktivere Frauen als mich gibt, ließ meine Stimmung steigen. Florian hat sich auch richtig bemüht, was unsere Unterhaltung anbetraf und doch hat mir etwas gefehlt.

Zunächst wollte ich es nicht wahrhaben und dachte noch, du bist an der Seite eines sehr gut aussehenden Mannes, der dich gut unterhält. Jetzt musst du dich auch wohlfühlen, was mir nicht zu 100 Prozent gelingen wollte. In meinen eigenen Gedanken zur Begegnung mit Florian kann ich mich nur über mich selbst wundern. Ja, es stimmt, Florian hat sich Mühe gegeben, immer wieder ein neues Thema anzuschneiden, um mit mir eine Gesprächsebene zu finden. Tatsache jedoch ist, je mehr sich Florian bemühte und krampfhaft nach dem richtigen Thema suchte, umso langweiliger kam er mir vor. Meine Gedanken drifteten ab zu Franz.

„Hörst du mir noch zu?", kam ein leiser Vorwurf von Florian, während ich an meinem Champagner nippte und verträumt auf das Wasser blickte. Noch zu dem Zeitpunkt, als wir gemeinsam zu der Vernissage gingen, fühlte ich mich, was die Blicke der anderen Gäste, besonders der weiblichen, betraf, sehr gut. Nur in meinem Bauch spürte ich das Ziehen, das nur kommt, wenn ich mich nicht richtig wohl fühle. Vom Grunde her hätte alles so gut sein können und doch habe ich den ganzen Nachmittag über nur an Franz gedacht. Immer wieder linste ich auf meine Armbanduhr, wünschte mir sehnlichst den Beginn der Vernissage herbei und somit die Gewissheit, nicht mehr länger mit Florian allein zu sein.

„Ich möchte vor der Vernissage noch ein Telefonat erledigen", teilte mir Florian mit und überraschte mich, da ich gerade darüber am Nachdenken war, wie ich kurzfristig der Situation entkommen kann. „Ich hole dich kurz vor der Vernissage wieder ab", teilte Florian mir mit und war auch schon verschwunden. Auf dem Weg zu meiner Kabine überlegte ich, ob es ihm genauso ergangen war, er einen Ausweg gesucht hatte, meiner Begleitung zu entkommen. Mein Handy zückte ich beim Betreten meiner Kabine und musste doch erstaunt feststellen, Franz hat mir geschrieben. Mit einem Male war meine Stimmung wieder besser, ein Strahlen kam auf mein Gesicht und mit dem Lesen der ersten Worte, die Franz mir gesendet hat, fühlte ich mich einfach nur fantastisch.

Liebste Lotte,

mir ist mein Auftritt in der Pizzeria peinlich, wirklich! Meine Freunde lassen sich ebenfalls entschuldigen und werden dir auch persönlich noch einmal sagen, wie leid ihnen alles tut. Impulsiv wie ich bin, passieren mir immer einmal Peinlichkeiten, wie du leider schon weißt. Bist du in der Lage, mir zu verzeihen? Darf ich dich nach deiner Reise bekochen? Ich werde mir Mühe geben und versuchen, nichts falsch zu machen.

Lieben Gruß auch an Petra, ebenfalls verbunden mit der Bitte um Entschuldigung für mein Verhalten.

Dein Franz

Bis zu dieser Stelle, vielleicht noch den Zeitpunkt inbegriffen, als Florian mich abholte und wir gemeinsam zu der Vernissage gingen, war alles soweit gut. Den weiteren Verlauf des gestrigen Abends möchte ich am liebsten aus meinem Gedächtnis streichen. Irgendwie kam mir alles so verlogen und fremd vor. Meine Kopfschmerzen zollen dem ungezügelten Zuspruch an Alkohol, mit dem ich das Geschehene vergessen wollte, was mich nun ärgert. Keine Empfehlung für die Zukunft stellt dieses Verhalten dar, wie ich mir selbst eingestehe und inzwischen über meine Reaktion denke. Ob ich Franz antworten soll, ihm von dem Vorfall berichten kann? Diese Frage beschäftigt mich schon den ganzen Vormittag.

Bevor ich weiter über die Nachricht von Franz nachdenken konnte, klopfte es an meiner Türe und Petra stand vor mir. Wieso ist mein Kopf nur so voll mit Gedanken? Noch beim Überstreifen meiner Kleidung bin ich wie gefangen von den Erlebnissen des gestrigen Abends. Jetzt muss ich auch noch in die Kabine von Ina gehen, was mir nicht behagt. Andererseits hat Petra nicht unrecht mit ihren Vorwürfen und irgendwann muss ich mich den Tatsachen stellen. Heute hat mich das Verhalten von Petra zum ersten Mal an Ina erinnert. Bisher kamen die Belehrungen immer aus ihrem Mund. Meine Bemühungen, das Thema zu wechseln, fruchteten nicht. Voller Enthusiasmus habe ich ihr gesagt: „Das kommt nicht mehr vor und Franz will sich auch bei dir entschuldigen, wirklich!"

Petra verzog kurz ihren Mund. „Komm einfach zu Inas Kabine. Florian ist auch bei uns. Wir trinken einen Sekt zusammen und überlegen das weitere Vorgehen." Diese Worte haben mich mehr als verwundert. Ina trinkt Sekt mitten am Tag und dann ist auch noch Florian anwesend? Für eine weitere Nachfrage bekam ich keine Gelegenheit. Petra war rascher verschwunden als mir lieb war. Ich wollte ihr noch die Nachricht von Franz zeigen, doch sie hat mit der Türklinge in der Hand abgewehrt. „Wie bereits betont, ich mag solche Auftritte in der Öffentlichkeit nicht und bin inzwischen der Meinung, Franz hat keinen guten Einfluss auf dich, Lotte."

„Denk an meine neue Kolumne", gab ich ihr einen Schubs in die Seite. „Ich habe vorhin noch auf die Reaktionen meiner Kolumne geantwortet", rief ich Petra nach. Unvermittelt blieb Petra stehen. „Kannst du den Beitrag gleich mitbringen und uns vorlesen?"

Jetzt, beim Verlassen meiner Kabine, ist mir mulmig zumute. Meine Schritte lenke ich bewusst schnell zu Inas Kabine. Ich möchte es hinter mich bringen, die Vorwürfe und Belehrungen zu meinem Verhalten. Meine zuvor noch bestehende Angst, was mich erwarten wird, ist wie in Luft aufgelöst. Ina hat mich freundlich empfangen, ebenso Florian, vor dessen Begegnung ich mich ebenfalls gefürchtet habe.

Die Situation ist nicht völlig gelöst, jedoch liegt auch keine große Anspannung in der Luft. Jeder von uns sucht sich einen Platz in der Kabine. Petra und ich wählen Inas Bett. Ina und Florian setzen sich auf den Boden. Ina so locker zu erleben, es verwundert mich. Florian öffnet, kaum dass wir uns gesetzt haben, die Flasche Champagner, die er schon bei meiner Ankunft in seinen Händen hielt. Aufgeregt heben wir unsere Gläser, stoßen sie mit der Bekundung aneinander, nie mehr so zu streiten. Florian hat mich wie ein begossener Pudel angesehen und drei Mal hintereinander beteuert, meine Marzipantorte wirklich zu lieben. Mich rühren seine Worte und ich denke mir, so, wie Florian mir jetzt gegenübersteht, finde ich ihn richtig lieb, nur als Mann und Liebhaber kann ich ihm nichts abgewinnen. Schade, seufze ich in mich hinein. Mich scheinen tatsächlich nur die bösen Jungs anzuziehen. Rasch trinke ich einen Schluck aus meinem Glas. Prickelnd findet der Champagner seinen Weg in meinen Mund. Kurz genieße ich die leckere Brause für uns Erwachsene, so jedenfalls habe ich noch die Worte von Anton im Kopf, der Champagner liebt. Ich hole tief Luft und ohne meine Freunde richtig zu beachten, denke ich schon wieder an Franz. Jetzt, so wie ich mich fühle, ich wünschte mir, Franz würde an meiner Seite weilen. Ob ich ihn einmal anrufen soll? Mit meinen Gedanken bin ich gerade weit weg von meinen Freunden, die mir doch räumlich so nahe sind. Florian gelingt es, mich wieder in das Hier und Jetzt zurückzuholen. Er beteuert mir, sobald sein Architekturbüro eröffnet ist, regelmäßig meine Kuchen zu bestellen. „Somit kann ich für etwas Umsatz bei dir sorgen. Alle meine Kunden, das verspreche ich dir, bekommen zum Abschluss meiner Arbeit immer eine Marzipantorte geschenkt."

„Ist ja gut!", bemühe ich mich, die emotionale Einlage zu unterbinden. Immerhin, das ist mir noch sehr bewusst, habe ich auch Dinge gesagt, für die ich mich entschuldigen muss. Um aus der Situation noch etwas Gutes zu finden, lenke ich bewusst ab und sage: „Ich lese euch jetzt meine neue Antwort auf die ersten Reaktionen meiner Kolumne vor." Zu meiner Freude stimmen alle meinem Vorschlag zu.

Mein Laptop ist rasch geöffnet und hochgefahren. Meinen Blick lasse ich, bevor ich mit dem Lesen anfange, über die neugierigen Gesichter meiner Freunde streifen. Mir macht es Freude, es ist ein Moment, der mir wieder Kraft bringt und zeigt, das Wichtigste im Leben, neben der Gesundheit, sind doch die Menschen, die man liebt und die einen auch so lieben, wie man ist.

Lerne, zu verzeihen

Meine lieben Leserinnen, gerade fühle ich mich wie in einem Hamsterrad. Lotte Wolke ist nun einmal auch nur ein Mensch mit all ihren Fehlern und, das möchte ich nicht vergessen zu erwähnen, auch den positiven Seiten. Nicht alles, was ich möchte, gelingt mir. Nicht alle Menschen, die mir etwas bedeuten, benehmen sich so, wie ich es mir wünsche. Trage ich in meinem Herzen zu viele Ichs? Bin ich zu anspruchsvoll an meine Mitmenschen? Die Antworten und ersten Reaktionen auf meine Kolumne haben mich bewegt. Innerlich hin- und hergerissen, versuche ich nun auf die Zeilen von Annet und I., die bereits auf meine Kolumne reagiert haben, zu antworten.

Zunächst darf ich betonen, selbst kein Profi im Verzeihen zu sein. Impulsiv bin ich, oft sprunghaft in meinem Handeln, doch immer davon überzeugt, in dem jeweiligen Moment alles richtig zu tun. Berücksichtigt man meine Einsicht, so darf ich noch anmerken, ich handele immer mit dem besten Glauben und Gewissen, gerade alles richtig zu machen. Hinterlistigkeit und Argwohn sind nicht mein Begleiter. Soweit ein Trostpflaster für meine geschundene Seele.

Am gestrigen Abend habe ich Menschen verletzt, die ich auf eine freundschaftliche Weise liebe. Wie es zu meinem emotionalen Ausbruch der Gefühle kam, ist mir noch ein Rätsel. Plötzlich habe ich nur noch einen Berg mit Problemen gesehen und versucht, mir Luft zu schaffen und mich zu wehren. Dass weder der Ort noch die Tonlage richtige waren, ich habe es nicht einmal bemerkt. Mein anschließender Versuch, den Kummer in Alkohol zu ertrinken, war auch nicht lobenswert. Weder für mein Umfeld noch für meinen körperlichen Zustand am heutigen Morgen, dem Tag danach. Meine Augenränder zeigen mir deutlich, ich muss achtsamer mit mir umgehen. Mit meinen Mitmenschen, das sehe ich jetzt ein, ebenfalls.

Den Mann, der mir in den letzten Monaten immer wieder zur Seite stand, der mich wie seine Tochter an die Hand nimmt und mir immer wieder zeigt, ich mag dich, habe ich am meisten verletzt. Tief in meinem Herzen habe ich ihm nicht wirklich vertraut. Mir ist es in den letzten Monaten nicht gelungen, dieses Urvertrauen zu entwickeln, das ich mir erhofft habe. Zu meiner Entschuldigung darf ich betonen, das Handeln meines väterlichen Freundes kann ich noch immer nicht verstehen, obgleich mir bewusst ist, er wird niemals etwas tun, das mir schadet. Sicherlich wird sich alles in den nächsten Stunden aufklären und ich muss mir dann eingestehen, einmal mehr falsch reagiert zu haben.

Umso peinsamer ist die Erinnerung an meine barschen Worte, die ich unvermittelt über meine Lippen brachte. Diese waren verletzend und hart. Tief in meinem Inneren denke ich, dieser Moment kann unsere Freundschaft zerstört haben und ganz allein bei mir liegt die Schuld. Ob er mir verzeihen wird, mein väterlicher Freund? Ich zumindest wünsche es mir von ganzem Herzen! Jetzt, mit etwas Abstand, frage ich mich selbst, wäre ich in der Lage zu verzeihen, wenn die Position von mir die seine wäre? Spontan möchte ich Ja sagen.

Soweit hört sich alles gut an, es liest sich verständlich und Sie denken, Lotte hat ein großes Herz? Nein, leider habe ich nicht immer ein großes Herz und oft rede ich zu früh, lasse meinem ersten Impuls freien Lauf, ohne wirklich nachzudenken und damit verletze ich Menschen, die mir wichtig sind und längst einen festen Platz in meinem Herzen haben.

In meinem Fall schreibe ich von Vincenz, so heißt mein väterlicher Freund. Noch kann er mein Verhalten bestimmt nicht verstehen. Aktuell werden meine Worte wie kleine Pfeile in seinem Herzen stecken und ihn schmerzen.

Mein Talent zum Träumen, auch am Tage, ist ausgeprägt. Schon als Kind habe ich mich in Gedanken weggeträumt, wenn mir eine Situation nicht gefiel, ich diese nicht verstehen und ihr auf diese Weise entfliehen wollte. Durch die Angewohnheit meiner Tagträume habe ich mir eine eigene Welt aufgebaut, in der ich glücklich schien, zumindest für den Moment. Was mir als Kind schon half, habe ich auch mit über Vierzig noch nicht abgelegt. Tatsächlich verfalle ich auch heute noch in diese Gewohnheit, mir, sobald ich mit einer Situation nicht zurechtkomme, alles schön zu träumen und später daran zu glauben.

Liebe Annet, liebe I. auch ihr helft mir gerade, mich wieder zu beherrschen und mir selbst einzugestehen, nicht immer perfekt zu sein. Dank eurer Reaktionen, die mir viel bedeuten und mich innerlich bewegen, hoffe ich doch, wieder meinen Weg zu mir selbst zu finden. Kann ich verzeihen? Zumindest bemühe ich mich, immer wieder und immer öfter milde zu sein. Zu oft schon habe ich einen Scherbenhaufen hervorgerufen und im Nachgang um Nachsicht gebeten. Es gibt Menschen, die sagen, die wahre Größe zeige sich beim Verzeihen. Ganz so sehe ich das jedoch nicht und ich bin nicht so scheinheilig zu behaupten, ich stehe über allem. Nein! Das möchte ich auch nicht. Wichtig ist mir inzwischen, dass ich mir die Zeit gönne nachzudenken, wenn auch leider erst im Nachgang. Meine Freundin hat mir gesagt, ich muss auch lernen, mir zu verzeihen und mich selbst zu lieben. Noch sind mir diese Worte von Petra fremd und unverständlich. Nächste Woche, nach meiner Rückkehr aus dem Urlaub, habe ich einen Termin bei meinem Therapeuten. Hoffentlich kann er mir helfen, besser und vor allem gelassener mit Problemen umzugehen und eventuell die Worte von Petra zu verstehen.

Sie, liebe Leserinnen, wird auch interessieren, dass Franz mir wieder geschrieben hat. Über seine Zeilen habe ich mich sehr gefreut. Noch immer in Erinnerung habe ich seinen Auftritt in der Pizzeria, vor unserer kleinen Reise, wie Sie sich denken können. Franz hat mir geschrieben, sein Verhalten tut ihm jetzt leid. Nach dem Lesen seiner Nachricht hatte ich wieder meine Kolumne im Kopf. Lustig, wie oft mich in den letzten Tagen, seit meinem Auftrag diese Kolumne zu schreiben, das Wort Verzeihen einholt und meinen Alltag bestimmt. Fast komme ich an den Punkt, von Fügung zu sprechen.
Von dir, liebe I., möchte ich bitte mehr lesen. Mir scheint, es gibt in deinem Leben einen Mann, der dir sehr viel bedeutet, dem du aber sein Verhalten, (noch) nicht verzeihen kannst. Weißt du,

ich habe gestern am Abend und auch heute Morgen spontan und überreagiert, die Schuld nicht bei mir gesucht und nicht zugelassen, mir eine Erklärung anzuhören. Die Kritik, die dein, ich nenne ihn einmal Freund, äußerte, hat vielleicht einen Funken Wahrheit in sich?

Bitte sei mir nicht böse für meine Offenheit und verstehe meine Antwort nur als Hinweis, über seine Worte noch einmal in Ruhe nachzudenken. Glaube mir, ich weiß, wie schwer es ist, Kritik anzunehmen und zuzulassen.

Ich freue mich auf viele Antworten!
Ihre Lotte

Meinen Laptop klappe ich zu, greife mir mein Glas Sekt und nippe daran.

„Ich finde, es liegt ein Funken Wahrheit in deinen Worten", steht Ina auf. Sie sieht mich dabei komisch an, wie ich finde. „Wenn man bedenkt, du hast beim Schreiben noch nicht gewusst, dass Vincenz wirklich nur nach einer Lösung für dich gesucht hat, ist deine Antwort bemerkenswert. Mir liegt es leider nicht so, Menschen für ihr Handeln zu entschuldigen." Jetzt ist es Ina, die mich überrascht.

Florian löst die etwas rührselige Situation auf und bemerkt, wir sollten jetzt lieber an Vincenz denken und uns überlegen, wie wir ihm am Abend begegnen. Petra klopft mir auf meine Schulter. „Ich bin beruhigt über deine Zeilen und zu erfahren, meine Freundin trägt ihr Herz doch an der richtigen Stelle."

Florian hüstelt und bringt erneut Vincenz ins Gespräch. „Ja, du hast recht, Florian. Jetzt liegt es an mir, den ersten Schritt zu tun. Ich muss mit ihm reden." Musternd sehe ich Florian nach meinen Worten an. „Hey, Lotte! Was scannst du mich so? Falle ich gerade durch das Raster? Dein Blick wirkt nicht gerade positiv auf mich."

„Nein!", werfe ich lachend ein. „Mir kam gerade Franz in den Sinn. Er ist so ganz anders als du. Vielleicht lag der Reiz genau darin, bei unserer ersten Begegnung."

„Ich möchte Franz kennenlernen", entgegnet Florian spontan. Na, ob das eine gute Idee ist, frage ich mich, behalte aber meine Gedanken im Verborgenen. Für heute gab es genügend Aufregung und Durcheinander. Mehr kann auch ich nicht an einem Tag verkraften. Petra schüttet den restlichen Sekt in unsere Gläser. Ina hält ihr Glas zu. „Nein, für mich war schon das eine Gläschen ungewohnt mitten am Tag." Kurz grinse ich, ja, jetzt erkenne ich meine alte Schulfreundin wieder. Sie bleibt ihrem Muster noch immer treu. Vor dem Abendessen und der Ankunft von Vincenz und Karin, zurück an Bord, verabschiede ich mich in meine Kabine, um mich umzuziehen. In meine Überlegung, was ich für den Abend an Garderobe wähle, kommt die Ankündigung einer neuen E-Mail. Unvermittelt lässt sie meine Neugierde aufkommen und den Laptop, nachdem ich umgezogen und geschminkt bin, sogleich öffnen.

Liebe Lotte,

wie viel Wahrheit doch in deinen Worten liegt. Meine Augen habe ich verschlossen und die Hinweise nicht hören wollen, die mir wie ein Spiegel vorgehalten wurden, nicht nur von meinem Freund. Fest entschlossen etwas zu ändern, bin ich bereit auch neue Wege zu gehen. Ob es mir dauerhaft gelingen wird? Innere Zweifel kommen schon jetzt in mir hoch, beim Antworten auf deine Zeilen. Niemand ist perfekt, möchte ich spontan rufen, als Entschuldigung im Vorfeld? Nein, so einfach möchte ich es mir jetzt nicht machen. Lotte, du schreibst so offen aus deinem Leben und bringst auch deine inneren Kämpfe zum Ausdruck, ohne diese zu beschönigen. Ich beneide dich um dieses Talent. Neugierig werde ich in den nächsten Tagen und Wochen deine Verbindung zu Franz verfolgen. Natürlich liegt es an dir, Lotte, uns Leserinnen immer wieder Einblicke in dein Liebesleben zu geben und somit ein wenig mitleiden und mitfühlen zu dürfen.

Einen schönen Abend und Grüße
I.

Mich bewegt die kurze Antwort und ich versuche mir vorzustellen, wie alt meine Leserin sein mag, was sie für eine Beziehung führt und ob sie vielleicht Kinder hat? Viel Zeit zum Nachdenken bleibt mir nicht, ich möchte mich für den Abend schön machen, kontrolliere daher noch einmal meine Frisur und mein Outfit. Früher als gedacht bin ich fertig und spüre plötzlich Nervosität in mir aufkeimen. Um die Zeit bis zum Abendessen zu überbrücken, zücke ich mein Handy und fange an Franz zu schreiben. Eine Antwort auf seine Nachricht bin ich ihm noch schuldig. So, wie ich ihn kenne, hat er über den Tag hinweg immer wieder auf sein Handy geschielt, um meine Reaktion, wenn sie denn kommt, rasch zu lesen.

Lieber Franz,

wie oft schon habe ich mein Leben mit einer Achterbahn verglichen? Noch immer finde ich diesen Vergleich passend. Aktuell fühle ich mich emotional durcheinander, wie hin- und hergerissen. Nein, es liegt dieses Mal nicht nur an dir. (Jetzt muss ich lachen.) Hier an Bord sind verrückte Dinge geschehen, an denen ich leider einen großen Anteil habe. Tragisch für mich ist, Vincenz hatte gestern in der Nacht einen Schwächeanfall und musste für wenige Stunden zur Beobachtung in das nächste Krankenhaus. Zum

Abendessen, so habe ich zu meiner Erleichterung erfahren, werde ich ihn hier an Bord wiedersehen. Bei ihm muss ich mich entschuldigen, Franz. Etwas bange ist mir vor dem Aufeinandertreffen mit Vincenz und ich kann mir jetzt denken, wie es sich für dich anfühlt, sich bei mir und Petra zu entschuldigen. Mein Auftrag, eine Kolumne zu dem Thema Lerne zu verzeihen zu schreiben, wirbelt ebenfalls viel Sturm auf. Das Miteinander von Menschen, die alle ihre eigene Vorstellung vom Leben haben, ist nicht immer leicht. Dies nehme ich auch als persönliche Entschuldigung für mich, dass meine Beziehungen immer wieder scheitern, obgleich ich doch ständig auf der Suche nach Liebe und Geborgenheit bin.

Hoffentlich machen meine Zeilen dich nicht traurig oder besorgt.
Lieben Gruß
Lotte

Auf dem Weg zum Abendessen sind meine Gedanken schon bei Vincenz. Ihn zu verlieren, kann und will ich mir nicht ausmalen und daher bin ich dankbar, ihm gleich wieder zu begegnen und somit eine Gelegenheit zu erhalten, mich zu entschuldigen. Mir ist bewusst geworden, nach dem Vorfall von gestern Abend, dem Schwächeanfall von Vincenz, dass ich rücksichtsvoller mit ihm umgehen muss. Unter keinen Umständen darf ich ihm erneut unnötigen Kummer bereiten. Unvermittelt bleibe ich stehen. Welchen Kummer habe ich ihm bereitet, frage ich mich selbst? Nein, die Schuld trage ich nicht allein.

Florian sehe ich vor dem Speisesaal stehen, er sieht umwerfend gut in seinem hellblauen Sakko und der lässigen Jeans aus. Die meisten Männer würden in dieser Kleidung nichts hermachen, anders ist es bei Florian. Seine Frisur, seine staatliche Größe und sein muskulöser Oberkörper wirken für sich. Schade, seufze ich kurz, der Mann passt so überhaupt nicht zu mir. Erneut hinterfrage ich mein Beuteschema, was Männer anbetrifft. Mein Handy piept und ich weiß, es ist eine Nachricht eingegangen. Rasch hole ich mein Handy aus der kleinen Umhängetasche hervor.

Liebste Lotte,

wie schön es ist, von dir zu lesen! Endlich gehöre ich wieder zu deinem Leben, darf auch an deinen Sorgen teilhaben, was ich schon vermisst habe. Meine Gedanken an diesem Abend gehören dir und Vincenz, dem ich gesundheitlich nur das Beste wünsche. So, wie ich ihn kennenlernen durfte, bin ich überzeugt, er wird dir verzeihen. In meinen Augen ist er ein Mann mit innerer Größe und seine Lebenserfahrung wird ihn dir gegenüber milde stimmen.
Darf ich noch auf ein paar Zeilen von dir vor dem Einschlafen hoffen? Wirst du meine Einladung zu einem Abendessen annehmen?

Kuss Franz

Hoppla, denke ich und stecke zeitgleich mein Handy zurück in meine Tasche. Unsere Annäherung geht plötzlich rasante Wege. Kuss Franz zu lesen, zeigt mir, er will unsere Liebesbeziehung wieder entfachen und aufblühen lassen. Kurz habe ich Franz vor meinem geistigen Auge, sehe uns beide in meinem Schlafzimmer. Ja, ich will diesen Mann, gestehe ich mir selbst ein, und schließe kurz meine Augen, um die Erinnerung nicht ziehen zu lassen.

„Lotte? Bist du wieder in deiner Traumwelt?" Das anschließende Hüsteln erkenne ich auch mit geschlossenen Augen. Bevor ich weiterdenken kann, kommt Anton Wall in mein Blickfeld. Das Leben geht oft ungeahnte Wege. Milde strecke ich ihm meine Hand entgegen und darf sehen und spüren, Anton Wall freut sich über diese kleine Geste von mir. Wie einfach es doch sein kann, einem Menschen Freude zu schenken, denke ich mir, als ich eine mir bekannte Stimme höre.

„Lotte!" Unvermittelt drehe ich mich um und blicke in das Gesicht von Vincenz. „Es freut mich zu sehen, dass du Anton Wall herzlich begrüßt hast. Meine Worte scheinen doch noch zu fruchten."

Blass und eingefallen steht Vincenz vor mir, um Jahre gealtert wirkt er auf mich. Wie vergänglich doch alles ist, denke ich schmerzerfasst. Ich schlucke und fühle mich betroffen, diesen lieben Menschen so hart angegangen zu haben. Ob er mir verzeihen kann? Unschlüssig bleibe ich stehen, bin mir nicht sicher, wie ich jetzt reagieren soll. Kann ich auch ihn mit nur einem Händeschlag wieder versöhnen?

Vincenz breitet seine Arme aus und ich bin schneller bei ihm als ich denken kann. Schluchzend flüstere ich ihm in sein Ohr. „Es tut mir alles so leid, Vincenz. Meine Impulsivität hat dir zugesetzt, ich …", Vincenz unterbricht meinen Redeschwall, hält mich ein Stück von sich weg, lächelt mich aber an. „Meine Lotte! Eigentlich sollte ich dich in der Zwischenzeit kennen, deine spontan impulsive Art inbegriffen."

Meine Augen sind feucht, ich wische mit dem Handrücken die Tränen weg und greife nach Vincenz' Hand. Gemeinsam gehen wir die wenigen Schritte bis zu unserem Tisch, an unserer Seite läuft Anton Wall. Es tut mir so unendlich gut, seine Hand zu spüren und die Wärme, die Vincenz ausstrahlt. Einen kurzen Moment habe ich gezuckt, seine Hand hatte ich nicht als so rau in meiner Erinnerung gehabt, wie sie mir heute vorkommt.

„Wir sollten in der Zukunft viel mehr miteinander reden und uns auch einmal Zeit nur für uns nehmen", klingt seine Stimme an meine Ohren. Vincenz drückt unvermittelt meine

Hand etwas fester, ich fühle mich beschützt und geborgen wie ein kleines Mädchen, genieße den Augenblick und die Gewissheit, mit Vincenz wieder im Reinen zu sein.

„Vincenz!", höre ich eine Stimme hinter uns rufen, die mir sehr bekannt erscheint. Unvermittelt sehe ich Vincenz an, der mir fest in meine Augen blickt. „Jetzt reagiere bitte besonnen und ruhig, Lotte!"

„Was soll das? Wieso ist er hier?"

Vincenz lässt meine Hand los, holt erschöpft Luft. „Denke bitte öfter an deine Kolumne und hinterfrage somit dein eigenes Verhalten." Mehr sagt Vincenz nicht zu mir. Langsam dreht er sich um und geht auf den neuen Gast zu.

Innerlich fühle ich mich aufgewühlt und denke mir, wie kann Vincenz es sich erlauben, erneut in ein Leben einzugreifen, nach allem, was gerade erst passiert ist.

„Ob Karin damit einverstanden sein wird?" Diese bissigen Worte kann ich nicht für mich behalten. Mein Herz schlägt schneller und ich spüre, wie ich anfange zu zittern.

„Er hat sich im Krankenhaus rührend um mich und auch um Karin gekümmert. Wir brauchten Unterlagen aus meiner Wohnung und Karin wollte mich nicht allein lassen." Vom Grunde her musste Vincenz mir keine Erklärung liefern, was ich auch verstanden habe, leider erst nach meinen Worten. Florian und Anton nehmen mich in Beschlag und bieten mir einen Platz zwischen sich an, mit etwas Abstand zu Vincenz und seinem Gast.

Karin erscheint in diesem Moment an unserem Tisch. „Ich musste mich kurz frisch machen und duschen, die letzte Nacht", weiter kommt sie nicht. Hermann Josef von Breggele, der zuvor schon liebevoll von Vincenz begrüßt wurde, küsst meine Freundin auf den Mund. Mit offenem Mund verfolge ich die Szene. „Ruhig bleiben, Lotte", tätschelt Anton Wall meine Hand.

„Mir ist gerade alles zu viel. Ich habe auf eine Woche Urlaub in Ruhe gehofft und jetzt erlebe ich jeden Tag nur Chaos."

„Wir sollten jetzt alle etwas essen." Vincenz hat recht, wie ich spontan überlege. Mir ist nicht entgangen, wie schwach er noch ist. Sicherlich ist er nur wegen mir zurück an Bord gekommen, aus Sorge, um mich und meine Zukunft. Und Hermann Josef? Er sieht gut aus, männlich, was meine Freundin Karin noch immer anzieht, wie ich sehen darf. Karin wirkt glücklich und wenn ich ehrlich bin, mich würde es freuen, sie in der Zukunft wieder öfter so gelöst zu erleben. Wirklich vertrauen kann ich Hermann Josef allerdings nicht. An diesem Gefühl kann auch meine Kolumne nichts ändern. Zugeben aber muss ich, Karin und Hermann Josef haben viele Gemeinsamkeiten und gleiche Vorlieben, nicht zuletzt die Kunst. Mir kommt auf meinem Weg zum Büfett Franz in den Sinn. Aus dem Augenwinkel beobachte ich Vincenz, er strahlt richtig und ist sichtlich glücklich, seinen Neffen an der Seite zu wissen. Hermann Josef habe ich bisher niemals so herzlich erlebt, ob er das spielt oder sich wirklich um seinen Onkel gesorgt hat. Diese Frage werde ich in den nächsten Monaten lösen, so meine Gewissheit beim Zurückkehren an unseren Tisch. Anton Wall und Florian erweisen sich als gute Tischnachbarn und unterhalten mich mit kurzweiligen Anekdoten, die mich zum Lachen bringen.

„Wie wunderbar sich doch alles gefügt hat." Petra gesellt sich in einem Augenblick zu uns, als Anton gerade das dritte Mal zum Büfett unterwegs ist. Die nächsten Stunden bieten viel Unterhaltung. Karin lacht laut und übermütig über unsere Köpfe hinweg, was an ihrem Begleiter liegt. Hermann Josef erweist sich als angenehmer Unterhalter, dem es auch gelingt, seinen Onkel aufzubauen.

Diese Szene beobachte ich und falle wieder einmal in ein Netz meiner Gedanken hinein. Wirklich verstehen kann ich nicht, was ich gerade erlebe. Würde ich diesen Moment in einem Roman lesen, mir käme es unwirklich vor und doch erfreut mich, was ich sehe und höre. Etwas später überlässt Karin mir den Platz neben Vincenz und sucht die Nähe von Anton Wall und Florian. „Unsere drei Kunstkenner", grinse ich sie kurz an.

Petra gibt mir ein kurzes Zeichen, ich solle ihr an das Büfett folgen. Vorsichtig nehme ich ihre Aufforderung an. Was sie von mir will? Geht es ihr jetzt um Franz. Mit Sicherheit geht es um Franz und sein plötzliches Auftauchen in der Pizzeria. Langsam folge ich meiner Freundin und beobachte, wie Petra sich mehrere Köstlichkeiten, alle ohne große Kalorien, auf ihren Teller legt. Ohne nachzudenken lege ich, was mir vor die Augen kommt, auf meinen Teller.

„Willst du das alles essen?" Petra blickt mich skeptisch an, schüttelt leicht angewidert ihren Kopf. „Kalorien und Fett, wie kannst du das deiner Gesundheit nur antun?" Ihr Unverständnis ist nicht zu übersehen.

„Du wolltest mit mir jetzt aber nicht über meine Essgewohnheiten sprechen?", pikiert häufe ich einen weiteren Löffel von den süßen Köstlichkeiten, die es täglich gibt, auf meinen Teller. Petra stellt ihren Teller ab, nimmt meinen Arm. „Ich verstehe das alles nicht. Kann es sein, dass Vincenz gerade versucht, Hermann Josef und Karin zu verkuppeln? Wieso sonst taucht Hermann Josef hier an Bord auf oder hast du schon im Vorfeld davon gewusst?"

Meinen Kopf schüttele ich automatisch. „Mir fehlte vorhin kurz die Beherrschung, als ich ihn das erste Mal sah. Vincenz hat aber beteuert, Hermann Josef habe ihm Unterlagen ins Krankenhaus gebracht und sich um ihn und Karin gekümmert."

Petra sieht mich nachdenklich an. „Glaubst du, die gemeinsame Nacht in Dresden bedeutet, unsere Karin ist wieder fest mit Hermann Josef liiert?"

Meine kurze Bekundung, doch schon erwähnt zu haben, selbst überrascht worden zu sein, nimmt sie nickend zur Kenntnis.

„Wie läuft es mit Franz? Habe ich bei dir inzwischen auch den aktuellen Stand der Partnerschaft verpasst?" Petra bemüht sich locker zu klingen, was ihr nicht wirklich gelingt.

„Wir schreiben wieder", kurz stocke ich.

„Geht es etwas genauer?"

„Nach unserem Urlaub werde ich mit ihm essen und einen Neustart will ich zum jetzigen Zeitpunkt nicht ausschließen."

Petra sieht mich irritiert an, nimmt ein Radieschen von ihrem Teller und knabbert daran. „Mit Franz wirst du Spaß im Bett haben, für einige Wochen auf Wolke Sieben tanzen, um dann wieder in ein Loch zu fallen." Petra greift nach ihrem Teller, dreht sich von mir weg. „Ändern kann ich dich nicht mehr", bleibt sie stehen. Ich gehe zu ihr. „Hast du dich damals überzeugen lassen, auf deine Liebe mit Marc zu verzichten?"

„Zwei Paar verschiedene Schuhe, meine Liebe!" Petra marschiert zu unserem Tisch. Na, danke! Ich fühle mich nicht gut und trabe ihr hinterher. Die Stimmung an unserem Tisch ist gut, obgleich ich befürchte, sie ist aufgesetzt. Jeder scheint sich zu bemühen, die Ereignisse zu überspielen. Mir liegt am Herzen, dass Vincenz sich wieder wohlfühlt und gesundheitlich erholt. Eine weitere Stunde weilt er bei uns, in der Vincenz, das darf ich beobachten, zumindest eine kleine Portion Fleisch und Reis zu sich nimmt. Mein Wunsch, ihn zu seiner Kabine zu begleiten, brennt schon eine Weile in mir. Nur der richtige Zeitpunkt, ihn darauf anzusprechen, kam noch nicht. Umso verwunderter höre ich mit einem Male seine Bitte, dass Karin ihn zu seiner Kabine begleiten möge.

„Mir fehlt noch etwas Ruhe", verabschiedet er sich lächelnd. „Tut mir den Gefallen und genießt den weiteren Abend!"

Ich spüre einen Stich im Herzen, bin eifersüchtig. Wieso nur darf Karin ihn begleiten? Anton Wall rückt an meine Seite, verwickelt mich rasch in ein Gespräch und mir gelingt es, alle Sorgen zu verdrängen. Dem Künstler habe ich ebenfalls böse mitgespielt. Meine Versuche, um Entschuldigung zu bitten, werden rasch angenommen. Gegen Mitternacht löst sich die kleine Runde auf. Karin war nach ihrer Rückkehr nicht mehr von Hermann Josefs Seite gewichen, die beiden haben geturtelt wie beim ersten Kennenlernen. Mir kam es vor, als haben sie alles um sich vergessen. Ab und an habe ich die zwei beobachtet und musste immer an Franz denken. Anton Wall ließ es sich nicht nehmen, mich nach dem Auflösen der kleinen Runde zu meiner Kabine zu bringen. Ich muss zugeben, Anton ist unterhaltsam und in der nahen Zukunft werden wir uns regelmäßig sehen. Schon allein deshalb bin ich glücklich zu spüren, er hat mir mein Verhalten verziehen.

„Was sagst du zu dem Angebot von Vincenz?" Kurz bleibe ich stehen, Anton tut es mir gleich. „Vincenz ist sehr großzügig zu uns beiden. Von deinen finanziellen Problemen habe ich im Vorfeld nichts mitbekommen", antworte ich wahrheitsgemäß.

„Vincenz war bewusst, die alte Villa würde ich verkaufen müssen und am Ende noch auf einem Berg mit Schulden sitzen. Jetzt, da die Kaufsumme von ihm festgelegt wurde, kann ich ohne finanzielle Einbußen ausziehen. Mir bleiben sogar noch ein paar tausend Euro nach dem Verkauf übrig. Nicht zu vergessen, ab dem heutigen Tag habe ich ein halbes Haus in Limburg, über das ich kostenfrei verfügen darf", lacht er mich an.

Zurück in meiner Kabine entledige ich mich meiner Kleidung und lasse mich, nur im Slip auf mein Bett fallen. Franz ist wieder in meinem Kopf und ich zücke mein Handy hervor. Eigentlich möchte ich ihm schreiben, dann aber klingelt mein Handy. Ein Video-Anruf von Franz geht ein, den ich spontan annehme, ohne über meine fehlende Bekleidung nachzudenken.

„Wow! Lotte! Du siehst scharf aus. Ich werde direkt nervös und brenne nach deiner Nähe!"

Ja, jetzt ist mir meine Spontanität einmal mehr zum Verhängnis geworden. Rasch beende ich das Telefonat, natürlich wieder einmal, ohne groß über mein Handeln nachzudenken. Der nächste Anruf, allerdings kein Video-Anruf, kommt unvermittelt und ich nehme das Telefonat erneut entgegen.

„Du bist wunderschön, Lotte!"

„Du säuselst, Franz", antworte ich mit Spott in der Stimme. Unser Telefonat nimmt an Fahrt auf und ich vergesse völlig die Zeit. Gegen halb zwei ist das Gespräch beendet und ich lege gähnend mein Handy auf den Nachttisch. An Einschlafen ist zunächst nicht zu denken, zu viele Gedanken schwirren durch meinen Kopf. Franz hat so liebe Dinge zu mir gesagt, nicht nur über meinen Körper, den er vermisst. Mir ist es nicht so leichtgefallen, mich zu öffnen. Was ich denke, dass ich mich nach seiner Zärtlichkeit verzerre, habe ich für mich behalten. So schnell soll mich niemand mehr enttäuschen, ist meine neue Devise. „Hast du noch die roten Dessous?" Autsch! Diese Frage hätte beinahe vorzeitig unsere Verbindung beendet. Franz ist meine Erschrockenheit nicht entgangen, er war es dann auch, der rasch auf ein anderes Thema gewechselt hat. So einfühlsam habe ich ihn noch nie erleben dürfen.

„Seit gestern bin ich auch bei Doktor Peter Schön in Behandlung", gab er unvermittelt und offen zu. Strahlend habe ich zur Decke geblickt in der Hoffnung, der Therapeut kann uns beiden helfen, außerhalb vom Bett eine Ebene zueinander zu finden, die uns zusammenhält. Franz, so überlege ich, habe ich noch nichts von Vincenz' Überraschung mit meinem Café erzählt. Mein altes Haus werde ich natürlich behalten, somit ist meine Lage nicht die Schlechteste. In der nahen Zukunft muss ich keine Miete mehr für das Café bezahlen und kann dank Vincenz und seiner Unterstützung noch Geld für Reparaturen in mein altes Haus in Bremberg investieren. Anton, so hat er mir anvertraut, hat Angst davor, die alte Villa auszuräumen. „Das verkrafte ich nicht", waren seine Worte, die mir noch in den Ohren liegen. Mein Angebot, ihm zu helfen, hat er gerne angenommen. Für mich ergibt sich somit die Gelegenheit, wieder einmal in die alte Villa zu kommen und somit dem Geist meiner verstorbenen Tante Lydia Lowere näher zu sein. Viel wird Anton ohnehin nicht mitnehmen. Das Haus in Limburg ist wesentlich kleiner als die alte Villa und die imposanten Möbel fänden keine Wände, um aufgestellt zu werden.

„Vielleicht kauft dir Florian einen Teil der Möbel ab, sprich doch einmal mit ihm!", habe ich Anton geraten.

Wie sich alles gewandelt hat, stelle ich verwundert fest. Meinen Wutausbruch finde ich jetzt beschämend und mein Verhalten Vincenz gegenüber peinlich. Zu sehr war ich mir der grenzenlose Liebe dieses Mannes gewiss, als dass ich mich zusammengerissen hätte. Vincenz war zu selbstverständlich mit seiner Fürsorge für mich geworden, was mich dazu verleiten ließ, unachtsam zu sein. Vorwürfe, nicht liebevoll, sondern egoistisch gehandelt zu haben, lasten auf mir wie ein Zentner schwerer Stein. Für mich ist es gut so, wie alles kommt. Allem

Anschein nach benötige ich immer wieder einmal eine kleine Zurechtweisung, um nicht zu eigensinnig und selbstherrlich durch das Leben zu gehen.

Der nächste Morgen

Irgendwann muss ich doch noch in den Schlaf gefallen sein. Meinen Wecker hatte ich schon am Abend gestellt, um das gemeinsame Frühstück nicht zu verpassen. Mein Outfit wähle ich bewusst leger, was mir im Speisesaal anerkennende Worte einbringt. „Das schöne rote Kleid solltest du am heutigen Abend tragen", schmunzelt Anton Wall mich an. Mir ist nicht entgangen, der Künstler hat erneut einen ausgeprägten Hunger und fällt mit übervollen Tellern auf, mit denen er vom Büfett zurückkommt. Ich nehme es mit einem Grinsen auf und denke mir, in der Zukunft biete ich Anton jeden Tag ein Stück Torte aus meinem Café an, kostenfrei und mit einem Cappuccino, den er so mag. Anton wird mir auf anderen Wegen den Rücken freihalten, dessen bin ich mir bewusst. Freundschaft ist das Schönste, so meine Gedanken beim Frühstück. Karin und Hermann Josef sind nicht zu sehen, kichernd meint Anton Wall zu Florian: „Die Liebe lässt die zwei Turteltäubchen nicht aus den Federn entweichen." Ina hebt kurz ihren Kopf, wie zum Angriff setzt sie sich ein Stückchen nach vorn, hält aber dann jedweden Kommentar zurück. Verwundert nehme ich dieses Verhalten von meiner Freundin auf.

„Kann es sein, liebe Ina, dass wir beide etwas auf dieser Reise gelernt haben?" Leise flüstere ich diese Worte in ihr Ohr. Zu meiner Freude nickt Ina mir zu. Eine Tasse Kaffee später verabschiede ich mich mit den Worten: „Wir sehen uns später" aus der kleinen Runde. Vincenz hat es am Morgen vorgezogen, in seiner Suite zu frühstücken, was ich verstehen kann. Er muss sich noch ausruhen. Zurück in meiner Kabine denke ich über mich und meine Freunde nach. Mein Grübeln über unsere Verhaltensmuster, ohne wirklich eine Lösung zu finden, bringt nur einen geringen Erfolg. Fahrig und abgelenkt bestelle ich mir einen Salat auf meine Kabine und eine Flasche Wasser. Nach der kleinen Stärkung setze ich mich an meinen Laptop. Meine Bemühungen zu schreiben, tragen keine Früchte. Die Zeit verrinnt und ich bringe nur wenige Zeilen zustande. In meine Melancholie erhalte ich eine neue Nachricht von Franz.

Liebste Lotte,

meine Versuche, dich wieder in mein Herz zurückzuholen, sind schwieriger als zunächst gedacht. Von allein, so habe ich verstanden, wirst du nicht mehr zu mir zurückkommen, was ich wirklich verstehe. Wie die Sonne, die aufgeht, so sehe ich dich. Ohne deine Wärme und Zuneigung fehlt mir das Besondere in meinem Leben. Lotte, in meinem Kopf ist ein verrückter Gedanke gekommen, eine Idee dein Herz zurückzuerobern. Für diesen Versuch starte ich zu einem ungewöhnlichen Schritt. Noch kann ich nicht mehr verraten. Habe ich deine Neugierde geweckt? So, wie ich meine Lotte noch in Erinnerung habe, nicht nur die wunderschönen Stunden in deinem Bett, weiß ich, du bist jetzt am Grübeln, was ich meine. Streife deine Schuhe über und begebe dich bitte an Deck, dann ist das Rätsel rasch gelöst.

In der Hoffnung auf die Rückkehr in dein Herz!
Franz

Wie verrückt mein Leben gerade verläuft. Ich springe auf und bin verwundert, wie gut mich Franz noch kennt. Meine Schuhe streife ich in der Tat gerne aus, weil mir Barfußlaufen gemütlicher erscheint als eingepfercht in festes Schuhwerk. Was für eine Überraschung auf mich wartet?

Beim Verlassen meiner Kabine grübele ich noch immer über die Andeutung von Franz. Was, so will ich wissen, erwartet mich an Bord. Gut, ich glaube zu wissen, er hat mir eine kleine Botschaft hinterlegt. Sicherlich hat ihm Anton Wall dabei geholfen. Für Anton sollte es ein Stück Freiheit bedeuten, wenn ich wieder mit Franz liiert bin. Ansonsten plagt ihn bestimmt die Angst, ich könne auf die Idee kommen, auch noch in das kleine Haus in Limburg zu ziehen. Nein, so bleibe ich kurz im Flur stehen, dazu wird es nicht kommen. Mein Café, dessen bin ich mir sicher, wird sich finanziell auch im kommenden Jahr lohnen und mir somit ein gutes Leben sichern. Jetzt, wo ich keine Miete mehr bezahlen muss. In diese Gedanken kommt mir noch einmal Vincenz ins Gedächtnis.

Am Oberdeck angekommen, bemühe ich mich, nicht mehr über Dinge nachzudenken, die ich gerade nicht ändern kann. Auf meiner Suche nach einer Botschaft von Franz, blicke ich mich unsicher um, kann aber, außer einigen Gästen, die lässig beieinanderstehen, nichts sehen, was zu der Andeutung von Franz passen könne. Auch Anton Wall ist nicht in Sichtweite. Mein Handy zücke ich automatisch und wähle die Nummer von Franz, leider erreiche ich nur die Mailbox. Was er sich nur dabei gedacht haben mag, mich hier an Deck zu schicken. Schon bald bin ich wieder zu Hause und werde seine Einladung zum Essen annehmen. Heute Morgen war ich schon dazu verleitet, von Bord zu gehen. Unser Schiff hat über Stunden im Hafen gelegen und ich habe zuvor im Internet gesehen, mit dem ICE wäre ich innerhalb kurzer Zeit wieder zu Hause gewesen.

Meine Schritte lenke ich an der kleinen Gruppe vorbei, als ich eine mir vertraute Stimme höre. Ruckartig wende ich meinen Blick, dann bleibt er an einem Kellner hängen, den ich hier an Bord zuvor noch nicht gesehen habe. Völlig überrascht, nein, das bringt noch nicht zum Ausdruck, welche Gefühle ich gerade empfinde. Kann ein Mensch innerhalb von nur Sekunden solch ein Wirrwarr an Gefühlen erleben? Bis heute dachte ich, nein, eine Steigerung zu dem, was ich bisher erleben durfte, gibt es nicht. Weit gefehlt! Langsam drehe ich mich um, blicke zurück auf die Gruppe und sehe, wie ein Kellner den fröhlichen Menschen Getränke serviert. Auf dem Gesicht des Kellners liegt Zufriedenheit und auch ein Strahlen. Noch hat mich niemand gesehen oder Notiz von mir genommen, auch nicht der vielbeschäftigte Kellner. Das ist gut, überlege ich und stelle mich hinter eine kleine Informationswand, die mir Sichtschutz bietet. Mit Herzklopfen kann ich die Gruppe und ebenso den Kellner weiter beobachten, ohne aufzufallen. Nicht in Worte fassen kann ich, was ich gerade fühle. Noch immer will ich nicht verstehen, was hier gerade vor meinen Augen passiert. Welches Theaterstück wird hier aufgeführt? Ist mir eine Rolle zugeteilt? Mein Handy hole ich zum Vorschein, stelle es vorsichtshalber auf lautlos und fange unvermittelt an, eine WhatsApp an Petra zu verfassen.

Hi Petra,

ich bin gerade am Oberdeck, bitte komm schnell zu mir. Du kannst dir nicht vorstellen, was ich sehe und gerade erleben darf. Mein Kopf ist durcheinander, meine Knie wackeln vor Aufregung. Bitte stehe mir in dieser Situation bei und befreie mich aus einer Lage, die ich nicht überblicken und einschätzen kann.

Lotte

Luft holend drücke ich auf Senden. Im Anschluss blicke ich erneut zu der kleinen Gruppe und sehe, jetzt werden noch Häppchen serviert, die rasch ihre Abnehmer finden und unvermittelt verspeist werden. Lachend werden Gläser aneinandergestoßen. Jetzt bin ich mir sicher zu erkennen, einer aus der Gruppe scheint Geburtstag zu haben. Umringt von den anderen Gästen ist er der absolute Mittelpunkt. Mein Blick sucht den Kellner, gerade eben war er noch zu sehen. Sicherlich, so meine Überlegung, ist er in der Küche neue Häppchen oder Getränke besorgen. Kaum habe ich meine Gedanken gedacht, da erscheint der Mann wieder in meinem Blickfeld. Tatsächlich trägt er ein randvollgefülltes Tablett bei sich. Galant hält er es vor seine Brust und geht geradewegs auf den Mann zu, den ich als Geburtstagskind ausgemacht habe. Wie kann es nur sein, so überlege ich, Franz hier an Bord zu sehen? Was bezweckt er mit seiner Rolle als Kellner und wieso ist ihm alles so rasch gelungen in die Tat umzusetzen? Will er mir mit seinen Aktivitäten beweisen, dass er mich liebt und keinen Einsatz in der Zukunft scheut, um mich zu verwöhnen? Mitten in meine Beobachtung erhalte ich eine Antwort von Petra.

Lotte?

Was ist passiert? Ich habe gerade versucht dich anzurufen, wieso nimmst du mein Gespräch nicht an? Sobald ich die Zeit finde, komme ich zu dir. Bitte sende mir noch eine Rückmeldung, sonst bin ich in Sorgen um dich.

Sitze gerade in einem Vortrag hier an Bord, zwischen Vincenz, Karin und Ina. Selbst Hermann Josef und Florian nehmen an dem Vortrag zur gesunden Ernährung teil. Ich vermute einmal, alle wollen Vincenz eine Freude bereiten.

Petra

Diese Antwort passt mir nicht, lässt mich kurzfristig erneut nervös werden. Jetzt muss ich die Situation ohne Beistand meistern. Die Frage, soll ich mein Versteck verlassen, geradewegs auf die Gruppe gutgelaunter Menschen zumarschieren und mich zu erkennen geben, brodelt in meinem Kopf. Zu ängstlich bin ich jedoch über die Wirkung, die mein Auftauchen zu Tage bringen wird. Mut war noch nie mein Begleiter. Leider gehöre ich zu den Menschen, die lieber ihren Frieden finden und dem Stress, so weit als möglich, aus dem Weg gehen. Nur, so frage ich mich, wie soll mir das gerade gelingen? Mitten in meine Grübelei, wie ich der Situation entkommen kann, löst sich mein Problem von allein auf. Die kleine Gruppe verlässt ihren Platz am Oberdeck und zieht in Begleitung des Kellners von dannen. Ich atme tief durch, bin dankbar und glücklich zugleich für diese Fügung. Mein Handy zeigt einen erneuten Eingang. Ich bin geneigt, die Nachricht gleich zu lesen, ermahne mich jedoch selbst, zunächst von meinem Platz zu verschwinden.

In meiner Kabine wieder angekommen, öffne ich mit Herzklopfen die neue Nachricht.

Liebste Lotte,

meine kleine Überraschung scheint mir nicht gelungen zu sein, wie schade! So leicht gebe ich nicht auf, daher hoffe ich innigst, dich schon gleich beim Abendessen hier an Bord zu sehen. Alles, wirklich alles, was in meiner Macht steht, möchte ich unternehmen, um deine Liebe zurückzuerobern. Lotte! Wir gehören doch zusammen. Mir liegt nicht daran, gleich mit dir zusammenzuziehen, ich will jetzt nicht den Eindruck hinterlassen, mich um 100 Prozent verändert zu haben. Wie ich dich kenne, Lotte, wirst du jetzt lachen, stimmt das? Du kennst mich so gut, wie sonst nur meine Mutter. Gib mir bitte noch eine Chance! Ich lasse unseren Stern am Himmel wieder für uns leuchten. In den letzten Tagen habe ich wirklich alles unternommen und für diese Überraschung, dich hier an Bord zu sehen, gekämpft!

Umarmung, Franz

Nach dem Lesen dieser Nachricht bin ich aufgelöst und frage mich, wie nur ist es Franz gelungen, hier an Bord zu kommen und als Kellner zu arbeiten?

Am Abend

Die kurze Zeit bis zum Abendessen habe ich mich in meiner Kabine verschanzt. Unter keinen Umständen möchte ich Franz früher als nötig begegnen. Bis jetzt sind noch zwei Nachrichten von Franz auf meinem Handy eingegangen, die ich jedoch unbeantwortet gelassen habe. Mich stört der Gedanke, nicht frei in meinem Handeln zu sein. Durch sein plötzliches Auftauchen hier an Bord fühle ich mich unter Druck gesetzt. Ich muss jetzt schneller reagieren und mir darüber im Klaren sein, was mir die Zukunft mit oder ohne Franz bringen soll. Als rührend empfinde ich, das gebe ich schmunzelnd zu, als Petra bei mir in der Kabine auftaucht. Zunächst blickt sie mich prüfend an. „Mir kommst du gesund und munter vor, wie am Morgen. Was um alles auf der Welt ist nur am Nachmittag passiert?"

Mit wenigen Worten bringe ich Petra auf den neusten Stand in puncto Franz. „Er hat sich wirklich als Kellner hier an Bord gezeigt und auch gearbeitet? Reden wir von demselben Franz, den ich als …", Petra bleibt kurz schweigsam, ringt nach Worten, was mir nicht entgeht. „Darf ich ihn als grob bezeichnen, ohne dich zu verletzen, Lotte?" Petra kann nicht glauben, was ich berichte. „Franz hätte ich niemals zugetraut, einmal einen richtigen Einsatz zu zeigen. Der Mann ist doch bisher nur durch negativen Einsatz aufgefallen."

Wirklich begeistert bin ich nicht von Petras Ausdrucksweise, was ich jedoch für mich behalte. Franz hat mich schon des Öfteren verletzt, sitzengelassen oder mit Worten beleidigt. Ja, die Wunden sind noch nicht alle verheilt. Mir fällt der Abend mit der roten Unterwäsche ein. Peinlich, wenn ich jetzt daran zurückdenke, was ich auch Petra mitteile. Wirklich glücklich bin ich, endlich mit jemanden meine Sorgen zu teilen.

„Peinlich? Nein, das sehe ich anders. Zumindest, was dich anbetrifft. Lobenswert und völlig normal sehe ich deinen Versuch, etwas Leben in den Alltag und euren Sex zu bringen. Franz, so bin ich überzeugt, hat sich falsch verhalten, nicht du!"

Mir tun die Worte von Petra gut. „Wie ist Franz nur an den Job als Kellner hier an Bord gekommen? Das kommt mir alles so komisch vor. Zunächst wollte er mich auf der Reise mit euch allen begleiten, dann aber nahm er Abstand zu mir und beendete unsere Verbindung, um jetzt als Kellner meine Nähe zu suchen?"

„Fantastisch, deine Interpretation trifft genau meine Ansicht über eure On- und Off-Beziehung und meine Meinung zu Franz. Trotzdem, Lotte, das Leben ist nun einmal kein Weg, der nur ebenmäßig und geradeaus verläuft. Gerade die Hindernisse machen es oft so verlockend für uns, nicht wahr?"

Meine Freundin Petra, überlege ich gerührt, sie hat sicherlich auch ihre eigenen Erlebnisse mit in diese Worte gelegt.

„Was für einen Rat gibst du mir jetzt im Umgang mit Franz?"

Sie holt Luft, nippt an einem Wasserglas, das ich ihr zuvor gereicht habe und das eigentlich meines ist. „Höre einfach auf dein Herz, damit kannst du nichts falsch machen", ein breites

Lächeln folgt. So einfach finde ich meine Lage nicht, gerade aber ist Petra für mich eine Trösterin, die hilft. „Lass uns über mein Café sprechen und über Anton Wall, den ich bald im Haus haben werde." Meine Bemühung, das Thema zu wechseln, sie fruchtet.

„Die Überraschung ist Vincenz gelungen. Für dich, Lotte, ist es eine gute Lösung. In der Zukunft musst du keine Miete mehr erwirtschaften, hast mit Anton Wall einen Miteigentümer, der umgänglich ist und dich gut kennt. Natürlich ist es für ihn nicht einfach, sich räumlich jetzt wieder zurücknehmen zu müssen, das jedoch hat er sich selbst zuzuschreiben. Seine Angewohnheit, das Geld so auszugeben, wie er es eingenommen hat, konnte nicht ewig gutgehen. Ein Künstler, so meine Überzeugung, muss mit Geld umgehen können. Etwas von den guten Tagen zurücklegen für die Tage, die finanziell zu überbrücken sind."

So, wie Petra es sagt, klingt es plausibel. Als Bankerin hat sie gelernt, mit Geld umzugehen. Anton, so ist mir bewusst, wird sicherlich öfter in meinem Café sitzen und sich an den Kuchen erfreuen als er das leckere Süß bezahlen kann. Muss er aber auch nicht. Wieso nur so eng denken, ermahne ich mich selbst. Was ist ein Stück Kuchen oder ein Cappuccino für einen lieben Freund? Es gab genügend Jahre und somit verbunden Erfahrungen in diesem Bereich, ohne Geld zu leben, die ich kennenlernen musste.

Florian

Hier an Bord, mit den ganzen Freunden von Vincenz, ist es keine Minute langweilig. Dass Petra mich heute mit zu dem Vortrag geschleppt hat, ich fand es komisch. Gesunde Ernährung spielt auch in meinem Leben eine Rolle, jedoch hält sich das Ganze in Grenzen. Ein begeisterter Koch bin ich nicht und werde ich sicherlich auch nicht mehr werden. Wie ich beobachten durfte, war Vincenz ganz begeistert und hat tatsächlich dem Gastredner im Anschluss persönlich für seine Einblicke in die Welt der gesunden Nahrung gedankt. Mir imponieren Menschen, die sich von der Begeisterung anstecken lassen und somit selbst wieder aktiv werden. Karin, Hermann Josef und ich haben später noch einen Wein zusammengetrunken, was mir wesentlich besser als der Vortrag gefiel. Vincenz hatte sich zuvor verabschiedet, Petra ebenfalls.

„Ein alter Mann, wie ich es bin, braucht etwas Ruhe. Wir sehen uns am Abend wieder", verließ Vincenz die kleine Runde. Petra hatte es auch eilig, sprach davon, Lotte aufsuchen zu wollen, was ich nicht verstand, aber auch nicht hinterfragen wollte. Lotte ist mir als so speziell begegnet, etwas Abstand zu ihr liegt mir gerade am Herzen. Hermann Josef verabschiedete sich dann auch von uns, er hatte noch wichtige Telefonate und eilte, ohne große Worte, in seine Kabine.

„Kochst du gerne?" Mir lag an einer Unterhaltung mit Karin, die nun, genau wie ich, aus der Runde übriggeblieben ist.

„Ja!" Die Antwort von Karin finde ich wortkarg, aber sie spricht weiter: „Hermann Josef kocht auch sehr gerne. Es gab diese Phasen, wo wir gemeinsam unser Abendessen zubereitet haben", verträumt nippt sie an ihrem Wein.

„Du liebst ihn noch immer?" Versonnen strahlt Karin mich an. „Ja! Die Zukunft wird mir zeigen, ob es dieses Mal mit uns gutgeht. Einen Versuch ist es aber wert." Sie hält kurz inne.

„Wir harmonieren in jeder Hinsicht perfekt miteinander, verstehst du?"

„Also läuft es grandios bei euch im Bett?"

„Der Punkt geht an dich. Aber auch sonst im Alltag. Abgesehen von den kleinen Streitereien läuft es prima. Erzähle mir bitte etwas von dir. Zwischen Lotte und dir schien es in den ersten Stunden zu funken, was kam dann?"

„Karin, mich hat fasziniert, dass Lotte so anders ist als die Frauen, mit denen ich im Allgemeinen zusammentreffe. Ob beruflich oder privat. Lotte schien mir interessant und ihre natürliche Art war so neu für mich. Allerdings, das möchte ich betonen, bin ich von dieser Art Frau geheilt, für alle Zeiten!" Meine Stimme wurde etwas zu hoch und Karin blickte mich nachdenklich an. „Du willst in die alte Villa einziehen, dort auch arbeiten?" Karin wechselt geschickt das Thema. Hermann Josef kann stolz sein auf seine Freundin.

„Ich werde in den Räumen auch öfter Ausstellungen organisieren und würde mich freuen, Karin, etwas Unterstützung von dir zu erhalten." Auf eine Antwort muss ich warten, Karin lässt unerwartet ihr Glas fallen, nachdem ein Kellner an uns vorbeigeeilt ist.

„Franz? Was um alles auf der Welt machst du hier an Bord? Weiß Lotte, dass du auf dem Schiff bist? Was soll diese Verkleidung als Kellner?"

Karins Interesse an dem Kellner kommt mir unangemessen vor. Mein Versuch; sie etwas wegzuziehen; missglückt. „Er ist der Ex von Lotte", bekomme ich kurz mitgeteilt. Nun gut, jetzt verstehe ich die Überraschung von Karin auch, ebenso ihre Verwunderung, den Mann hier an Bord zu treffen. Lotte hat mir Einblicke in ihre Liebe zu diesem Mann gegeben. Nicht alles habe ich behalten, so wichtig erschien mir der Ex-Freund einer Frau, mit der ich rede, nun nicht. Wirklich gefallen an der Situation finde ich nicht. Auch die Tatsache, dass Karin kein Interesse mehr an einem Gespräch mit mir zeigt, ärgert mich. Franz redet mit Karin, ohne Notiz von mir zu nehmen.

„Wir sehen uns beim Abendessen", entschuldige ich mich und sehe zu, rasch in meine Kabine zu kommen. Auf dem Weg denke ich erneut über Vincenz und seine väterliche Liebe zu Lotte nach, die ich inzwischen nicht mehr nachvollziehen kann. Ob Vincenz sein Alter spürt, gar senil wird? Ein Mann wie er muss doch mit offenen Augen sehen, dass Lotte nicht in seine Welt passt. Für den heutigen Abend hat Vincenz noch eine Überraschung angekündigt, was mich sorgt. Hoffentlich verläuft der Abend harmonisch. Ein wenig ärgere ich mich inzwischen doch, mit auf diese Reise gegangen zu sein. Meine Freundschaft zu Vincenz ist echt, aber nicht so intensiv, wie seine Freundschaft zu den übrigen Gästen unserer kleinen Runde. Mit einer geschickten Ausrede hätte ich zu Hause bleiben sollen, denke ich und öffne die Tür zu meiner Kabine.

Franz

Oh, weh! Hoffentlich bin ich nicht über das Ziel hinausgeschossen mit meiner spontanen Idee, hier an Bord zu kellnern. Meine Sehnsucht zu Lotte und alles, was mir in den letzten Tagen zu Ohren kam, hat mich dazu veranlasst, zu googeln und mich zu informieren, wohin die Reise von Lotte führt. Im Vorfeld war ich nicht von dieser Neugierde befallen, habe mir gedacht, eine Reise auf diesem Luxusschiff wird sicherlich angenehm, egal, wohin sie uns führt. Gut, ich bin oft oberflächlich und falle im Nachgang über meine eigenen Fehler. Der Vermerk Kellner/in für sofort gesucht fiel mir auch gleich ins Auge. Der Griff zum Handy und das folgende Telefonat haben mich dann rasch dazu bewogen, meine Tasche zu packen. Nicht erwähnt habe ich bei dem Telefonat, nur Urlaub zu haben und dass mein Interesse, dauerhaft hier an Bord zu arbeiten, nicht vorhanden ist. Etwas gewagt finde ich bei der Anreise dann doch meine Idee, an Bord zu kellnern und damit kamen die ersten Bedenken. In meinem Herzen trage ich noch immer Lotte und die Erinnerung an gute Zeiten. Somit fühle ich mich bewogen, meinen eingeschlagenen Weg auch zu Ende zu gehen. Ohne zu kämpfen, gebe ich diese Frau nicht auf. Bei meinem Einzug an Bord war das Schiff schon die ersten Tage unterwegs. Mir kam die Erkrankung von gleich zwei Kellnern zugute. Meine Einweisung verlief rasch und unkompliziert. Ich denke mal, hier wurde Unterstützung gesucht und die werde ich bringen. Mit der neuen Dienstkleidung kann ich mich wirklich sehen lassen. Meine Zeit im Fitnessstudio hat sich gelohnt und trägt hier ihre Früchte. Keiner meiner Kollegen hat solche Muskeln, wie ich sie habe. Neidvolle Blicke habe ich als Kompliment aufgenommen. Ebenso wie diese, sind mir auch die Blicke der weiblichen Gäste nicht entgangen, die mich anschmachten, ich bin schließlich ein Mann.

Mein letztes Telefonat mit Lotte lässt mich hoffen und war auch der Auslöser zum Handeln. Ich hoffe von ganzem Herzen, alles wird wieder gut werden zwischen uns. Wie hübsch sie in ihrer Wäsche aussah. Mich hat der Anblick richtig angemacht und ich kann meine Sehnsucht kaum zurückhalten, bis ich Lotte endlich wiedersehen darf. Ob sie enttäuscht ist, dass ich nicht schon am Telefon von meiner Idee und der Absicht, hier an Bord zu arbeiten, berichtet habe? Dann aber wäre mir die Überraschung nicht gelungen, daher habe ich geschwiegen.

„Sie meinen es dieses Mal wirklich ernst mit dem neuerlichen Versuch, Lotte Wolke näherzukommen?" Die Frage von Doktor Peter Schön, gleich bei meinem ersten Termin, hat mich geschockt. „Sie müssen schon offen und ehrlich zu mir sein", fügte er noch an. Mein Nicken sollte zunächst reichen, später jedoch habe ich mich ihm gegenüber geöffnet und anvertraut, einen Weg zu Lotte zu suchen, der uns beiden guttun wird, das liegt mir im Herzen.

Vincenz, so habe ich gehört, geht es wieder gesundheitlich besser, was mich erfreut. Der Mann hat mir von der ersten Begegnung an gefallen. Lotte muss lernen, ihm zu vertrauen und dankbar zu sein ihn als väterlichen Freund an der Seite zu haben. Heute habe ich im Internet die neuen Beiträge von Lotte und die ersten Reaktionen darauf gelesen. Mit dem Verzeihen hat meine Freundin so ihre Probleme, wie ich gleich denke. Allerdings, so meine Hoffnung, lernt Lotte auch aus den Zeilen der Leserinnen, die ihr antworten und ändert ihr Verhalten. Jetzt weiß ich auch, wieso Doktor Peter Schön in meiner Therapie vom Verzeihen gesprochen hat, sicherlich verfolgt auch er die Beiträge von Lotte. Meine Kollegen würden umfallen vor Lachen, wenn sie davon erfahren, was ich in meiner Freizeit lese.

Verwundert bin ich über Karin und Hermann Josef. Für mich war ihre Beziehung für immer beendet, so kann man sich täuschen. Es kann mir auch egal sein, die Hauptsache ist, so finde ich, Lotte kommt zu mir zurück. So oft werde ich Karin und Hermann Josef nicht begegnen, als dass es mich stören müsste.

Noch immer habe ich den Haustürschlüssel von Lottes altem Haus. Meine Idee, mich in ihrer Abwesenheit einmal dort umzusehen, setzte ich vor meiner Abreise in die Tat um. Meine Augen hatte ich in den letzten Wochen absichtlich von den Stellen fortgelenkt, bei denen dringend eine Reparatur notwendig ist. Plötzlich erinnerte ich mich wieder an meine erste Begegnung mit Lotte und Karin in dem alten Haus. Suche Mann zum Renovieren mit diesem Spruch haben die beiden nicht nur mich in das Haus gelockt und zum Renovieren motiviert. Mein Handy angelte ich zum Vorschein, während ich durch Lottes Haus schritt und mir ansah, was zu reparieren ist. Die Liste der Reparaturen ist lang und ich werde nicht alles allein meistern können. Kurz muss ich grinsen, da ich in diesem Augenblick erneut an meine erste Zeit in Lottes Haus zurückdenken muss. Vielleicht sollte ich einen der ehemaligen Mitstreiter, also Mitbewerber auf Lottes Anzeige, ansprechen. Im Kontakt sind wir geblieben und ab und an trinken wir noch ein Bierchen zusammen. Man sollte das Leben nicht immer so eng sehen.

Für den heutigen Abend hat mein Chef hier an Bord mich als Kellner für den Tisch von Vincenz eingeteilt, was mich erfreut. Zunächst, so mein Wunsch, möchte ich mit Vincenz allein sprechen, ihn auf unser Treffen vorbereiten. Unter keinen Umständen soll er sich bei meinem Anblick erschrecken. Die Liste der Passagiere ist im Normalfall nicht für mich zugänglich. Natürlich hilft mir manchmal mein Charme weiter, den ich heute bei der netten Mitarbeiterin am Empfang spielen lasse. „Sie müssen in fünfzehn Minuten den Dienst antreten", ruft sie mir hinterher, nachdem ich zuvor die Zimmernummer von Vincenz erhalten habe. Mich kümmert es nicht wirklich, was sie mir nachruft, ich will jetzt mit Vincenz reden und danach, so hoffe ich, gelingt mir auch mein Wiedersehen mit Lotte.

Vincenz bewohnt eine Suite in der obersten Etage des Schiffs, was mich ahnen lässt, diese gehört zu den größten und schönsten Räumlichkeiten an Bord. Mein Klopfen an die Tür wird erst beim zweiten Versuch erhört. Als sich die Türe öffnet, bin ich aufgeregt wie ein Kind, das gleich beichten muss, Schokolade aus dem Kühlschrank genommen zu haben.

„Ihr Kollege war gerade erst bei mir. Mir fehlt nichts, außer etwas Ruhe!" Die Türe bewegt sich schon wieder in Richtung Schloss, als ich entgegenhalte: „Vincenz, bitte nehmen Sie sich eine Minute Zeit für mich."

So rasch sich Vincenz von mir abgewandt hat, so schnell dreht er sich erneut zu mir um.

„Sie? Ich meine, Franz?" Mit müdem Blick prüft Vincenz mein Outfit. „Muss ich das jetzt verstehen?" Immerhin öffnet er mir seine Tür und gibt mir mit einer Handbewegung zu verstehen, ich soll ihm folgen. Als Vincenz mir ein Wasser einschenken will, übernehme ich diese Aufgabe.

„Als Kellner möchte ich lieber Sie bedienen", bemühe ich mich um einen lockeren Einstieg in das Gespräch.

„Waren wir zwei nicht schon beim Du angekommen? Mir ist zu Ohren gekommen, du und Lotte haben erneut Ärger." Vincenz wartet nicht einmal, bis ich sitze. „Nun nimm doch endlich Platz! Ich kann nicht die ganze Zeit den Kopf verrenken, um hochzusehen. Davon bekomme ich Schmerzen im Genick", betont er barsch.

„Mein Auftritt hier, als Kellner, muss dich verwirren", starte ich meine Erklärung. Vincenz winkt ab. „Mich verwundert nichts mehr, weder von dir, Franz, noch von Lotte." In einem Schluck leert er sein Wasserglas, während ich meines nervös in den Händen halte und drehe. „Nicht immer ist es so leicht, wie es aussieht", weiter komme ich nicht. Um ehrlich zu sein, finde ich meine Worte auch nicht klug gewählt, daher lasse ich Vincenz gewähren, zumal ich Respekt vor diesem Mann habe.

„Franz", höre ich ihn sagen. „Bei unserem letzten Gespräch, in dem es um Lotte und dich ging, hast du gekocht. Heute fehlen uns die Bratkartoffeln und ein Bier." Ich beobachte Vincenz, der nun aus seinem Sitz aufsteigt. „Mir ist natürlich zu Ohren gekommen, was zwischen dir und Lotte passiert ist. Bring das wieder in Ordnung und sprecht, wie erwachsene Leute miteinander. Lotte, so durfte ich selbst in den letzten Tagen miterleben, ist kein leichter Mensch. Sie kann sehr viel Liebe geben, hat aber eine Neigung zur Dramatisierung, was es dem Umfeld nicht immer leicht macht."

Überrascht höre ich Vincenz zu, vergesse darüber völlig die Zeit und meine Arbeit, die ich längst hätte antreten müssen. Wichtiger erscheint mir das, was er mir sagt, als an etwas anderes denken zu können. Mich erstaunt, teilweise entsetzt, was ich höre. Still und zurückhaltend sitze ich noch immer mit meinem Wasserglas, aus dem ich noch nichts getrunken habe, vor Vincenz, der auf und ab geht. Müde und grau sieht er aus, was mir wehtut. Am liebsten möchte ich aufstehen und ihn umarmen, was natürlich völlig falsch wäre, bei einem Mann wie ihm. Vincenz möchte nicht gebrechlich wirken und unter keinen Umständen so behandelt werden, das weiß ich.

„Was ich sagen möchte, Franz, nimm dein Glück in die Hand und tu, was immer du vorhattest", mit diesen Worten setzt sich Vincenz mir gegenüber. Jetzt trinke ich mein Glas leer, fühle mich erleichtert und mit einem Male ist mir bewusst, ich muss arbeiten. „Lieben Dank, Vincenz, für alles! Auch für deine Geduld mit Lotte und mit mir. Wir sehen uns beim Abendessen", eile ich zu seiner Kabinentüre.

„Es gibt heute am Abend hoffentlich wieder Bratkartoffeln?" Ich höre die Worte von Vincenz, während ich über den Flur eile. Noch einmal denke ich an die Worte, die er mir zuvor als Rat mitgegeben hat. „Für die Liebe muss man auch einmal Umwege gehen", gab er mir als Ratschlag mit auf den Weg.

Lotte

In zehn Minuten muss ich zum Abendessen gehen und ich bin aufgeregt. Einerseits vor Freude aber auch vor Angst, was kommen wird. Die wenigen Minuten möchte ich nutzen, meinen gerade erst online gestellten Beitrag zu dem Thema Lerne zu verzeihen noch einmal zu lesen. Immerhin konnte ich die Zeit in meiner Kabine nutzen und mich dem Schreiben widmen, nachdem Petra wieder gegangen war.

Lerne zu verzeihen

Wie ein kleines Mädchen komme ich mir oft noch vor. Verträumt, gerne umsorgt und frei von Ängsten und Belastungen möchte ich durch diese Welt gehen. Am liebsten barfuß und hüpfend durch eine Wiese, deren Grashalme mich an den Fußsohlen kitzeln, mir zeigen, so frei kann das Leben sein. Immer einmal wieder, wenn ich Probleme habe, die schwer auf meinen Schultern liegen, mich zermürben und mir die Kraft zum Lachen nehmen, gehe ich in meinen Garten, barfuß. Selbst im Regen bin ich schon durch meinen Garten gelaufen und habe auf diese Weise meine innere Kraft wiedergefunden. Die Nachbarn hatten zunächst verwundert reagiert, mich auch angesprochen und sicherlich an meinem Geisteszustand gezweifelt, mir war es egal. Vieles nehme ich so leicht und locker, wenn es um meinen inneren Frieden geht. Nur ein Punkt habe ich in all den Jahren, die ich auf dieser wunderbaren Welt bin, nicht gelernt: richtig zu verzeihen. Ja, ich habe oft gesagt, gut, vergessen wir das Geschehene, gedacht aber habe ich anders. In Wahrheit habe ich immer wieder an diese Anlässe denken müssen, die mich ärgerten. Meine Gedanken haben abgespeichert, was und wer mich geärgert hat und ich konnte es nicht vergessen.
Bei meinem Gang gleich zum Abendessen verbunden mit der Gewissheit, hier an Bord auf Franz zu treffen, bekomme ich wei-

che Knie. Um mich wiederzusehen, hat er an Bord als Kellner angeheuert. Wie romantisch, werden Sie denken, mich vielleicht spontan um diesen Mann beneiden? Schon bei der Wahl meiner Garderobe, besonders meiner Unterwäsche, musste ich ständig an Franz denken. Klar möchte ich ihn am liebsten noch heute wieder umarmen, seine Nähe spüren und mich fallenlassen in der Gewissheit, das Richtige zu tun. Liebe Leserinnen, am Abend bin ich mir Ihrer Unterstützung, zumindest in Gedanken, gewiss. Für mich ist Ihre Unterstützung hilfreich, unser Schriftverkehr, Ihre Reaktionen auf meine Kolumnen sowie alle Beiträge, die online und in gedruckter Form in unserer Zeitschrift zu lesen sind.

Leider denke ich immer noch an die Schmach, als Franz mich in roter Unterwäsche hat abblitzen lassen, sich lieber seinen Bratkartoffeln als meinem Körper gewidmet hat. Zugeben darf ich jedoch, ich erkenne inzwischen auch meine Fehler, die ich im Vorfeld gemacht habe. Seit ich mich Vincenz gegenüber so falsch und unbeherrscht verhalten habe, hat sich mein Blickwinkel verändert. Ja, ich möchte lernen zu verzeihen und ja, ich weiß schon heute, dazu brauche ich noch Übung und Zeit.

Jede von uns scheint ein Päckchen mit sich zu tragen, dass unseren Alltag nicht leichter werden lässt. Alle von euch, die sich freischaufeln können von den Gedanken des bitteren Geschmacks und dessen, was unseren Magen verkrampfen lässt und uns zermürbt, gratuliere ich! Mein Ziel ist es in der Zukunft, milder zu werden mit meinen Reaktionen und Urteilen anderen gegenüber und endlich das Leben zu genießen, so wie es mir begegnet.

In der Hoffnung auf einen wunderschönen Abend und ein gutes Essen verabschiede ich mich für jetzt,

Ihre Lotte

Meine Schritte sind zunächst beschwingt, am Ende des langen Flurs jedoch bekomme ich weiche Knie, denke darüber nach, zurückzugehen und den Abend in meiner Kabine ganz allein zu verbringen, als ich jemanden nach mir rufen höre.

„Lotte? Warum so zögerlich? Erwartest du gleich den Mann deiner Träume zu treffen?" Hinter mir taucht Karin auf, sie scheint noch nicht über die neuesten Ereignisse informiert zu sein. Freudig drehe ich mich zu meiner Freundin um, doch dann erblicke ich Hermann Josef an ihrer Seite.

„Möchtet ihr kurz allein reden?" Ups, so mitfühlend habe ich Hermann Josef nicht in meinen Erinnerungen gespeichert. Sein unerwartetes Angebot nehme ich aber gerne an. „Franz ist hier an Bord." „Ich habe ihn schon gesehen", prustet Karin los. Ihr scheint es mental gerade richtig gutzugehen, so albern, wie meine Freundin reagiert. Sie bekommt einen kleinen Schubs in ihre Seite von mir. „Nicht so laut, bitte! Das wird für mich gleich nicht leicht werden. Er hat hier an Bord als Kellner angeheuert", betone ich meine Anspannung vor dem Gang in den Speisesaal. Abrupt hakt Karin mich unter und stolziert geradewegs mit mir auf den Speisesaal zu. „Das Leben ist wirklich voller Überraschungen", kichert Karin, während sie sich auffallend im Saal umsieht.

„Können wir an unseren Tisch gehen, bitte!" Meine Nervosität wächst ins Unermessliche. An unserem Tisch, das fällt mir sogleich ins Auge, sitzen bereits Vincenz und Hermann Josef, beide strahlen uns erwartungsvoll an. Mich wundert es, dass Ina noch nicht anwesend ist, im Allgemeinen ist sie immer pünktlich. Bei Anton Wall mache ich mir keine Sorgen, unser Künstler schwebt öfters in eigenen Sphären und vergisst darüber auch mal die Zeit.

„Wieso wartet niemand auf mich, wollt ihr mich nicht mitnehmen?" Belustigt kommt Petra hinter uns zum Vorschein. Ihre gute Laune beschwingt Karin und ich kann hören, wie sie Petra einen Ton zu laut nach Franz fragt.

„Du nervst!" Mein Raunen bleibt ungeachtet von Karin. Sie stolziert auf unseren Tisch zu, reicht Vincenz ihre Hand und streckt Hermann Josef ihre Lippen entgegen.

„Franz kommt zu unserem Tisch. Vorsicht, meine Liebe", bekomme ich von Petra einen leichten Tritt gegen mein Bein, kaum dass wir sitzen. Mit ihrem Kopf zeigt sie in die Richtung, aus der ich Franz erwarten darf. Ich schlucke, frage mich gerade, wie ich jetzt reagieren soll, da spüre ich eine warme Hand auf meiner Schulter. Meine Augen schließe ich automatisch, sauge das warme Gefühl auf, das sich in meinem Körper ausbreitet. Schon am Rasierwasser erkenne ich Franz, ohne mich umdrehen zu müssen.

Mit der Gewissheit, alle Augen liegen auf mir, öffne ich meine Augen wieder und stelle fest, ich lag mit meiner Vermutung richtig. Vincenz ist es, der die Situation und mein Schweigen überspielt. „Für mich bitte ein Glas Rotwein", grinst er Franz an. Karin schließt sich der Bestellung an und noch ehe ich mich wieder in der Lage sehe zu antworten, erscheint Ina an unserem Tisch. „Wie verrückt ist das denn? Bin ich in einem Theater und habe es bis jetzt nicht mitbekommen? Der Kellner, der gerade hier an diesem Tisch arbeitet, ist doch Franz?"

Petra gibt ihr ein Zeichen sich zu setzen, was Ina auch tut. Meine Stimme ist wie weggezaubert, immerhin gelingt es mir, Franz in sein Gesicht zu schauen. Warm und freundlich blickt er mich an. „Dann bringe ich dir auch ein Glas Rotwein", höre ich ihn sagen. Leise fügt er nach: „Meine hübsche Prinzessin."

Verwundert sehe ich ihm nach, als er unseren Tisch verlässt. Wieder einmal ist es Vincenz, der die Situation entschärft. Mit fester Stimme berichtet er von dem Anruf seines Arztes und dessen Hinweis, dass Vincenz auf fette Speisen verzichten solle. „Ein Glas Rotwein darf ich ab und an noch trinken, ansonsten werde ich mich etwas umstellen müssen."

Ina ist es, die Vincenz sogleich den Rotwein verbieten möchte, was Vincenz zum Lachen motiviert. „Mit über 80 Jahren weiß ich, liebe Ina, was mir guttut. Deine Fürsorge werte ich trotzdem als feinfühlig und lieb."

Meine Augen suchen Franz, der sich mit einem Tablett seinen Weg durch die Tische sucht. Grinsend nehme ich zur Kenntnis, Franz balanciert das gefüllte Tablett schon sehr professionell. So kenne ich Franz nicht, fürsorglich und beflissen, was mich und meine Freunde betrifft. Bisher kannte ich ihn mehr mit der Bierflasche auf dem Sofa sitzend.

„Grübele nicht so viel, Lotte! Menschen dürfen sich verändern und niemand von uns ist frei von Fehlern", legt Vincenz seine Hand auf mein Knie. Mir war entgangen, dass er mit Karin den Platz getauscht hat. „Eine hübsche junge Frau, wie du es bist, Lotte, sollte ihr Leben genießen."

Kurz hebe ich meinen Kopf, dann sehe ich Vincenz an. „Wie geht dein Leben weiter? Was wünschst du dir und wie stehen die Weichen dafür, diese Wünsche auch umzusetzen?" Jetzt ist es Vincenz, der verhalten reagiert, seine Hand wegzieht und sich kurz sammelt. „Meine Zukunft wird bewegend, Lotte. In den nächsten Wochen werde ich in der Tat Veränderungen hervorrufen, die ich noch vor einem Jahr nicht zu träumen gewagt habe."

Neugierig wie ich bin, möchte ich mehr erfahren. „Kannst du mir eine Andeutung machen?" In diesem Moment kommt Franz und bringt die bestellten Rotweingläser an unseren

Tisch. Abgelenkt von Franz, den ich erneut nicht aus den Augen lasse, vergesse ich meine Frage. Die Stimmung an unserem Tisch ist locker und alle stoßen strahlend miteinander an. Nur Florian fehlt, wie mir mit einem Male bewusst wird. „Hat jemand von euch Florian gesehen?", werfe ich in die Runde.

„Er hat es vorgezogen, sich heute, als wir an Land angelegt haben, zu verabschieden. Mir kommt es so vor, so ganz hat er sich in diese kleine Runde nicht einleben können. Eventuell war mein Wunsch, ihn auf dieser Reise mitzunehmen, eine Überforderung für ihn gewesen." Vincenz nippt erneut an seinem Rotwein, ich kann sehen, er genießt ihn. Florian, so glaube ich zu ahnen, ist ganz glücklich mit der Situation und darüber, uns allen entwichen zu sein. Mit Sicherheit wird er morgen voller Tatendrang und Freude an seine Arbeit gehen und schon seinen Umzug vorbereiten. Kurz seufze ich. Erst als Franz wieder in mein Blickfeld kommt, vergesse ich Florian und konzentriere mich nur noch auf ihn.

Hermann Josef von Breggele

Sonne über dem Himmel und Sonne in meinem Herzen, so empfinde ich mein aktuelles Glück, wieder mit Karin liiert zu sein. Mein Onkel Vincenz freut sich ebenfalls für uns. Er hat angeboten, Karin und mir ein schickes Haus in Dresden zu kaufen, mit einem großen Gästezimmer, was Karin auch wichtig erscheint. Meine spontane Gegenwehr, das würden wir nicht brauchen, hat Karin ignoriert. Ihre Freundinnen sollen sicherlich in regelmäßigen Abständen zu Besuch kommen, so mein Gedanke, was mir nicht behagt. Vincenz, das ist mir bekannt, zieht es vor, in einem Hotel zu übernachten. Um des lieben Friedens willen lasse ich mich überreden und gebe Karins Idee nach. Vincenz ist sehr großzügig zu mir, behandelt mich wie einen Sohn, was ich ihm auch sage.

„In all den Jahren habe ich in dir einen Sohn gesehen, Hermann Josef. Auch wenn, das will ich offen ansprechen, wir uns nicht immer in den Armen lagen." Überrascht bin ich über seine Reaktion auf meine Worte. Kurz blickt Vincenz zu Boden, stellt im Anschluss sein Rotweinglas auf den Tisch, putzt sich mit der Serviette den Mund. „Es ist an der Zeit, sich etwas auszuruhen. In meinem Alter …", Vincenz bemüht sich, locker zu klingen, was mich zusammenzucken lässt. Seine Stimme nämlich verrät mir, meine Worte haben in ihm Gefühle ausgelöst, ich frage mich nur, welche, gute oder negative? Nebenbei beobachte ich, wie Vincenz sich von den anderen verabschiedet und den Speisesaal verlässt. Ina, denke ich mit einem Male, ob sie etwas weiß von Rosalinde? Meine Frage, wie es der Freundin von Vincenz gehe, wird von Ina spontan beantwortet.

„Rosalinde habe ich noch gestern gesprochen. Ihr geht es gut und ich kann nur betonen, wie dankbar ich Rosalinde bin. Ohne ihre Unterstützung wäre ich jetzt nicht hier an Bord. Sie und Johann überlegen, im nächsten Hafen zu uns zustoßen, um den Abschiedsabend mit uns zu verbringen." Ina strahlt vor Vorfreude auf das Wiedersehen mit Johann.

Die kleine Runde löst sich, nachdem Karin wieder eingetroffen ist, rasch auf. „Vincenz hat richtig Vertrauen zu dir gefunden", nehme ich Karins Hand in meine. Karin lächelt mich versonnen an. „Ich mag Vincenz, er ist ein sehr netter Mensch und weiß zu jedem Thema, etwas zu sagen."

Der nächste Morgen

Karin und ich liegen noch zusammen im Bett, da klopft es an meiner Kabine. Ich überlege, überhaupt zu öffnen, eigentlich lege ich gerade keinen Wert auf Störung. Das zweite Klopfen weckt meine Neugierde. Ich entrücke dem warmen Körper von Karin, schlüpfe in einen Bademantel und öffne. Ein Steward steht vor mir, rasch wandert sein Blick über meinen Bademantel. „Entschuldigen Sie bitte die Störung!", reicht er mir einen Umschlag. Bevor ich noch etwas sagen kann, dreht er sich um und geht. Mir ist es lieb so, rasch verschließe ich die Tür und reiße zeitgleich den Umschlag auf. „Die Nachricht ist von Vincenz", teile ich Karin mit, während ich wieder zu ihr unter die Bettdecke krieche. „Wir sollen am Abend um 20 Uhr zum Dinner kommen, schreibt Vincenz. An unserem letzten gemeinsamen Abend an Bord habe er eine Überraschung für uns vorbereitet, was auch immer das nun bedeuten soll."

Karin schweigt, sie scheint nachzudenken. Die wenigen Zeilen verwundern mich, nehmen mir die Lust, weiter mit Karin zu kuscheln. Schlecht gelaunt stelle ich mich unter die Dusche, meine Gedanken spielen verrückt. Ich male mir gerade aus, was Vincenz uns mitteilen möchte, oder geht es ihm nur um ein nettes Beisammensein mit Menschen, die er mag? Karin kommt in dem Augenblick zu mir in die Dusche, als ich schon das Wasser abstellen möchte. Ihre Hände fangen an mich zu streicheln, ihre Zunge sucht meinen Mund und ich lasse es geschehen, ziehe Karin zu mir und somit unter das plätschernde Nass. Ihre Nähe tut mir gut, Sekunden später habe ich die kleine Botschaft von Vincenz und die Einladung zum Abendessen vergessen.

Am Abend

„Fantastisch siehst du aus", lobe ich Karin, die in ihrem kleinen Schwarzen ladylike aussieht und sexy zugleich. „Danke für die schöne Einlage unter der Dusche", küsse ich sie in ihrem Nacken. „Du duftest so anziehend", knabbere ich an Karins Ohrläppchen. Sie kichert versonnen.

„Mir ist jetzt auch mehr nach dir, deiner Nähe und dem Moment, in dem du mir so richtig nah bist." Karin leckt mit ihrer Zunge über ihre Lippe. „Vincenz warten zu lassen, wäre nicht fair. Er hat uns am Vormittag extra eine Einladung zukommen lassen."

Dem habe ich nichts hinzuzusetzen und lasse mich daher von Karin mit in den Flur ziehen.

„Um Mitternacht sind wir wieder in unserem Bettchen", kneife ich Karin in ihren Po. Die wenigen Meter bis zu dem Raum, den Vincenz extra hat für uns reservieren lassen, legen wir beschwingt zurück. Karin ist eine atemberaubende Frau und mit ihr an meiner Seite werde ich es noch weit bringen. Beim Eintreten in den Speiseraum fällt mein Blick noch einmal auf Karins Po, der ein wenig zu rund ist, jedoch sehr knackig und anziehend. Ja, ich gebe zu, als Karin und ich noch ein Paar waren, habe ich sie für ihre Rundungen mehr als nur einmal kritisiert. Erst als ich allein in meiner

Wohnung saß, Karin von heute auf morgen ausgezogen war, wurde mir so einiges bewusst, was ich in den Monaten zuvor falsch gemacht habe.

Ein Kellner, dieses Mal ist es nicht Franz, der uns bedient, reicht Champagner. Locker und fröhlich stoßen wir miteinander an. Vincenz kommt laut lachend in den Raum, an seiner Seite Rosalinde, die er extra hat einfliegen lassen. „Es muss schon etwas sehr Wichtiges sein", flüstere ich Karin zu.

„Vielleicht will er Rosalinde einen Heiratsantrag machen?" Karin blickt amüsiert zu Rosalinde und Vincenz, die von Rosalindes Sohn Johann und Ina begleitet werden.

Vincenz ergreift das Wort und wir hängen an seinen Lippen. Zunächst verlangt auch er nach einem Glas Champagner für sich und Rosalinde. Galant führt er seine Begleiterin an den Tisch, bittet uns nun, ihm zu folgen. Vincenz legt die Sitzordnung fest, was mir Unbehagen bereitet. An seiner Seite weilt rechts Rosalinde und links ihr Sohn Johann. Eifersucht macht sich in mir breit. Immerhin, so denke ich mir, bin ich der nächste Verwandte und er hätte auch mich an seine Seite bitten können. Was Vincenz nur plant? Karin zieht mich mit zu dem Tisch und unserem zugewiesenen Platz. Der Tisch, das ist nicht zu leugnen, ist wirklich geschmackvoll eingedeckt, mit edlem Porzellan, so, wie ich es liebe. Unvermittelt wandert mein Blick zu Lotte. Ich fange bei ihrem Anblick sofort an zu grinsen. Lotte, das ist nicht zu übersehen, fühlt sich falsch platziert. Für sie ist sicherlich das herrlich festliche Ambiente eine Nummer zu groß. Innerlich freue ich mich über ihre Art und das damit verbundene Verhalten. Mir ist bewusst, meinem Onkel Vincenz wird es nicht entgehen. Lotte wird sich nicht mehr ändern, auch wenn mein Onkel sie noch so sehr unterstützt. Als positiv habe ich in den letzten Tagen aufgenommen, Lotte bekommt von Vincenz das alte Fachwerkhaus in Limburg geschenkt und hat als Zugabe noch den Künstler Anton Wall an ihrer Seite. Natürlich ist es von Vincenz mehr als nur großzügig, einer fast fremden Frau, wie ich Lotte immer noch sehe, ein Haus zu schenken. In Anbetracht seines Vermögens aber bin ich richtig erleichtert, dass er sie nicht noch mehr mit seiner Gunst bedacht hat. Anton Wall, das ist auch kein Geheimnis, kann mit Geld nicht umgehen. Seine Bilder kosten ein kleines Vermögen, das ich leider selbst nicht ständig als Haben auf meinem Konto trage. Schleierhaft ist mir daher, wieso der Mann nicht in der Lage war, die alte Villa zu behalten. Für mich wäre es tatsächlich eine Option gewesen, dorthin zu ziehen, mit Karin. Schade nur, mein Onkel hat es uns nicht angeboten. Mein Blick wandert von Lotte zu Ina. Sie sitzt neben Johann und wirkt zufrieden.

Vincenz schlägt mit einem Löffel leicht gegen sein Champagnerglas. „Mir ist es eine Freude, euch alle zu sehen. Besonders glücklich bin ich, Rosalinde und auch Johann jetzt an meiner Seite zu wissen." Mein Onkel macht eine bedeutende Pause. Sein Blick wandert von einem zum anderen Gast. Ausgerechnet bei Lotte bleibt er hängen. „Liebe Lotte, du hast inzwischen einen festen Platz in meinem Herzen."

Ein Raunen ist zu hören. Lotte blickt einmal mehr skeptisch zu meinem Onkel. Ob sie Angst hat, er könne jetzt etwas zu ihrem peinlichen Auftritt sagen? Nicht zu übersehen ist, Lotte kaut auf ihren Fingernägeln. Mir gefällt das Theater und ich fange an, den Abend zu genießen. Meine Hand liegt unter dem Tisch auf Karins Bein, was sie nicht zu stören scheint, wie ich an ihrem verschwörerischen Blick erkennen darf. Dann weckt Vincenz meine ganze Aufmerksamkeit.

„Mein Neffe Hermann Josef wird mir in den nächsten Tagen in seiner Funktion als Notar ebenfalls zur Seite stehen", Vincenz prostet mir zu, was ich gönnerhaft erwidere, ohne einen Schimmer zu haben, wovon mein Onkel spricht. „Mit Anfang Achtzig, so denken sicherlich die meisten Menschen, sollte man zu Hause auf dem Sessel sitzen und die Tageszeitung lesen. Lediglich zu der Einnahme von Mahlzeiten dürfen sich die alten Leute nochmal bewegen", Vincenz macht eine bedeutende Handbewegung und lacht, wir tun es ihm gleich.

„Ich bin anders als diese Greise, von denen ich gerade gesprochen habe. In mir lauern noch die Energie und Tatkraft eines jungen Mannes."

An dieser Stelle unterbricht ihn Lotte, was mich ebenfalls amüsiert. Ungeniert erinnert sie Vincenz an seinen Schwächeanfall. „In meinen Augen solltest du wirklich kürzertreten und lieber mit Rosalinde den Tag genießen als wieder an das Geschäft zu denken." Lottes Worte finden bei Vincenz keinen Anklang. Kurz verzieht mein Onkel sein Gesicht. Ich drehe mich zu Karin und schüttele meinen Kopf. „Der Abend scheint ja noch besser zu werden", flüstere ich. Von Karin bekomme ich nur ein kurzes „Pssst". Dann wende ich mich auch wieder meinem Onkel zu, der weiterspricht. „Menschen wie ich, liebe Lotte, die ihr Leben lang etwas aufgebaut haben, können nicht einfach zu Hause rumsitzen und nichts mehr tun. In meinem Kopf stecken Ideen, die ich verwirklichen möchte, ohne an das Ende zu denken, das kommen wird."

Vincenz nimmt einen Schluck aus seinem Glas, der Kellner eilt ihm zur Seite und schenkt beflissen nach. Eine Szene wie aus einem alten Film. Mein Blick fällt auf Johann. Verwundert war ich über die Tatsache, dass Johann den Sohn von Ina gehütet hat, obwohl doch Marc, sein Vater, das hätte von Beginn an übernehmen können. Er ist zu einem Weichei mutiert. Für mich wäre das nichts. Um ehrlich zu sein, ich sehe mich in der Zukunft weder als treusorgenden Vater noch als ständigen Begleiter meines Onkels. Sobald er sein Testament zu meinen Gunsten unterschrieben hat, kann ich mich wieder meinen eigentlich wichtigen Aufgaben widmen: dem Golfen und der Kunst. Unter keinen Umständen werde ich, wie mein Onkel es tut, bis ins hohe Alter arbeiten. Für wen soll ich das ganze Erbe erhalten? Leben und leben lassen, ist meine Devise.

„Hermann Josef, warum grinst du so?" Die Stimme von Vincenz tönt über den Tisch, alle Augenpaare ruhen nun auf mir. Galant hebe ich mein Glas. „Lieber Onkel, ich bin nur erfreut, zu dieser kleinen Runde dazuzugehören, dem kleinen Kreis der Menschen, die dir am Herzen liegen."

Mein Onkel hält den Blick fest auf mich gerichtet, als ob er an meinen Worten zweifelt. Lotte, so bin ich mir sicher, hat sich mit ihrem Verhalten meinem Onkel gegenüber selbst als Haupterbin rauskatapultiert, somit kann ich doch nur allein in seiner Gunst stehen.

„Für einige hier in der Runde wird das, was ich jetzt sagen werde, wie eine Bombe sein, die vor den Augen platzt. Ja, ich darf sagen, auch für mich war die Nachricht zunächst wie ein Bumerang." Vincenz legt eine Pause ein. Der Aufmerksamkeit aller Anwesenden ist er sich gewiss. Mein Onkel scheint diesen Moment zu genießen. Zufrieden lächelnd spiele ich mit. Gleich wird er verkünden, dass ich, Hermann Josef von Breggele, sein Haupterbe und Nachfolger werde. Meinen Champagner trinke ich genüsslich und in der Gewissheit, auf ein bald gefülltes Bankkonto, in einem Zug aus.

„Rosalinde und ich haben das große Glück erlebt, uns als junge Menschen einen Sommer lang lieben zu dürfen", mein Onkel redet und redet. Nichts von dem, was er sagt, ist mir neu. Nur peinlich finde ich, dass ein Mann mit über achtzig

Jahren noch von seinem Liebesleben berichten muss. Mir ist jetzt nach Essen und ich erwarte sehnsüchtig das Ende seiner Ansprache. Gelangweilt höre ich ihm zu und strahle dabei, so als seien die Worte meines Onkels gerade aus meinem Herzen entsprungen. An mir ist ein Schauspieler verlorengegangen.

„Für dich, Hermann Josef, wird sich natürlich jetzt, da ich erfahren habe, Johann ist mein leiblicher Sohn", diese Worte fange ich, wie aus einer anderen Welt heraus auf. Mit einem Male ist alles Grinsen von meinem Gesicht gewichen. Ich fange an zu verstehen, was mein Onkel uns sagen will.

„Rosalinde hat mir über Jahre verheimlicht, dass Johann mein Sohn ist. Mir ist es zunächst schwergefallen, ihr zu verzeihen. Ich bin aber in einem Alter, in dem man genießen und nicht die Zeit damit verbringen sollte, Groll zu hegen." Beim Anstoßen und anschließendem Gratulieren, als würde ich mich freuen, spüre ich ein Ziehen in meinem Magen. Am liebsten würde ich weglaufen, das aber verbietet mir meine gute Erziehung. Vincenz nimmt mich vor dem Auftragen der Vorspeise zur Seite. „Hermann Josef, ich bin dein Onkel und werde mich immer um dich kümmern." Mit Erleichterung nehme ich noch diese Worte auf. Im Anschluss finde ich Gefallen an den guten Weinen, die auch reichlich serviert und nachgeschenkt werden. Karin wird später energisch in ihrem Ton und nimmt mich mit auf ihre Kabine. Ich bin dankbar, diese Frau wieder an meiner Seite zu haben, sind die letzten Gedanken, bevor ich einschlafe.

Der nächste Morgen

Lotte

Bevor ich mich von Bord verabschiede, wir Freundinnen unsere Rückreise antreten, nutze ich noch die verbleibende Zeit, meinen Leserinnen zu schreiben.

Lerne zu verzeihen

Meine kleine Reise ist nun zu Ende und ich darf offen zugeben, mit so vielen Verrücktheiten, die ich in nur einer Woche erleben durfte, hätte ich nie gerechnet. Mein väterlicher Freund hat mir meinen peinlichen Auftritt verziehen, ihm scheint das Verzeihen leichter zu fallen als mir. Obwohl? Liebe Leserinnen, ich habe einen Erfolg zu vermelden. Auch mir ist es gelungen, über meinen Schatten zu springen, sprich, zu verzeihen.

In der letzten Nacht habe ich Franz umarmt, der mir am Abend in meine Kabine gefolgt ist. Ganz bewusst habe ich ihn zu mir kommen lassen. Seine Anstellung als Kellner hier an Bord des Kreuzfahrtschiffes hat mir gezeigt, er bringt Einsatz, um in meiner Nähe zu sein. Mir sind meine Augen aufgegangen und ich sehe Franz nun in einem neuen Licht. „Mit dir und deinen Freundinnen wird es niemals langweilig", zog er mich an sich. Wir küssten uns zum ersten Mal seit Wochen wieder, es war wie ein kleines Feuerwerk für mich. Ja, ich bin mir sicher, Franz liebe ich noch immer. Bis zum frühen Morgen blieb er an meiner Seite. Viel Schlaf fanden wir beide nicht, was ich auch keine Sekunde bereut habe. Wie sehr ich ihn und seine Nähe doch vermisst habe, wird mir jetzt erst richtig bewusst. Verzeihen bedeutet zu vergessen, was der Andere einem angetan hat. Es bedeutet aber auch, einen Freund oder die Freundin zu behalten. Verzeihen, so durfte

*ich lernen, ist immer der Beginn eines Neuanfangs. Mir persön-
lich hat die Aufgabe, diese Kolumne zu schreiben, viel bedeutet
und persönlich wurde ich positiv verändert. Das Nachdenken
über meine Aufgabe, die vielen Gespräche mit meinen Freundinnen über dieses Thema und die Erfahrungen der letzten Woche
waren bereichernd für mich.*

*Wie es nun weitergehen wird? Ich hoffe doch positiv! Franz wird
mir beim Renovieren meines alten Hauses behilflich sein. Was
mich verwundert, er hat auch alte Bekannte aktivieren können,
sich handwerklich einzubringen. Ob das gutgeht? Meine spontanen Bedenken habe ich zurückgehalten. Warten wir einmal ab,
was kommen wird. Rosalinde und Vincenz haben ihre Reise und
den damit verbundenen Aufenthalt auf dem Kreuzfahrtschiff ver-
längert, was mich für beide freut. Karin zieht wieder zu Hermann Josef, was mir weniger zusagt. Jetzt muss ich mich um eine
neue Hilfe im Café bemühen. Vielleicht, so meine Hoffnung, liest
jetzt eine von meinen Leserinnen den Text und steht in den nächsten Tagen im Café vor mir. Das Leben, so habe ich gelernt, führt
uns oft über Wege, die wir so nicht eingeplant haben.*

*Natürlich werde ich von meiner Hausrenovierung, der neuen
Aushilfe im Café, meinen Freundinnen Petra, Karin und Ina in
der nahen Zukunft berichten. Jetzt aber gönne ich mir noch ein
paar Stunden in den Armen von Franz, bevor mich die Realität
und der Alltag wieder einholen.*

In diesem Sinne

Machen Sie sich eine gute Zeit und fühlen Sie sich alle umarmt.

*Ihre
Lotte*

Mehr von Lotte, Ina, Petra und Karin finden Sie
in den weiteren Frauenromanen von Manuela Lewentz:

Manuela Lewentz

Männer sind wie Sahnetorte

Verführerisch bis zum
letzten Biss

Mittelrhein-Verlag

Manuela Lewentz

Herzensbrecher günstig abzugeben

Mittelrhein-Verlag